满庭芬芳

杨子忱◎主编

红旗 出版社

图书在版编目（CIP）数据

满庭芬芳 / 杨子忱主编.
—北京：红旗出版社，2017.12
ISBN 978-7-5051-4331-9

Ⅰ.①满… Ⅱ.①杨… Ⅲ.①中国文学—当代文学—
作品综合集 Ⅳ.①I217.2

中国版本图书馆CIP数据核字(2017)第259040号

书　　名	满庭芬芳		
主　　编	杨子忱		
出 品 人	高海浩	特约编辑	刘德荣
总 监 制	李仁国	责任编辑	赵智熙
插　　图	王　燕	装帧设计	赵志军
出版发行	红旗出版社	地　　址	北京市沙滩北街2号
邮　　编	100727	编辑部	010-57274504
E－mail	hongqi1608@126.com	发 行 部	010-88622114
印　　刷	大厂回族自治县德诚印务有限公司		
开　　本	710毫米×1000毫米	1/16	
字　　数	240千字	印　张	16
版　　次	2017年12月北京第1版	2017年12月河北第1次印刷	
ISBN	978-7-5051-4331-9	定　价	38.00元

欢迎品牌畅销图书项目合作　　联系电话：010-57274627
凡购本书，如有缺页、倒页、脱页，本社发行部负责调换。

本书编委会

主 任

毛传兵　　红旗出版社副总编辑

主 编

杨子忱　　国家一级作家、编审，中国作家协会会员、吉林省作家协会理事、
　　　　　长春作家协会副主席、吉林省文学创作中心首聘作家、长春市
　　　　　政协文史专员

委 员（以姓氏笔画为序）

王　华　　红旗出版社专题活动部主任、全国"书香三八"读书活动组委会
　　　　　常务副主任

尹　慧　　哈尔滨市作家协会会员、哈尔滨市作家协会儿童文学创作部副主
　　　　　任、中国职工音乐家协会会员、鲁迅文学院学员、《家报》情感
　　　　　专栏作家

许　放　　中国诗歌学会会员、中华诗词学会会员、黑龙江省作家协会会员、
　　　　　黑龙江省诗词协会会员、大兴安岭作家协会会员

孙昱莹　　中国作家协会会员、长春作家协会理事、吉林省文联干部，鲁迅
　　　　　文学院学员

刘德荣　　全国"书香三八"读书活动编辑部主任

李子燕　　中国作家协会会员、吉林省榆树市作家协会主席、吉林省残疾人作家协会主席、吉林省作协网络文学委员会副秘书长、长春市残联文学艺术联合会主席，鲁迅文学院学员

宋庆莲　　中国作家协会会员、湖南省作家协会会员、临澧县文联副主席，鲁迅文学院学员、毛泽东文学院学员

邹安音　　中国散文学会会员、四川省作家协会会员，鲁院西南第五届青年作家班学员

季　纯　　原名韩雪梅，中国散文学会会员、陕西省作家协会会员、宝鸡市陈仓区作家协会秘书长

金　玮　　红旗出版社专题活动部副主任、全国"书香三八"读书活动组委会秘书长

郑能新　　中国作家协会会员、湖北作家协会全委委员、黄冈市文联副主席、黄冈市作家协会副主席

喻贵南　　中国诗歌学会会员、长沙市作家协会会员

粟博莉　　全国"书香三八"读书活动组委会副秘书长

睢　雪　　吉林省作家协会会员、长春市作家协会会员，吉林省妇联调研员

序 言

　　因酷爱古诗词，故对《满庭芬芳》很是钟情。这个书名，蕴含着一缕书香的气息，既有古时的文化审美，又有今朝以读书为美的文化理念。沿着这四个字，仿佛走进晓色云开的良辰：细雨初歇，紫燕啼啭，鲜花绽放，榆钱吐翠，一派盎然的生机。春光微醺中，一白衣女子手捧书卷，飘逸轻盈如画，引蝴蝶在周围翩翩起舞。只道"自在飞花轻似梦"，却原来"花香不及书香远"，那种古朴淡雅的温润之感，如一曲久违的《广陵散》，疏朗霁阔，袅袅不绝，如幽谷中潺潺流淌的小溪，清澈见底，错落有致……

　　一切景语皆情语。捧读这部厚厚的文集，遂想起今年暮夏之末，温度适宜的立秋之初，乘着"书香三八"的东风，我们来自大江南北的8位女作家，应邀到北京参加全国第六届"书香三八"活动用书策划商讨会。这是一次荣幸的阅读之旅，更是一次美好的心灵之约，在古朴典雅的"书香坊"里，每一个瞬间都镌刻于心。组委会领导的盛情，编辑老师的敬业，女作家们的才智；还有飘香的清茶，余音绕梁的古琴曲，一卷卷诱人的图书，令我暗暗惊叹：原来这里，就是令人神往的、诗情画意的"满庭芳"啊！

　　书页深处有浓香。在一见如故的文学氛围中，组委会领导介绍了"书香三八"活动用书的主题思路及编撰思路，希望大家畅所欲言，读书、观我、阅世界，从不同角度、多个层面谈人生，话幸福。对一次活动能如此重视，对一部活动用书能如此用心，作家们无不被组委会的做法深深感动着。于是，我悄悄扪心自问：什么才是真正的书香呢？或许，是用来防蠹的芸草香；或许，是读书人脱尘出俗的书卷气；或许，是氤氲醉人的文化气息——那么，组委会对待活动用书谦卑、严谨的人文精神，何尝不是另一种浓郁的书香呢？

花有形而香有别。经研究商讨，决定《满庭芬芳》一书分6个部分，每一部分根据内容选一种花名代表主题。孙昱莹妹妹负责选花名，我负责命名小标题。同为女子，我们姐妹俩心有灵犀，很顺利地完成了任务：红玫瑰的热烈，百合花的雅致，紫罗兰的茂盛，木兰花的醇厚，康乃馨的温婉，悬铃花的脱俗，如世间各具特色的女子，散发着卓尔不群的香气。而在这不同的篇章划分中，既相对独立又彼此牵连，就像我们每一位女子，既有相对独立的农民、工人、教师、白领、干部等社会身份，同时又有女儿、妻子、母亲、祖母等家庭角色。无论以哪种方式出现，花自有它的花语，人自有人的情感，融入笔端的文字也各有各的思想，能做到"逸气凌云香外香"，将是花、人、文字追求的至高境界。这本文集，是众多作家至真、至善、至纯的心语，能从中获得什么样的清香，需要看书人用心灵来感应了。

千年著书德为本。"书香三八"读书活动组委会精心策划这套活动用书，就是要引领女性阅读，建设文明家庭。记得英国著名阅读研究专家吉姆·崔利斯在《朗读手册》中说："你或许拥有无限的财富，一箱箱的珠宝与一柜柜的黄金，但你永远不会比我富有——我有一位读书给我听的妈妈。"这段话，说明了女性阅读的重要性，无论对教育孩子、赡养老人，还是对一个家族的发展，都具有不可忽视的地位。是的，佳言懿语是会长翅膀的，通过女性的言传身教，能唤醒沉睡在各个角落的种子；再用心灵的沃土去孕育，用人间百味去调配，用中华传统美德去滋养，定能开成满庭芬芳的模样！

春来芳草绿，花开自然香。让我们效仿古人的阅读之风——沐浴双手，然后捧卷，在书香中安静、平顺、喜悦；让我们在悠扬的古琴曲中，邂逅一场花事，铺开《满庭芬芳》路，共筑富强、民主、文明、和谐、美丽的大花园。

李子燕

2017年10月

目　录

紫罗兰

一片冰心在玉壶

木兰花
润物无声满堂春

康乃馨
寸草春晖育新蕊

悬铃花
逸气凌云香外香

红玫瑰

两情若是久长时

《盛世和谐》（版画） 一等奖　王虹霞　黑龙江省鹤岗市萝北县江滨农场学校

幸福从"头"开始 　|尹慧|

一下、两下、三下……越梳越乱，越梳越烦！

"啪！"心烦意乱的我，索性将梳子重重地摔在了地上，瞪着镜子里湿漉漉的团成团、剪不断、理还乱的毛躁的头发，紧咬下唇，泪水在眼框里打着转……

"咋了？咋了？"老公循声而来，望着孩子般的我，笑着无奈地摇摇头，弯腰从地上捡起梳子，拥着怒气冲冲的我说："别急，别急，让我来！在我这，没有解决不了的难题，呵呵，不消几分钟就搞定！不信，你瞧，哦！"

说完，他自顾将梳子轻柔地插进我的发梢，慢条斯理地为我梳理着发间纠结的愁绪，一下、两下、三下……边梳理边问："疼吗？"

随着他不紧不慢、不厌其烦地梳起梳落，我的急躁也便慢慢回落，一股暖意自心底升腾开来。

记忆中，姐姐为我梳洗过头发。小时候的我，天生"黄毛"丫头一个，发质出奇的毛躁、干涩。每天早晨，当姐姐例行公事般地摁着我的头，用梳子梳理我胶着在一起的头发，并将我的头皮扯得连心疼痛的时候，我便会杀猪似地吼叫着试图逃离她的掌心，宁可让头发"大头鬼"样的蓬乱，也不愿忍受这根根揪起的头发引来椎心的疼痛难当……

记忆中，父亲也为曾为我打理过头发，那是在妈妈和姐姐不在家的日子。父亲用他那生着老茧、长满倒戗刺的手掌粗枝大叶地拢着我的"黄毛"，纤细的头发不时地被父亲的掌心上的倒戗刺牢牢挂住，似乎，根根发丝都快被从头皮里拔出来了，疼得我的心吊到了嗓子眼，碍于父亲的威严，不敢针扎火燎地吱哇乱叫，却在暗地里下决心：再也不用他梳头了！

那时，对于我来说，梳头，是一种折磨，是一种难以忍受的锥心的痛，是姐姐和父亲与我"过不去"的一种表现方式。而今，方知，那是一种爱，是一种幸运，更是一种幸福！

尤其此刻，镜子里映着他细心地为我梳顺乱发，满脸的耐心、满指的温柔、满心的呵护，都通过那小小的发梳，一点一滴地传送到了我的双眸，渗透到了我的心坎。

真爱无言，幸福无声。

从父亲把我交给老公的那一刻起，他就用承担与承诺为我编织了一副鞍鞯，让我可以在爱的花园里信马由缰，享受这份惬意和满足。点点宠爱，滴滴关怀，被我用矜持严实包裹，深藏于心：

每天早晨我出门上班前，他细腻的目光都要在我浑身上下扫一遍，查看何处不得体，哪怕散落的一丝头发他都要为我摘掉；

遇到气温下降或雨天，先踏出门的他总会发回信息叮嘱我加衣裳别忘带雨伞；

一起进餐时，他都要不停地夹菜给我，俨然我是他宴请的客人；

夜半时分，怕我口渴，他总会轻轻将我摇醒，捧一杯温水递到我的唇边；

噩梦惊醒时，总有他温暖的臂弯包容着我，抚着我的头附在我的耳边小声说"没事了，没事了"，然后，轻拍我入眠；

一年四季，夜里半梦半醒间的我总能感觉到他悄悄为我披被角的动作——哪怕是夏夜，他也要几次三番地将毛巾被盖到我的腹部以免我的胃受凉；

婚后，每逢我的生日、我们的恋爱纪念日、我们的结婚纪念日，他都会亲自挑选一篮我最喜爱的玫瑰和百合花送给我，即便出差在外，也要打电话托花店送来他的深情一片；

下棋时，他赢了也甘愿变输家，争论时，他有理也得适时败北；

高兴时，他是我的唱片机，烦恼时，他是我的出气筒……

"好了，'女儿'，哈哈。"老公左手轻拍我的头，右手举着梳子在我的眼前晃了晃。

我从沉思中回过神来，照了照镜子，先前那一团乱麻似的卷发已一根一根服服帖帖地各就各位了，温顺地按着老公的指令舒展着"腰身"，展示着它们的柔美曲线。

"怎么样？"老公调侃道，"'女儿'，满意不？"

我朝着他的胳膊不疼不痒的，"啪"，打了一巴掌，"什么'女儿'？嘚瑟！"

"咋不是？你看啊，你小时候咱爸给你梳过头吧？现在，咱爸不在了，我也给你梳头，你不是女儿吗？"老公越发得意扬扬，还大言不惭地解释一番！

"讨厌鬼！"我半嗔半怒，起身便去实施报复，他照例故伎重演——抬腿便逃，占惯了上风的我当然穷追不舍。

于是，"闹剧"再度上演："叮当、乒乓"，我高空抛物，他夺路而逃。只消片刻，便已满屋狼藉，最后竟致老公人仰马翻，被我一顿雨点般的秀拳乱砸，老公忙不迭地诚挚投降，并举起用了十几年的小白旗："老婆大人，我该死！我投降！我投降！""战乱"方才熄火。

静下来沉思，老公就是我这一生都离不开的梳子。

真爱本来就这么平实，幸福其实就这么简单。

《国色天香》（国画） 优秀奖
关慧琳 中石油西部钻探吐哈录井工程公司

看那星星多美丽 |李子燕|

那一年，晓薇刚满20岁。喜欢听歌曲《晓薇》，最喜欢那句"看那星星多美丽"。

20岁的女孩，桃李年华，开始明白了什么是感情，什么是真诚，什么是虚幻。白天，她跟随父母去种田，辛勤的汗水滴落到秧苗上，希望能帮家里改善生活；夜幕低垂，她喜欢趴在窗台仰望星空，期待某天能遇到一个心仪的男孩，专门为她唱那首《晓薇》，然后带她飞到天上去，摘下一颗星星亲手送给她。

那年冬天，经媒人牵线，晓薇认识了邻村男孩王刚。说心里话，与王刚的初次见面，她并未抱太大希望。在此之前，也有过几次相亲经历，不是她没相中对方人品，就是对方嫌她视力不好。她越来越自卑，弱视不是她的错，但确实成为一种障碍，怎么能不令人难过呢？

记得刚上小学时，她的座位在第四排，老师写在黑板上的字，无论多大她都看不清楚，她不敢跟老师讲。有时候，老师布置一黑板的题目，也只能依靠同桌读给她听。就是在这样的情况下，学习成绩也一直名列前茅，总是排在全班前十名。天长日久，同桌有些不耐烦了，就报告给老师。老师第一时间把她调到了第一排，不过情况并未有多大改善，眼睛跟黑板之间还像笼罩着一层迷雾。家长带她配了近视镜之后，总算能够看清黑板了，学习成绩也提高了很多，有一次考了全班前三名，让晓薇对未来充满了希望。

然而到了小学六年级的时候，勤劳能干的大姐出嫁了，父母的压力骤然增加。只干地里的农活倒好说，主要一点是父亲没读过什么书，不认识秤，导致与人交易的时候总吃亏。看着父母每天愁眉不展，13岁的晓薇毅然决定告别校园，正式回家跟父母一起种地。

有的小孩子见她整天戴着眼镜，就取笑她是没文化的"四只眼"，这让她很不开心，再也不愿意戴眼镜了。她的自卑感更加严重了，而且还发现：即使不上学、不读书了，视力也在下降，不戴眼镜的时候，偶尔迎面走来个熟人，她也看不清对方的脸，不敢打招呼。了解情况的人，谅解她视力不好；不了解情况的，以为她自命清高，摆臭架子。慢慢的，她视力弱的事被当成话题，乡亲们越传越夸张，甚至有人担心她以后会变成瞎子。因此每次相亲，当男方得知这个情况后，都不愿意承担风险，婉转地拒绝了这门亲事……

王刚却没被吓跑，第一印象觉得晓薇不错，胖乎乎的脸上写着纯真质朴。晓薇对王刚印象也挺好，虽然对方个头不高，但身体还算结实，笑容也很真诚热情。于是征求了父母的意见，她就简单打扮了一下，赴王刚的第一次约会。

冬天的田野白雪皑皑，一望无际，在前往县城的路上，王刚给她讲了好多有趣的事，还唱了那首《晓薇》。两个人心情仿佛被洁白的雪花涤荡过，清澈纯净又愉快。10多里路，他们没有选择坐车，而是步行着，跑跳着，偶尔在冰面上滑一下冰，在身后留下长长的印痕。晓微发现：自己仿佛回到了无忧无虑的学龄前，久违的放松感让她情不自禁地笑了。是啊，好久没这样轻松过了！弱视的压力，从背上书包那刻起，就一直压在她的肩头——这个暖阳高照的冬日，她暂忘却所有烦恼，只想开心地度过这一天……

《山河壮丽》（国画） 优秀奖
郭洋 国网佳木斯供电公司

两个多小时后，他们终于到达县城。王刚带晓微走进一家烧烤店，体贴地让她喜欢吃啥随便点。晓微摆了摆手，说不用点啥，吃一碗热汤面就行。那是第一次与陌生人吃饭，晓薇做不到太随意；另外，从小家里条件不好，长到20岁了，也从来舍不得进烧烤店，根本不明白要点些什么。

至今回忆起那个场景，晓薇依然面带甜蜜的微笑，而躺在病床上的王刚，笑容更幸福。或许，这是他们的爱情故事里，唯一能称得上"浪漫"的回忆了……王刚不嫌弃晓薇弱视，说："如果有一天她真的看不见了，他愿意做她的眼睛，帮她看那美丽的星星。"晓薇尝到了爱情的滋味。

那一年，她22岁，王刚却因车祸导致高位截瘫，并发尿毒症。有人说，苦难犹如一片山崖上遮天蔽日的大森林，犹如皑皑雪山茫茫沼泽，它的绝望，它的酷寒，是人生无法承受的沉重！而对于初为人母的晓薇来讲，又何止是沉重呢？她需要面对的是一种抉择——是去，是留？去，很简单：一纸离婚书，从此成为"自由人"。二十出头的年纪，即使带着女儿出嫁，也不成问题。留，很复杂：一家六口，老弱病残，外债累累，未来是一条怎样艰辛的路？晓薇瞬间长大……

从22岁到30岁，晓薇的爱情坎坎坷坷，生活波波折折。推开那两扇黑色大铁门，一条整洁的红砖甬路通往三间正房。甬路上方有一条长长的晾衣绳，一年四季除了挂晒刚洗的衣服，利用最多的是晾晒用废旧衣服改制成的"尿垫子"。甬路的左侧，是一块没有栅栏的小菜园，香菜、茄子、豆角、黄瓜、西红柿等。晓薇把菜园打理得井然有序，在阳光的照射下，给这个家增添了盎然生机。有时候，她把王刚推到菜园旁边晒太阳，看到红的柿子、绿的黄瓜、紫的茄子，王刚的心情也会随之愉悦起来。

今年，晓薇32岁了。8年的时光，天上的星星依然美丽，只是她没有时间再久久地仰望了。她日复一日地重复着同样的事情——好好照顾王刚，祈祷他能好好地活着。

爱情究竟是什么？她没时间去想这个问题。善意、良知、信念、责任，已经让她的爱情超越了浪漫，超越了生命，明德惟馨！

都是书香惹的祸 |喻贵南|

暮色开始笼罩四野，华灯还不曾出场，攸兰沿街道走着，一边微笑着给老爸发短信：

幽兰山谷静静开

不与群芳斗后先

阿爹阿娘莫着急

终有哈巴做女婿

输入电话号码时，不料踢了个易拉罐，攸兰不由得看向滚动的易拉罐，同时嘟囔一句："哪个不讲文明的家伙乱丢垃圾，吓了我一跳！"旋即又看向手机，将短信发了出去。

想象着老爸接到短信后，跟老妈分享时略带无奈的微笑，攸兰不由得轻轻笑出声来。

老爸老妈也真是，成天想着怎么将她嫁出去，老说她26岁都快奔三了，还不着急嫁，就跟茄子老了一样，都没人要了。

上午老姐又来电话，说爸妈叫她这几天抽空回去一次，主题不变，还是相亲。

真是皇帝不急太监急，攸兰讨厌相亲，率性一口回绝了老姐，担心爸妈心里难受，便又给老爸发了这条短信，算是安慰一下老人家。

谁知10多分钟后，攸兰收到一条短信："恩果果粗枝大叶滴，哈想根各些花争奇斗艳？南挂恩里呀娘急。"

攸兰一个字一个字地念下去，念完不由得哈哈大笑，攸兰刚才发给老爸的短信里掺杂了湖南省宁乡市的家乡话，"哈巴"即"蠢货"。而这条短信，纯粹用的是家乡话，搞笑死了。意思是说：你这么粗枝大叶的，还想跟别的花争奇斗艳？难怪你爹娘着急。

谁发来的短信呀？这些地道的家乡话变成文字后，看着又亲切又好笑。攸兰猜测的同时，迅速回复一句："你是哪根葱呀？咋拿着我老爸的手机教训我呀？"

"恩又自奶根算呀？莫名其妙喊偶一商呀呀？"家乡话意为：你又是哪根葱呀？莫名其妙叫我一声爸爸。对方立马回了短信，攸兰边笑边看，看后，不由得一愣，什么叫莫名其妙叫了他一声爸爸？

"哈！我爸信息都不会发，你肯定是邻居家的哪个捣蛋鬼吧？我啥时候叫你爸了？"攸兰迅速回复，带着心中的疑问。

"说你粗枝大叶，你还真就粗枝大叶了，你爸知道你乱叫爸，不扁你？"对方这次回复没用家乡话了，可攸兰看了，更傻了，什么意思呀？我怎么乱叫爸了？难道对方给我发短信的手机不是老爸的？还是……

攸兰迅速查看这条信息的手机号码，晕了！原来自己发错了，将要发给老爸的短信发给对方了，手机号错了一个数字！肯定是当初按键时按错了，竟将信息发给了上海的一个陌生人。

攸兰想起发信息时，踢到的那个易拉罐，都是垃圾惹的祸！攸兰心里叹一声，迅速写了一首顺口溜发过去。

稍不留心按错键

号码成了外省的

只怪当初那垃圾

足下挡道没留意

踢着吓得近失忆

短信由此错发你

俺家爹地不是你

抱歉抱歉真抱歉

对方回道："哈哈！你这妹子是哪的呀？看来还真读过几本书。说说看，你离我家有多远？我家是湖南省宁乡市唐市镇。"

攸兰回复："我也是湖南省宁乡市的，我们镇和你们镇相邻。"

这时，对方电话打了过来，得知攸兰是邻镇的，甭提多高兴了。他告诉攸兰，他叫马桥，在上海某电器公司打工，来上海两年了。

当马桥说到那家公司的时候，攸兰说："那家公司是一家上市公司，不错哦！"

马桥诧异的语气里带着惊喜，问攸兰怎么知道。攸兰告诉他，自己在图书馆上班，"书中车马多如簇"，其中来往的"车马"告诉她的哦。马桥哈哈大笑，被攸兰的学识及幽默所折服。

两人由此聊得很投机，聊图书馆的书香，聊马桥所在的电器行业，不知不觉，竟聊了近两个小时。挂断电话前，马桥开心地说："谢谢那个易拉罐，让我认识了有着如此书香的你。"

很自然的，没几天，两人就通过微信视频聊天了，因为是同乡，少了网络社交中潜藏的芥蒂和担心。

攸兰不是那种一眼便让人惊艳的女人，相对而言，属于外貌比较平凡的那一种，但攸兰的书香，像一杯酒，让人有种微熏的沉醉。而马桥谈吐中的见解与风趣，同样让攸兰觉得开心。

马桥和攸兰什么都聊，聊上海的方言，聊上海的建筑、饮食等，有时他会用语音说几句吴侬软语给她听，拍几张上海的照片给她看。

攸兰也会将家乡的点滴变化告诉马桥，比如：哪修桥了、哪修铁路了，也会随手拍几张家乡的时令小菜或盛开的鲜花给他看，并随意附上一行文字。

马桥喜欢攸兰用文字跟他交流，他说在文字里能闻到书香，能听到地道的家乡话。常常，两人会为带着家乡话的文字哈哈大笑。尤其是攸兰那风趣而诗意的语言，像美丽的音符，落在马桥心灵的琴弦上，让马桥有种三日不弹奏，而生失落之感。

通过越来越多的交流，攸兰得知马桥今年 29 岁，并非普通的打工仔，而是公司销售部经理，生得仪表堂堂，且未娶妻。

而攸兰的相关情况，包括哪所大学毕业，家里有些什么人，等等，马桥也都有了较为详细的了解。网上交流三个月之后，马桥回内地探亲，同时见了攸兰这位心仪的书香女子，因彼此感觉很投缘，一年多以后，两人结成了伉俪。

婚后，攸兰随马桥去了上海，两人过得很幸福。平时，攸兰让马桥干什么时，马桥会笑言："你都叫我老爸了，哪有子女使唤老爸做事的呢？"

攸兰则笑着回他："都是易拉罐惹的祸，我看你真是上天赏给我的哈巴女婿，连老爸和老公都分不清。"

马桥随即纠正说："应该是书香惹的祸。如果不是你错发了信息，我这么好的哈巴女婿哪找去。"

"那是，都是书香惹的祸，让我有了你这哈巴女婿，谢天谢地谢书香！攸兰在此谢过了啊！"说完，攸兰起身，微微弯腰，道个万福，一本正经的。

马桥见了，忍不住哈哈大笑。

两人不时地贫嘴一回，打趣一回。染了书香的爱，带着喜气，充满生机，就这样，夫妻俩将日子过成了诗一样的生活。

熬过沧海的相思　|孙昱莹|

　　爱不只是缠绵，是厮守，有时也是漫长，是遥远，是时空的穿梭与等待。

　　这些年，人们看惯了头条新闻里明星情侣的分分合合，也听惯了他们的分手理由"聚少离多"。谁不曾对某个人心动，有天长地久的冲动，爱上一个人只要眨眼之瞬间，便有万年之深情。然而，又有多少人抵得过距离的百转折磨，抵得过思念的苦熬艰辛？"不是蝴蝶飞不过沧海，而是海的那边已没有了等待。"中学时候，这句话感染了无数女孩，也写下无数浪漫的诗行。如果等待蝴蝶飞来的时间太久，还有多少人能够坚持呢？

　　"我们守着距离拉成的相思，温暖着彼此的言辞。"电话的另一端，阆阆听着她和小周的专属铃声，期盼那个让她深深牵挂的声音在下一秒出现。一句歌词，唱的恰是他们的故事。人们常说唯有陪伴最深情，而异地恋总是艰难的。比如阆阆，当她爱上军校里的小周时，也许还不知道自己要面临什么。

　　阆阆和小周都是我的初中同学，初三那年的校园补习班里，不同班级的他俩机缘巧合地成了同桌。小周老爱说话，阆阆不堪其扰，就用掐胳膊来管束他。还记得少年小周戴着一副硕大的近视镜，在小姑娘的"欺凌"下唯唯诺诺，像个受气包一样。谁能想到，经年之后，那个瘦小的男孩如一棵白杨般笔挺地长高，一身戎装，玉树临风。当大学第二个寒假里，小周和阆阆牵着手出现在朋友们面前时，大家开玩笑地说阆阆怕是又要欺负人家。小周却答道："上学的时候要是不引起她注意，她哪能跟我说话啊？她欺负我才好呢。"你看，爱情总是一物降一物，

《泉流山村静》（山水画）
三等奖　蒋卫红
广州铁路（集团）公司怀化房建公寓段

这话真是不假。初中时候不过是懵懂的相识，谁想到他们在大学毕业多年后突然通过网络联系起来，有一搭没一搭回忆青葱岁月那些有趣的往事，就这样生出情愫。小周是广州一所大学的国防生，注定毕业后成为军人，他问阃阃有没有做军嫂的心理准备，阃阃笑着说没问题。

寒假结束后，小周回到南方，阃阃则留在北方小城，他们相距3000多公里，语言成了彼此唯一的慰藉。这是一场漫长的相思煎熬，成为军嫂这句诺言变成阃阃以后生活中旷日持久的等待。千里之外，电话的那端，有一个想你的人，电话这端，是诉不尽的思念。校园旁高耸的信号塔为他们传递着爱的信息。他在学校接受军事化管理，作息规律，他们QQ聊天的时间总是固定的。在别的情侣一起吃饭、看电影、逛街的时候，她一个人在宿舍，反复看他们的聊天记录。看小周说："我在这里除了上课、训练以外的时间都在想你。""等着我，我要娶你。"经营爱情，他们会彼此给对方制造惊喜。阃阃平生第一次坐飞机，就是独自南下去广州，小周见到她那一刻激烈地拥紧了她。而阃阃有一天在学校，突然收到小周的短信说，我来了。那一刻，她感到幸福来得如此突然，如此宠溺。

后来小周到外地参加军事集训，常常顾不上发一条短信，这让阃阃第一次感受到了揪心和忧虑。地方上一有重大灾害事故，军人总是冲在救灾的最前线，小周作为后备力量，也时常要执行救灾任务。每到这时她就担惊受怕，怕他有危险，直到收到他的短信才能心安。有一次，小周一连着五天没有任何消息。阚阚焦急地发着短信，一条又一条，每个字都和着她的眼泪，"你在哪里？""你平安吗？"当小周终于回复她"我没事，任务刚结束，你放心"时，阚阚哇的一声哭出来。原来爱到深处，对方便比自己更重要。

总是不能在第一时间收到彼此的消息，总是在需要的时候，不能及时给对方关心。爱的延时让人痛苦，也更考验深情。这期间不是没有人追求过阚阚，也有人劝阚阚不要太辛苦，但阚阚仍执着坚守那份爱。她说："小周是单纯地对我好，他认准了我，我也不会辜负他。"泰戈尔说，爱就是充实了的生命，正如盛满了酒的酒杯。爱让人筑起信任的堡垒，能够放手让爱人走向远方，而不怀疑。在距离海的两端，不仅是陪伴的遥远，更艰难的是心的遥远。

当他们结束7年异地恋喜结连理的时候，我们终于长舒一口气。新郎一身戎装英姿潇洒，新娘一脚踏入军嫂的光荣行列，这一场爱情长跑从他读军校的那一年开始，却没有在结婚这一天结束。他依然在军队里度过大部分的时光，她依然习惯了自己一个人在家。一个人的脚步虽然孤单，夕阳照着那一芳孤影，心里却被温暖着。生活中，有多少这样的情侣，感情深挚，却不能时常相伴。同事的老公是急诊医生，值班和加班是家常便饭，连妻子生产都没法陪在身边；大学里一位学姐毕业后在北京找到一份工作，男友则回到老家石家庄，两地坐普通列车要3个小时，他们只在周末相聚；好朋友是在读博士，去年被学校交流去了澳大利亚的大学，由于学科的差异，他的未婚妻则交流去了美国。一个在南半球，一个在北半球，一个在东半球，一个在西半球，是真正的远隔重洋。他们的爱情不只隔着空间，还要倒时差。他在沐浴冬日灿烂的朝阳之时，她正置身于夏日黄昏的晚霞……

好的爱情让人不畏距离的困难，温暖彼此。当异地成为不可避免的常态，当爱人远在他方，爱的相思却能成为巨大的精神力量，战胜孤独，战胜等待，熬过时空的沧海。

缘来如此 　｜尹慧｜

在我的生命里闪耀着光辉的九一八，非公历九一八事变，而是农历九月十八日。它虽简陋且简朴得令我难堪，却如春日的阳光一样给予我温暖与希望。

——题记

蓦然回首，爱，在我背着行囊的漂泊之旅中悄悄地走来。

课间，同班一位男生递给我一本书，书页中半遮半掩地夹着一张窄窄的纸条。他低着眉眼，操着"蚊语"。不管我多么努力用好奇撑开耳鼓去听，也听不清他要表达的内容是什么。但是，那纸条上用工整的楷书书写的两串字，还是暴露了端倪。端详着那张只有3厘米宽、10厘米长的字条，仿佛自己穿越到了密电码时代，无须用水和碘酒去试，便已洞悉它所隐含的重要信息。一张字条，承载了沉甸甸的爱，无声地做了我们生动得不能再生动的红娘。

从那时开始，我才真正注意观察这张纸条的主人，他面庞白皙，笑脸亲和，举止文雅，深得男女同学的喜爱。但，他却离我心目中勾勒了无数遍的白马王子形象相去甚远。唯一引起我注意的是他那出类拔萃的文采。之前，几乎每一堂作文课，我和一位男生的文章都要作为范文被老师用富有感情的声调诵读，然后被同学们怀着极其渴望与崇拜的心情传阅。那位男生正是我收到的那张纸条的主人。

一张字条让我们相识，斐然文采引我们相知。然而，在赢得少女芳心的苦旅中，它们却远没有"英雄救美"来得更直接与迅猛。

一个周日的傍晚，我和同桌到院外买东西，走着走着，迎面过来一个人，突然拽住我的右臂说："玲玲，我们好好谈谈吧，我求你！"两秒钟的惊魂过后，我才回过神来，原来是学校对面某厂的职工二顺子。

"还谈什么？上次你追到我家里时，我用水果刀把你撵到院外，你怎么不长记性？你答应我不再缠着我的，怎么现在又来了？"看到他那副可恶的嘴脸，我就讨厌。

"我们走吧，玲玲，上自习的时间到了。"同桌牵住我左手，想给我解围。

"一边待着去！"二顺子扯开了我同桌的手，顺势扳过我的肩膀，逼视着我的眼睛，"今天你必须答应和我处对象！"酒气熏天，令人作呕。我使出吃奶的劲，把他推倒在地，拉着同桌转身就跑。

二顺子恼羞成怒，迅速爬起来，追上我们，像拎小鸡一样拎住了我，我吓得缩做一团，同桌也呆住了。围观的群众意欲凑上前劝阻，二顺子拿出了痞气："谁也别惹我哦！你们谁想知道知道我二顺子的厉害啊？"众人都望而却步。

"我想知道！"响亮的回应，似从天上而来。还没等我抬起头来看个究竟，只听二顺子一声惨叫，一条红色的"蚯蚓"已顺着他的头发爬下来。

从小晕血的我，被那游离的"蚯蚓"吓得立刻失去了知觉。

醒来，我已在宿舍的椅子上了，同桌告诉我，纸条男生用红砖把二顺子的头打破了，这才解救了我。

我被纸条男生这突如其来的勇猛所震撼，除了感激，还有感动！他因为出手打人被停课一天反省，却拒绝向二顺子道歉，理由是：路见不平，拔刀相助没有错！让我在心里认定，这个仗义的大男孩，就是我这一生可以依靠的人。一个为了尚未确定恋爱关系的女孩肯于"该出手就出手"的男生，一定是个顶天立地的男子汉！也一定是一个可遇而不可求的白马王子！

但，回到现实生活中，这个"王子"却徒有虚名。他，房无一间，地无一垄，身无分文，却在那个自然界硕果累累的金秋农历九月十八日，驾着他那集正直、善良、聪慧、坚忍于一身的白马，昂首阔步地来迎娶他心仪已久的白雪公主。

  农历九月十八日的清晨，我穿着大红的嫁衣，迎接着冬雪的洗礼。当我迈出家门的那一刻，我看见挂着拐杖呆立在门边的父亲眼中含不坠的泪，那泪凝结着怎样深沉的怜爱与疼惜！这是我有生以来，第一次看见父亲眼中有泪，我深知，那泪中有喜也有愧。喜的是，他的掌上明珠终于有了一副可靠的肩膀可以代替他的呵护；愧的是，自己没有钱给心爱的女儿买几样嫁妆，让女儿风风光光嫁到夫家。可是我的老父亲怎知，出嫁路上失声痛哭的女儿，更是羞愧难当——为了不能像男孩子一样在父母膝前尽孝，为了不能像其他女孩那样给父母"挣"下一笔养老钱。

  九一八，是清贫的，因为在物质世界中一无所有，我们在别人的金秋里体会颗粒无收；九一八，确是富有的，因为在精神世界中汗牛充栋，我们在自己的愿景中体味"囤积居奇"。

  那天起，我们在爱的银行里开立了账户，我们相约，永远不要让这个户头里出现"赤"字。存储爱情是双方共同的责任，保护密码是夫妻双方共同的义务。岁岁年年，我们都在像保护对方的生命一样保护着这个密码，要诀是：要对方幸福。

  所幸，我们都是守信用的人，我们在柴米油盐的琐碎里，以平凡的爱做食材，烹饪着属于我们自己的密制美味，以滋养我们彼此心田里深情的秧苗。

  如今，九一八在我们的拼搏与进取中渐次丰盈起来，无论物质与精神，都在见证我们当初选择的正确性。

  我一直认为，一个家庭不论清贫还是富有，只要有真挚的爱相伴风雨同舟，幸福就会围绕在你左右。

  爱，自九一八，爱无涯。

  如果非要给爱加一个期限，翻开我们爱的典籍，扉页上写着这样一句话：天涯海角有时尽，此爱绵绵无绝期！

爱的半夏时光 |季纯|

阿步，已是半夏，我在夏天的早晨醒来，依稀还在昨夜的梦里。我在梦里腾空、飞翔，越过一条河流，没有一个人仰视着我说："你看，这个人没有翅膀，她竟然会飞，她和我们不一样！"这个梦反反复复做过好多次了，恍惚中，我分不清梦里、梦外，我以为我真的有了飞行的本领呢！阿步，你说是不是因为我的脚和腿不好，才会做这样的梦呢？抑或是因为别的什么原因也未可知。

《凭栏听荷》（国画）　优秀奖　李怡瑶　中建八局西北公司

坐在这里，看你在家里忙忙碌碌，我的左腿隐隐地痛着。我的脚和腿从小就不太好，骨性关节炎，困扰了我好多年。十几岁时有人爱恋我，但我无法把自己的腿藏起来，我只好退缩，像蜗牛一样，缩到我小小的壳里，用我柔软的躯体背负着坚硬的壳前行。

半夏时光，注定有很多的故事。20 年前的夏夜，我去舞会上找一个朋友，在人群之中捕捉到你的眸光，我低下头，我的心却真真实实地动了一下，当我又一次打算缩在我小小的壳里时，你已经朝我走来拉起了我的手。我谦虚地说："我不会！"你说："没有关系！"小小的我被高高帅帅的你拉着在舞池里旋转。三曲过后，突然停电了，我悄然离开。之后你去了白云山，你抽了一签，签曰："千里姻缘一线牵，莫把琵琶送别船。"你的头脑中闪过我的身影，你笑了：没有错，就是她，我要去找她！之后我梦到了玉皇大帝，我就跪在他的脚下，他拿起我的手，在我的手上轻轻画了一下，我的手从此有了纠缠的曲线。阿步，当我时隔半月再去舞会时，当你看到我被别人牵着手跳舞时，一曲结束，你走了过来，拉起了我的手，一直没有松开，后来你说，你真的害怕我会被别人领走！

20 年前的夏夜，月亮的脸圆圆的，高高地悬在天上，那么亮，那么美，望着我们。我喜欢走在你的右边，走在你的臂弯里，沐浴在清凉的月光之中，听那些夏虫细微的鸣叫。

我的脚走不了长路，却总会被那些山山水水诱惑，每次走不动的时候，你都会背着我，在山里、河里、雪地里，你都背过我。昨夜，我说："阿步，我走不动了啊，你背背我！"你背起了我，从一楼背到三楼，你气喘吁吁地放下我说："你比上学的时候重多了。"这时，我们的宝儿就站在家门口，朝我俩笑着。宝儿长高了，浓眉大眼，像你，只是太单薄了。20 年前很多人对我说，你看你找了一个系的白马王子啊！那时还不流行"帅哥"这个词。

我总相信我们的婚姻是上天赐的，可是当年并不被看好，海霞就在我面前说过三次，让我和你分手。她的理由很简单，两人大学毕业不能分配在一起就得分手啊，长痛不如短痛。记得最后一次，海霞提醒我是在白雪茫茫的雪野里，雪白得耀眼，我的眼被刺痛了，同时刺痛的还有我柔软的心。因为这个提醒，我后来很少跟海霞往来了。1995 年 7 月我们大学毕业，没有分配在一起，青春的浪漫被残酷的现实击得粉碎。送走一批一批的同学，我们才恋恋不舍地收拾行囊，校园的角角落落留下太多的记忆。我回到家里的那夜任泪水恣意流淌。第二天一早，你打来电话，说昨天车走到半路坏了，月亮正好上来了，你的眼泪却下来了。想起认识我的夜晚也是这样美的圆月，就特别地想我，今生不能离开我，最后你说："无论工作在不在一起，我们结婚吧！"

其实母亲为我安排好了一切，可以分配在一个好的单位，母亲想把我留在身边。我毅然决然地来到了宝鸡，就因为当时单位领导的一句话：以后调你男朋友过来。毕业不到半年，我们领了结婚证，没有任何人的祝福。你说：爱情是我们自己的事情。也许是老天的眷顾吧，工作不到 8 个月，几乎没有费什么周折，你就调到了宝鸡。以后的日子，有很多的好机会，有时候是你的，有时候是我的，我们可以到更好的城市和更好的单位工作，但我们都放弃了。你说，我走了，你一个人晚上又不敢睡。你又说，为什么一结婚你一个人就不敢睡了？上学的时候你为什么不怕黑呢？是不是把你给惯坏了呢？我不知道你到底有没有惯着我，但我知道，每当我遇到挫折或者受到伤害，表面坚强的我会在你打开房门的那一刻，扑到你的怀里，这时，你温暖的怀抱是我心灵的家园。

半夏时光，我的笔墨没有泼洒在那些郁郁葱葱的景物上，因为我们的婚姻是特别的，特别到没有戒指和婚纱，没有祝福，没有结婚的纪念日。而我们从认识到现在已经携手走过 20 年，我们不仅有了小家，还有了我们的宝儿，我们孝敬着双方年迈的父母。我愿意用一点儿笔墨来记述。阿步，你记得吗？你上大学时给我写下文字："爱"这个字说出来太轻飘，为了你，我的心都会疼。

白蛇有千年的道行，让她遇到了许仙。我们每个幸福的婚姻是不是也有千年万年的道行，才会修得共枕眠呢？为什么我会在遇到你的那一刻就会有一种"那人却在灯火阑珊处"的感觉，哪怕之前有多少人说过多少有缘的话，我都会从容放下！

阿步，我们也走在人生的半夏，一路上都有我步履蹒跚的脚印和那些清晰可辨岁月的年轮。我想象有一天我们都老了，在洁白的雪地里，你依然牵着我的手，或者我走不动了，你也老到背不动我了，那么我们就互相搀扶着，做彼此的拐杖，一如我们年轻的时候。

半夏时光，虽然很短，但那些岁月的印痕还在，因为爱情不老，人生很厚！

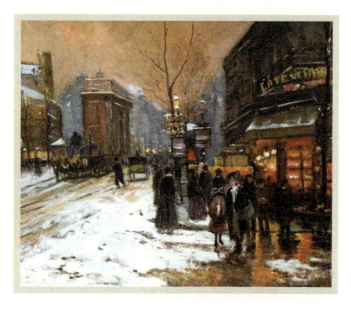

《冬日夜景》（油画）　优秀奖　朱昱燕　中原银行三门峡分行

幸福誓言　|尹慧|

今夜月光如水，很纯，很美，也许是因着它承载了太多的相思；也许是缘于它见证着太多的甜蜜；也许它感动于一个默默无语的誓言；也许它沉醉于一个惹人心醉的画面……

烛光中，一对盛满红酒的高脚杯，两个相守 20 年的伉俪，执手、相看、对饮。悠扬的乐曲在这个温馨浪漫的小屋中旋转着、舞蹈着，不时地将袅娜的音符彩绸似地抛进窗外的月色里。月醉了，星醉了，就连往日兴高采烈的蟋蟀也闭上了合不拢的嘴，仿佛在倾听着他们窃窃的情话……

《幸福誓言》，在烛光中缥缈，在月色里萦绕，这是男主人公最喜欢听的一首老歌，不是仅仅因为它的旋律悦耳，而是因为它的歌词道出了他的心声。他把它放在电脑桌面上，只要开机，就会让这首歌弥散在这个温馨港湾的角角落落，他听了，释然、骄傲；她听了，陶醉、欣慰……

此时，这首歌又引领着他和她回到了学生时代，那个偶然与必然并蓄的夜晚……

晚自习，所有住宿的同学都聚集在教室里，每个同学的身心都在知识的海洋中做着冲浪运动。他走神了。当他看见她走出教室，便紧跟着她来到走廊。没有星星，这是他最希望的，他怕心思缜密的星光泄露了他的怯意。他叫住了她，他的心中闪耀的灯塔，令他鼓了 N 次勇气，阵阵心潮，怂恿着他伸出了隐隐发颤的手，递给她一本他精心挑选的书，书中夹了一张写着小诗的字条，喉咙里发出了蚊子一样的声音："这本书……你，看看，对你的作文，会有……帮助。""帮助"两个字余音还没有落地，他人已挟着羞涩逃之夭夭。她望着他清秀的背影消失在黑暗的走廊里，脸发烫，心里却像喝了蜜糖……他们的爱情之旅开始了，在那个月圆之夜。

他和她从恋爱到步入结婚的殿堂，引领了时代的潮流——裸婚。4 年恋爱至步入婚姻殿堂，除了彼此深深的依恋和倾心，他们一无所有：没房子、没票子、没车子，她也敢拥着他的一穷二白要孩子！真真堪称天底下头一号"色胆包天"！20 年，挥汗如雨，弹指烟云。他们的物质生活从匮乏到富有，从捉襟见肘到迈向小康，他从未对她承诺过什么，却一直在奋力拼搏，她明白，那是真爱的溪流铮铮淙淙。

……

一阵欢笑传出了窗外，月儿被震得花枝乱颤。原来，习惯善解人意、擅长锦上添花的她，已为他的幸福誓言填上了俏皮的"真情告白"，就连躲在暗过的星星们听了，也都笑得了前仰后合了！

不信，你听：

男：这么多年和你相处 我没能把你好好照顾。

女：你忙啊！

男：你的美丽超凡脱俗 却很少买过漂亮衣服。

女：天然去雕饰呗！

男：生活的苦你从不在乎，总给我微笑把我鼓舞。

女：生活原动力！

男：未来的路我看得清楚，就用这一生为你追逐。

女：我为你加油！

男：我一定会让你幸福 给你快乐满足。

女：我知足，所以我长乐。

男：用你的爱情伴我的豪情，我不怕再多苦。

女：真爱无敌！

男：我一定会让你幸福，把你变成公主。

女：俺可是当女皇的料！

男：如果你爱我是一场赌注，我决不让你输！

女：我赢了，你反而实现了双赢啊！

一曲未了，他已热泪横流，紧紧地，紧紧地拥她入怀⋯⋯

中秋夜，幸福誓言，这一场浪漫的真情告白，将爱的甜蜜演绎成河，流向人间，流向天际⋯⋯

《昭君出塞》（纸烙画） 三等奖
李涛 黑龙江电力公司宝泉岭电业局

滴血的观音 |邹安音|

因为一次偶遇，她和他相识在重庆市某县一个偏僻的乡村中学。

都值豆蔻年华。她在中学任教语文，刚从师范大学毕业一年。他在中学旁边的某部当参谋，也刚刚大学毕业三个月。

她第一眼就迷恋上了他魁梧的身材，方正刚毅的脸庞，不苟言笑的面容和稳健的谈吐，当然还有令人炫目的北京指挥学院就读的经历；他喜欢她那天然的清秀气质，高挑的身材和满腹的诗书才华。

一见倾心，在寂寥的时空，两个人很自然相恋。

犹如两颗石子，先在部队炸开了锅。"她就一个普通的乡村中学教师，没背景没家财，你要往上走，就难了！"部队的老同学，包括领导等"过来人"语重心长开导他，甚至开始积极在县城和省城给他物色"有背景有靠山"的姑娘。"你找他是很不现实的，老家那么远，以后生活得好辛苦。为什么不在就近的县城找个好点儿的人家？学校的女老师哪个找的不是'官二代'、'富二代'？"亲人和朋友们轮番"好言"相劝，都为姑娘的选择扼腕叹息。

然而两个人铁石了心，在"好心人"们的遗憾中毅然走到了一起。

乡村学校条件很简陋，一间寝室要三个女教师合住。部队首长感念两人的爱情不易，特地许了一套住房给他俩当"爱巢"。她清楚地记得，直到孩子出生前，直到她离开部队"飞"向更远的地方，那个部队的"家"里行当都有些什么。一张床，一张桌子，两把椅子……就那几件有限的衣服，还得挂在墙上的钉

子上……

然而她永远记得：夕阳下，雨雾中，她放学，他下班，两人吃完饭后，手牵着手一起看夕阳，一起去登山、钓鱼、踏青、采摘野菜……只留下清晰的背影，被部队和周围乡村的人们啧啧称叹。

日子在逝水流年中渐去。结婚后的第5个年头，他们迎来了爱情的结晶：女儿出生了！自古以来好事成双，就在女儿9个月的时候，她依靠自身实力，考取了新华社重庆分社的一家报社，当了一名令无数人羡慕不已的记者。

就在她离开乡村带着女儿到都市生活不久后，已经就地转业的丈夫告诉她一个惊人的秘密：他原本就是飞行员出身，只是因为一些原因停飞。经过自己艰辛的努力，已经考取了湖北一家民航公司，将要重回蓝天！

日子在如锦流年中生长，女儿在优越的环境和繁华的都市中渐渐长大，每天接受着一些人钦羡的眼神，"妈妈是著名记者，爸爸是民航机长。"

这个她，便是主人公——我。

当我讲述到这里的时候，我已经从报社调到市政府机关工作，担任更重要的工作。

直到一件事的发生。

丈夫这几天正好在家休假。昨天晚上，我取下他胸前佩戴了8年多的玉观音，准备清洗一下红丝带，这是他重回蓝天后我给他买的，只祈愿平安和快乐与他永相随。灯光下，我仔细翻看着晶莹剔透的玉饰，突然发现在红带子与玉佩之间相衔的凹凸地方，一抹红色的印迹赫然在目，与通透晶莹的玉形成鲜明的对比。我纳闷不已，这是什么东西呢？

丈夫看见我质疑的眼神，踌躇了很久，终于开口："我怕你担心，有件事一直没告诉你。我这次回家是有原因的。这次在内蒙古飞行，飞机起飞的时候，因动力不足下坠，降落时起火，我从飞机逃出时把头碰破了点皮。"

他说的轻描淡写，但我望着他头上的伤口，想起他的谎言，（他说他在沙丘不小心摔跤碰破的），不敢想象那惊心动魄的一刹那，一个人拥有怎样坚强和博大的胸怀，怀着对家庭和爱人多么深厚的爱，才能用这般美丽的谎言来装饰！我的泪水一下子盈满了眼眶！

想起现实生活中有些借口不现实的爱情和婚姻，我突然觉得在滴血的玉观音面前是很苍白和无力的。有些承诺，就像这玉观音的心，是深藏在灵魂深处的美丽和光华，不动声色地闪耀着灼灼的华彩！

《春》（国画） 二等奖

汪佩 中建西部建设贵州有限公司

那一轮明月　　|俞敏|

"离人无语月无声，明月有光人有情。别后相思人似月，云间水上到层城。"多少年过去了，那个时候的青春已随风飘远了，那段恋情一直在心底如满月清辉，静静地、悄悄地洒着柔光。不相忘，自难量。

还记得，那一年，我们第一次见面，是在一个月光皎洁的夜晚。几个好伙伴，约好去附近的山湖边钓草虾和黄鳝。大家吵吵嚷嚷着，来到湖畔旁，开始一心一意垂钓起来。我在一旁观看，时不时走动着，极不耐烦。夜晚的鱼虾们也怕人打扰，所以我们得小声点儿，安静些，才好让它们愿者上钩。

此刻的月光在清朗的天空上如水般倾泻下来，湖面吹来柔风，水中树影隐约，偶尔，远处传来一两声响亮的蛙声，有点儿微醺微醉的感觉。月色里，我在湖堤边走着，胡乱踩在软泥巴的堤口处。突然，一不留神，我一头栽进了湖水里，那光滑有着柔细波纹的湖面顿时泛起了层层涟漪，我拼命挣扎着，呼喊着。

这下可把伙伴们吓坏了，赶紧跑了过来。其中有位瘦高个子的小伙子，二话没说，跳下水里把我救上了岸。因为及时，我才没呛到水，平安无事，没出意外。

这件事发生后，才知道这位小伙子不是我们一道来的同伴，他是邻居家的亲戚，比我们早来一步钓鱼虾。

那晚，我并不记得他的容颜，只模糊记住他高高瘦瘦的轮廓身影。只听到他对我轻轻说了一句话："以后夜间在湖边不能到处乱走，多危险啊！"在他的语气中，我感受到了关心，也体会到了警告。

慢慢地接触了几天，我和他的话题渐渐多了。他说他过不了几天，就应征入伍当兵去了，所以来亲戚家玩几天，放松放松。以后我们很难再相见了，因为他一走可能要好几年才能回来。为此，我们约好了，最后一晚去湖边看月亮，两个人去，没有他人。我很开心，羞涩地同意了。

那天晚上月亮很亮，亮得令人脸红心跳。沉静的湖水泛着幽幽的蓝色，大片大片的草地被月光照耀得如同白昼。比白昼更明亮的是一圈透明的水绿色的光晕，在湖堤上、草丛里到处流动着，柔柔的、媚媚的，好像要把我们俩都浸泡在月光里似的。此刻，感觉两颗心越来越近，似乎要融为一颗心。那时，我很想把这一切画下来，留住，记起，一辈子藏在心房。那晚的月亮，是我们俩的月亮，月光中我们体验美好！在月光下，他微笑的面容非常清晰，那样俊秀的眉目是在白昼里看不到的。神秘而棱角分明的嘴巴被月光雕琢成性感的导火索，只要轻轻一碰触，必会爱火燃烧，无法抵抗。可是，我们并没有牵手一起走，尽管心跳得像小兔赛跑一般。我们默默地并排站在湖畔旁，看那一轮属于我们俩的圆月。没有过多承诺，没有说退伍回来一定要来找我，没有什么甜言蜜语。也许正如一首歌里所唱的那样：月亮代表我的心！

过去的就让它过去吧！可是人们总爱在"梅花香,梨花月,总相思"里，在"自是春来不觉去偏知"里，感叹沉溺过往。这么多年来，遇到过很多清朗如那夜的月色，多么希望与心爱的人，在轻风摇曳的时刻，如水又如酒的月色里，在长满了萋萋芳草的湖堤上，我们手牵手一直不停地走下去！

时隔多年，我总希望，20岁时的那个月夜，能再上演一次。你不走，我不回；我会守，你会来。清风明月本无价，近山遥水皆有情。每个人的一生，并不是夜夜都能有那样一轮满月的，也并不是人人都能遇到那样一轮满月的。天空的月亮总有月缺月圆时，而青春的美好与珍贵，就在于它的可遇而不可求，在于它的永不重回！

爱的含羞草 　|党莉岩|

人间最美好的爱情也许就是一次不经意的邂逅，就像那株清清雅雅的含羞草一样，指尖碰触的瞬间，合上的是羞涩，敞开的是心扉。

我喜欢含羞草，喜爱它就像喜爱它的名字一样，遇事内敛，含蓄深重。闲暇的时候，手里总爱摆弄着一株含羞草，静静地享受着那种放在手心上的感觉，唇齿相依，不离不弃。

记得小时候，邻居阿姨经常带我去山上采摘含羞草，从那时起，我就喜欢上了这种绿绿的有着圆圆小齿的小草，每次拿回家放在花瓶里，慢慢地欣赏，慢慢地玩味。说来也巧，也许是因为特喜爱含羞草的缘故，我与他相识相知相爱，这小草竟是我们的红娘。

那是一个放学后的下午，阳光斜射在山坡上，我又照例沿着山路去采摘含羞草，与其说是采，还不如说是去欣赏、去侍弄。因为我并不舍得碰断那嫩嫩的细枝，只是将有些粗大的采回几枝陪伴我而已。尽管我知道小草的生命是顽强的，但是我还是觉得折断它的那一瞬间，似乎是在损害一个生命，有些于心不忍。

"你在做什么？干嘛蹲在这里？"本能的防卫意识让我顿时紧张起来，因为自己太专注了，后面什么时候站了一个人都不知道。我忐忑地站起来，内心的紧张让我用貌似强大的瞳孔怒视着对方，意使对方不敢造次。也许是自己的形象有点儿滑稽，对方"扑哧"笑出了声，这时我看清了站在我面前的那个人，他是一个瘦高的男生，一件横条的蓝色 T 恤衫，一条洗得有点儿发白的牛仔裤和一双半旧的旅游鞋。原来是我的学长，我长长地呼出了一口气。我转惊为怒，狠狠地打了他一拳，大声地喊道："你吓死我了啊！"他不再笑了，看我很生气，便不停地向我道歉。就这样，我们相识了。从此这条山路上又多了一个人的陪伴，那些含羞草也多了一个人呵护。

后来，我们各自考上了大学，不同的城市，虽然相距遥远，但是我们之间的感情却没有因为距离而变得淡漠；相反，我们经常会一起探讨人生，一起去找寻快乐。每当我想他的时候，我就会去寻找一株含羞草，将小草拿在手上瞬间，他仿佛就出现在我面前，陪伴着我。有一次，我写信问他："你想我的时候会怎么办？"他的回答让我感动，原来他和我一样，在想我的时候也会去寻找含羞草，寻找我们爱的见证。

如今我们已不再分开，可是每当他出差在外的时候，我还是不忘在花瓶里插上几株含羞草等着他回来，因为我们都爱它，就像我们彼此深爱着对方一样，从未因时间的逝去而淡漠。

尽管我们彼此深爱对方，但日复一日的生活，慢慢遗失了以往热恋时的浪漫，每每想起总是有种失落感。多少次，生日那天我不再收到那让人怦然心动的礼物，取而代之的是一桌自己爱吃的饭菜，吃得自然可口，但无法让自己兴奋起来，难道生活就该是这样的吗？想到此，不免有些惆怅，只好早早睡下，希望能在梦中再现以往的浪漫。

早上是被床头油条的香味叫醒的，睁开朦胧的双眼却已不见爱人的身影，也许是昨晚的余怒未消，转身正要继续假寐的时候，却发现一张写满了字的纸放在床头，不免好奇地拿起来看："亲爱的，我不知道你为什么不高兴了，我也不知道怎样才能让你高兴，你知道我嘴笨，人也笨，你有什么话说给我好吗？其实我早已看出了你不高兴，很想哄哄你，但又怕哪句话说得不对让你更不高兴。是不是饭菜不可口？我实在猜不出来原因。我知道这么多年来因为工作忙，没有时间好好陪陪你。昨天是你的生日，我几天前就已把这一天写在了我的日历上了，怕忘了给你做你爱吃的饭菜。本想在回家的路上能找到我们最喜爱的含羞草，可是没有找到。你说我是不是真的很笨，是那种不会讨女人开心的男人，你能原谅我吗？爱你！"看完纸条，我的双眼早已被泪水模糊，衣襟也早已被泪水打湿。这时我突然明白：家庭生活其实不可以能永远浪漫，重要的是爱还在，有爱的家才是温暖的，幸福的。

我起床穿衣，洗漱打扮，吃早点，感觉那天的早点特别好吃。吃完饭后，我出门采摘了一株含羞草回来，轻轻将它放入花瓶里，希望它永远陪伴着我们，一生一世！

《二乔》(国画)　优秀奖　董丽红　内蒙古奈曼旗财政局

我想去哪里 | 闫俐君 |

在这座山的片片落叶之间，我想象着自己变成了蝴蝶，在花丛间翩飞。飞过漫山的林海，飞越纠缠的藤蔓，飞在空灵的山间，我看到了山顶的云雾，还看见了雾中的五台。我一直在飞，在林间的幽静中，在终南山的苍凉里，在蜿蜒曲折的高速公路上……

午后，在街市的十字路口，我坐在你的身旁，你将车挂了空挡轻轻地溜着问我："你想去哪里？"我的心在那样的瞬间回顾：楼观台的道家精神，柞水溶洞的绮丽异彩，合阳醇美的处女泉，像云一样轻盈的开放着芦花的那个湿地，我都想过，但是我没有说，那全都不是我向往的地方。我说："不知道想去哪里。"你无言，带着我向南走，一路上尽是青黄的秋，挺拔的白杨在远处投下一个模糊的绿影。你把车开近了，我才看清只有黄色遗留树枝间，这该是真正的秋天，在都市里是看不到的。路两旁庄户人家的柿子树，挂满红澄澄的柿子，没有一片叶子，给人一种说不出的美感。安静的房屋，又恰是热闹中的孤独，身边忽闪而过的景物，萧瑟的有些败落，又使人想起夕阳下的残荷。

进入一个村子，我好奇地问："山怎么在村子里面？"你说："是村子在山里面！"我好半天无言。好像走过了很远的路，你带我来到了这座山前，我问你："这是南五台还是终南山？"你摇摇头，停好车沿着阶梯开始往上走。

这样的季节应该算是暮秋，微风摇动树木，叶子便像一群蝴蝶从树上飞下来，满地的金黄。你替我捡了些，站在不远处诡秘地朝我笑："我看着你在这里

両情若是久長時

变成蝴蝶！"我知道你是在嘲笑我的浪漫，那是我的梦，有种苦涩还有种清香的梦。当我捧起金黄色的樟树叶，我真真是嗅到了落叶的芳香。在树木的每一个空间，在没有人坐过的石桌石椅上，在不是路的路上，都能闻到这种芳香，使一贯忙碌的我今日也变得格外悠闲，像一个自在的游人。"我不会在你面前变成蝴蝶的，在你面前，我情愿是一片落叶。"我说。

当一种情感来临的时候，每个人都不会模模糊糊地感受它，尤其是女人。因为情感总是来自一个人的内心，它凝结着心血，交织着心智，开放着心花。

多少年来，真正的情感对于我都已经不复存在，这使我常常想到曾经。也许我们会一直走着各自的路，在某一个地点相聚，而后又在某一个时间分离，因此在一片片落叶之中，在这座大山的怀抱里，我还是很想飞。我想象着自己飞过了许多地方，可是终究不知道我想飞向哪里？我能飞向哪里？

我从层层叠叠的落叶上走过，想象许多年前会不会也有这样一个女子在暮秋的林间，踏着落叶寻梦。西北风还没有刮起来，落叶安然于地，没有喧嚣，没有嫣然，安静而又坦然，它们不向往青春的美丽，不缠绵与树的情谊，它是人们对秋天的记忆。就算是秋风扫了落叶，也扫不去它的风骨和它的香气。几乎每一个识得落叶的人，都不会忘记它曾经有过对大地的体贴，对树的依恋，为了寻找这样的感觉，我多次在街市的树木间一遍又一遍地寻找，但我只能看到一个又一个环卫工人，他们认真地工作着，令秋风怅然，也令我失望。

你走在前面，已经走了好远，手里还拿着一片叶子，只是那叶子很青很青，看不到秋天的痕迹。你呆呆地站着，好像是在等我，又好像在思考着什么？我走到你的身边，你指着阶梯上的一片叶子神秘地告诉我："那一片叶子上有句留言。"我惊诧地看你，你用下巴又一次指了指阶梯。我蹲了下去，我看到了那句留言，那是一片赤黄的落叶，叶子中央有一行歪歪扭扭镂空的痕迹，似字非字，像从前的甲骨文，又像是专门题在上面的一句话，但我看不懂那句话，我说："那是虫子咬过的印啊！"你笑了，俯下身捡起它，你一直在微笑，我想你一定读出了叶

035

子上的留言，那可能是一句关于爱情的箴言，因为在你心里有一条洒满阳光的爱情之路。

　　我是真的看不懂，我只感觉到这里没有城镇的烦扰，很像一个消失已久的天国，而那一片落叶又像天国飞来的礼物，带着一句梵语。我没有破译梵语的能力。

　　你要牵我的手，我将手背到了身后。看自己面前的落叶，还带着千年的孤寂，覆盖着所有的道路和阶梯。

《羲之爱鹅》（工笔画）　三等奖
邵锦霞　大唐灞桥热电厂

百合花

只愿君心似我心

《君子偕老》（木刻） 二等奖　田婧　宝鸡职业技术学院

慢节奏的"温暖牌" |李子燕|

东哥的毛裤已经穿了两个冬季，裤角边磨坏了，我巧妙地帮着修补好，丝毫看不出痕迹。第三个冬天来临，穿着穿着，发现另一处又坏了。东哥二话没说，翻出压在箱子最底下的包包，熟练地拿出用了一团未用过的同色毛线，等着我"故伎重施"。

新毛线与旧毛裤放在一起，立刻形成强烈的视觉反差——那条毛裤已经褪了色，而且很严重，所以显得实在太旧了！现在市场上热卖的很多保暖裤，据说还相当柔软轻便，莫不如干脆让这条旧毛裤"退休"吧，买一条新的时尚热能裤，既经济又实惠……

"干吗让它'退休'啊？只不过一个小地方跳线了，你不是能工巧匠吗？赶紧动手再编织几针，能穿就行。"东哥打断了我的话，俨然一副舍不得的神情。

其实我明白他的心思。他呀，并非只是心疼钱，更主要的原因，这条厚毛裤是我亲手编织的，可以说一针一线都是我的心血。还记得，当时望着我躺在床上架着胳膊的样子，他很心疼几次想阻止我编织。而我也有我的倔强，认准的事必须做完，于是趁他上班时悄悄织，总算在落雪前完成了任务……

至今，东哥穿上时欣喜的笑容历历在目，他第一次夸我"心灵手也巧"，我知道他体会到了"温暖牌"的含义。我也欣慰地笑了。要知道，一个从小连麻花辫都不会梳的女孩，变成轮椅上的巧手主妇，这其中经历了怎样的生活历练，经历了怎样的心路历程，只有我自己才知晓。

"别发呆了。前两次修得非常好。怎么？如今变成键盘高手，编织手艺是不是退步了吧？"在思绪溜号之际，东哥已经左翻右找的，把长久处于休眠状态的织针翻了出来，并对我使了个激将法。

"哼，我的编织手艺不是吹的，当年瞒着你织毛活，买家都夸我织得好！"我才不中东哥的计谋呢。

婚姻最初的几年里，为了生计，曾经偷偷织毛衣、钩拖鞋然后请亲朋代卖，只想减轻东哥的负担，只想为自己的小家尽一份力。那种苦中带着甜的日子，如今想起来，实在让人怀念……

"你还敢说那个？明知道脊柱承受不了太多的压力，却不知道自我保护，让人既生气又心疼。如果那两根钢板穿透皮肤支出来，后悔都来不及了。"东哥脸色严肃起来，望着手里的毛裤有些犹豫，似乎是考虑，到底应该不应该让我"重操旧业"，若是累到了脊柱，他更后悔的。

说到脊柱，我无语。是啊，那两根一尺长的钢板可不是闹着玩的，医生说若不加强锻炼，后背的肌肉也会萎缩的，严重时就会松动甚至支出来——而且前些天听说，有一位同样高位截瘫的患者就遇到了这样的状况，只得再次实施了手术。

"不过话说回来，你躺在床上也能织得那么快，就像你打字的速度一样让人刮目相看。而且不得不承认啊，你的那些'温暖牌'，几乎每个亲戚都穿过，不夸你厉害都不行了。"东哥知道我认识到错误了，语气立刻缓和了下来。

嗯，这句话说得我有些心花怒放了，所谓熟能生巧，速度加质量才是硬道理嘛！每当织完一件衣物，都会特别有成就感，印象最深的是为爸爸织的棕色开衫，如今洗得褪了颜色，他还是会经常穿起，说比买来的更舒服。哥哥家的小侄女漂亮可爱，我选择了自己最喜欢的粉红色，为小丫头织了一身衣服，仿佛在孩子身上看到自己童年的影子……

"当时不应该听你的劝阻。其实我一直想按年龄段，给儿子多织几身衣服，以防哪天我不在了……"说到这里我戛然而止，那是我作为母亲的心意！不过静下来想想，如今儿子个头高过东哥，而我还快乐健康地活着，还遗憾什么呢？

"我早说过，你唯一需要做的，是好好照顾自己，不要摔着、不要累着、不要病着，而不是单单编织爱，明白吗？"东哥边说边找来缝针，开始穿针引线，准备用最笨拙的缝补方法去对付那条毛裤了。

三个字"编织爱"，是东哥读懂了我的所有心思，在这个快节奏的时尚年代，还有人珍惜我慢节奏的"温暖牌"，何其幸运？我不再争辩，从他手里接过那条旧毛裤，捧进怀里细细编织，如同捧着一个织满爱的生命。

《秋语》（工笔画）　二等奖　祝丹
中国邮政集团公司绍兴市上虞区分公司

许你恨我一辈子 | 喻贵南 |

"老婆，我已到了广东，内地的工作已辞了，不用担心我，你先好好上班。混得好，我接你过来；混不好，还是当年那句话，许你恨我一辈子。吻你！"

婧妤看到这条短信的时候，一下子就傻了，怎么可能？开玩笑吧？昨天出门前不是说回乡下看他老妈吗？婧妤迅速将电话打给老公伟奇，可得到的结果是真离职了，人已在广东。婧妤依然有些不相信，立马将电话打给伟奇的上司，可对方证实一点都没错。

那么好工作，既稳定又清闲，薪水也还过得去，就这样辞职了，去了一个前途未卜的城市，而且抛下她这结婚才两年的妻子！气愤、伤心、失望等情绪一下子袭上心头，婧妤的泪水滚滚而下。

"我恨你！我恨你！我恨你！你这个'精神病'！"婧妤将这条短信发给老公，连发三遍还不解恨，又重发了两遍。

"许你恨我一辈子，但别哭。"

婧妤看着老公的短信，哭得像个孩子，而老公那句"许你恨我一辈子"的话，情绪渐渐平静，又将她的记忆拉回到了从前。

上学时，她成绩较好，总是班里的前几名；而他，总在中上与中下之间浮动。为了"伴朱者赤"，初一下学期，老师特意让他俩成了同桌。可她并不怎么搭理他，她觉得他的性格跟他的成绩一样"神经兮兮"的，要么不怎么说话，要么废话一箩筐，没个定性；上课不是看杂书就是睡觉，要不就在一个黑皮壳的本子上写写画画。那黑皮本子厚厚的,上了一把小锁,谁都不给看,也不知道写的什么。

有一天妈妈给了婧妤 200 元钱,让她还给表姨。表姨家在学校附近,她打算放学后去还。可是上完第五节课后,她发现那钱不见了,到处找也找不到。坐在后排的建兵附耳过来,悄悄地对她说,他亲眼看到伟奇偷了那 200 元钱,而且就夹在那个厚厚的本子里。

于是,她想都没想就生气地去翻同桌伟奇的书包,翻出那笔记本。正要打开时,伟奇从门外进来了,见了立马就窜过来跟她抢那笔记本。眼看就要被抢走了,慌乱中,婧妤张开嘴对着伟奇抓着笔记本的手背狠狠地咬了一口,他的手背顿时留下两排牙印。这时,上课的铃声响了,老师走进教室,伟奇不解地问她一句:"你抢我本子干吗?"

她当时则狠狠地横扫了他一眼,回他一句:"我恨你!"声音不高,却是咬牙切齿。

上课时,他在本子上写上一句话:"许你恨我一辈子,不回头。"他将本子推过来,轻敲着桌面示意她。

看了一眼那句话,她再次狠狠地横扫了他一眼,不说话。

下课后,弄清了婧妤抢本子的原因,但伟奇并不承认自己偷了她的钱,而且说什么也不让她检查那个本子。他只是捏着封面,抖给她看,证明里面什么都没有,可她认为他早已将钱转移了。

放学回家后,仔细检查书包时,婧妤发现她的书包夹层破了,卷成团的 200元钱掉到里面去了,不用手仔细摸,根本发现不了。她知道自己错怪了他,而且也才知道当时纯粹是建兵为了想看伟奇笔记本的内容而胡乱开的玩笑,她傻得真就把建兵的话当真了。

因为愧疚,她一下子改变了之前对他的冷漠,彼此间的关系开始好了起来,而且她主动在学习方面帮助他,他的成绩也突飞猛进。

之后,两人一起考上了重点高中,又一起考上了重点大学。毕业后,在同一个城市，双方都找到了不错的工作。

数年的同窗共读朝夕相处培养起来的感情，终于瓜熟蒂落、水到渠成，婧妤跟伟奇结婚了。新婚之夜，她要求他打开从不示人的那个笔记本给她看。无奈之下，他只好嘿嘿笑着打开了那神秘的笔记本。她略带好奇一页一页地翻看着，却被惊呆了。为什么呢？因为本子上到处写着一个女生的名字：婧妤。其中还有一页写着她很熟悉的话："许你恨我一辈子，不回头。"笔记本已显陈旧，字迹也有些褪色，可内容依然一清二楚。

"原来……原来……原来你，蓄谋已久。"她眼里闪动着泪花，半天才吐出这么一句话。

他则乐得开了花。他回忆道："你还说呢，当年你咬我那一口，回去以后，我妈老问我是怎么弄的，我说是摔的。她不信，我只得撒谎说是小狗咬的，结果被我妈硬拉着去打了好几天的狂犬疫苗。"她听了忍不住笑了起来，两人陷入当年美好的点滴回忆中。

转眼结婚两年了，两年甜蜜的婚姻生活，换来的，是他一声不吭的离职离家，她哭得泪雨滂沱。

之后，她像掀起过狂潮后的海面，努力适应着一个人生活的平静，忍着对他的思念、对他的恨。这一忍，就是几年。期间，他每年都会回来一两次，偶尔她也会去他那边小住几天。

终于在第六个年头，小有成就的他让她辞职去广东，带着他们已一岁多的孩子。在异地他乡合家团聚的那一晚，在他的总经理室，他喝了一杯又一杯的酒。带着醉意，他告诉她，当年离职离家，没有工作经验的他从最基层做起，从普通员工到主管，再到经理，直至今日的总经理。一路走来，他付出了很多，也收获了很多。

轻拥着她，他说："许你恨我一辈子。今天，如果你还有恨，那咱们一起恨到老。"

在伟奇带着醉意的表白里，婧妤的泪水，轻轻滑落。

钻 戒 ｜尹慧｜

"呜……呜……呜……"肖晓被丈夫小林摇醒的时候，泪水打湿了枕畔，心被黑暗的梦境堵得水泄不通。她用她柔软的小拳头狠命地捶着夫的胸膛，"都怪你！都怪你！都怪你！"肖晓的怨恨就如大街上爆米花机爆出的爆米花一样，一股脑从悲伤的心房涌出。

"咋了？宝贝，我咋惹着你了？"夫心疼地吻着她的脸。

"呜呜呜……你不要我了！你跟别人跑了！"肖晓终于抑制不住心里的悲愤，失声痛哭。

"好了好了，乖，我不是在这吗？不哭了，好吗？"无限爱怜地抚着肖晓的头。"跟我说说，谁有这么大的魅力，能把我拐跑了？"

"哼！讨……厌……你还……好意思……说……"肖晓抽噎地数落着，在小林的胳膊上狠狠地咬了一口。

"咬！咬死他，省得他跟人跑！"夫疼得直皱眉，但还是忍住了，调侃着。

肖晓终于破涕为笑。

月光清冷，被一层简陋的棉布窗帘挡在了玻璃与窗帘中间，拥着婆婆的文竹枝叶，倾听肖晓的梦境。原来，肖晓的梦把她带回了与小林热恋时……

暑假第一天，小林从学校到肖晓工作单位看她，他们手挽着手，肖晓把头依在小林宽厚的肩膀上，两个人踏着夕阳，在柏油路上散着步。此时，风温柔地拂着恋人的脸，碧绿的树叶哗啦哗啦地向他们发出啧啧的赞叹……

《春意》（工笔画） 优秀奖 冯玲
云南电网有限责任公司临沧供电局

蓦地，一个女孩天仙般翩翩飘落在他们面前，肖晓定睛一看，是他们的班花秋儿！秋儿小巧的身材，细长的瓜子脸，水汪汪的杏核眼上长长的睫毛舞动着少女的款款风情，那火红的入时的连衣裙，更增添了几许妩媚与泼辣。秋儿扯起他的手，"我们谈谈。"说完，抬脚就走。

小林像个宠物一样被秋儿牵着，头却扭转着朝向肖晓，用眼神征求着肖晓的意见。肖晓未置可否，虽然此刻肖晓好想说"不"。

秋儿，是一个出身名门的独生女，没等大学毕业，就已谋求去国外发展了，据说她爸爸让她去英国深造，想来秋儿已对小林暗恋许久，她的发展需要他的才智——她的目的肯定在于此。所以，肖晓不能阻拦他们当中的任何人，虽然他是深爱着肖晓的，但，和秋儿相比，肖晓感觉自己就是一个丑小鸭，既没有美貌，也没有好的家庭背景，所以自己不能自私到为了一己幸福而把他的前途做砝码。可是看着他们的身影消失在码头的一个小木房子里时，肖晓的心已被痛苦撕裂……

残阳如血，挥洒在西天，渲染着肖晓的心事。她收回企盼的眼神，回转身，拖着沉重的脚步，在暮色中独饮离愁……

"哦，原来，是秋儿惹着你了？小气鬼，梦是心头想啊。"小林用手捏捏肖晓的脸，"毕业后我们就没再联系啊。"

"哼……骗我！我白天收拾旧物的时候，看见了她写给你的情书，有她赠给你的丝帕为证！要不要我拿给你看看？"

"哇，还有丝帕啊？真有这事？我都忘了。"

"哼！你少打马虎眼！赶紧给我交代！你是不是也暗恋着秋儿？不然，怎么还留着她给你的丝帕？"肖晓不依不饶。

"这丝帕真讨厌！亲爱的，我把它交给你了，你狠狠地收拾它！"小林近乎谄媚的纵容，足见他对她的爱有多深。

肖晓的情绪平复了许多。小林细致地为肖晓掖了掖被角，生怕从屋檐下缝隙里偷袭来的冷风吹到肖晓。他们住的地方实在太简陋了，原本是房东用来装煤和木头样子的仓房，被他们租用为自己新婚后的栖息地，四面透风的家，已为他们承接了一个四季轮回的风雨，见证了肖晓对小林坚贞的爱。

"宝贝，没事了，美美地睡上一觉。明天我啥也不干了，陪你去个好地方！"

"不要，耽误一天，少挣好多钱呢。结婚一年多了，我们刚刚攒了 5000 多元钱，啥时候能买上新房子呀？"肖晓有些惆怅。

"不怕，有我呢。"小林吻着肖晓的秀发，坚定地说。

第二天，小雨。他们乘公交车到了 Z 大街。

这是 H 市相当繁华的现代商业街，奢华而典雅，商埠里陈列的都是高档商品。婚后，肖晓曾经到 Z 大街逛过一次。

当小林牵着肖晓的手走进捷夫珠宝行时，肖晓在柜台里一眼就看见了那款名为"星月奇缘"的南非钻戒，它曾在他们结婚一周年纪念日的时候，成为她奖励自己的首选"奖品"，但终于因为价格不菲而被肖晓放弃。

小林发现肖晓的双脚被"粘"住了，顺着她倾泻到钻戒上的热切目光望去，他感觉到了她澎湃在内心的渴望。小林第一次违背了肖晓的意愿，自作主张去结账，花去了他们 4700 元的积蓄。

　　小林一边往肖晓的右手无名指上戴钻戒，一边郑重地说："宝贝，咱们结婚时，我除了 2000 元外债以外，什么都没有给你，今天这颗你心仪已久的钻戒，填补你曾经空缺的结婚戒指！以后不许再哭鼻子说我让人领跑了哦！"

　　售货员及顾客看到这感人的一幕，都自发地热烈地为他们鼓掌，流露着赞许和羡慕的目光一直伴随着这对恩爱的人离去。

　　顶着淅淅沥沥的小雨，他们回到了他们的 8 平方米寒舍，肖晓戴着她亮闪闪的钻戒，在爱的王国里，做幸福的"王后"，哭来的钻戒，也便成了他们爱的旅途中经典佳话。

《清雅》（工笔画）　优秀奖　刘红丽　大唐韩城发电厂

25 朵芭茅花，浪漫爱情花　　|宋庆莲|

夫妻之间，彼此拥有简单纯粹的爱情，能让爱情之树长青，花开朵朵，芬芳满园。

年轻时候的我，性格开朗，心中无畏，常有一些奇思妙想，有奇思妙想就会异想天开。异想天开的我，开始写豆腐块小散文，写诗歌，尤其喜欢写爱情诗。

23 岁的那一年，遇见了我现在的老公云瀚。遇见一个男子的青春微笑，他灿烂、夺目、温暖、舒心，那微笑让我的灵魂鲜亮起来。我和他谈论未来，谈论诗歌……

生活会不时给我一点儿小惊喜，我的几首小诗发表了，几篇小散文也见报了。在遇上爱情的日子里，奇迹也发生在我的身上，我的一首情诗《爱情使我双膝跪下》荣获了全国情诗大赛一等奖，我异常开心。

有一件事，几十年过去了，我记忆犹新，难忘那爱的滋味。我和云瀚认识第二年的夏天，外公因高血压住院，母亲因脚痛住院，我因病也住进了医院。母亲和外公住在乡医院，我住在州医院，家中没有人可以来医院照顾我。当时，云瀚在湘西教书，他白天上课，下午下课后赶不上最后一趟班车，所以他要从默戎中学步行 40 多公里来医院照顾我。饿了就到路边地里挖个红薯充饥，有的时候推开医院的门居然已经凌晨 1 点多了。病房里还住着其他几位老人，老人都被他感动了，说："小宋，这是你值得托付一辈子的人啊！"云瀚每天都来医院，坚持了一个星期，直到我病愈出院。

25 岁那年，我和云瀚结婚了。当时我们两家很贫穷，他家也拿不出钱办一个像样的婚礼。当时我们只花了 5 元钱，在岩头寨乡政府民政领取了结婚证。没有酒宴，没有婚戒，没一样值钱的礼物。捧着两本红红的结婚证书，我俩心里充满对未来美好生活的向往。就这样，我把我一生的幸福交给了他。

我们携手走在家乡的茅草小路，小路洒满了夕阳，像红地毯，见证了我们的爱情。云瀚爬上山坡，为我攀采了 25 朵芭茅花，象征着我生命里的 25 个春秋年华。那是家乡山坡生长的花呀，我是这方山水生长的姑娘呀！我接过芭茅花，如获至宝，浪漫至今。

25 朵芭茅花，那永不凋谢的浪漫爱情花。

1992 年，我大着肚子孕育着小生命，跟着丈夫回到临澧文家定居。面对矮矮的土墙屋，我感受到的不是贫穷和压抑，而是孕育生命的欣喜和快乐。当我面临丈夫失业，当我们负债累累，我们都没有担忧过。因为心中有爱，有爱就有希望，有爱就有勇气面对所有的艰难困苦。

我大着肚子，在文家店的街上摆过地摊；在炎热的夏日背着雪糕箱，走村串户地卖过雪糕……

常说："穷则思，思则变。"为了脱贫致富，我们产生了栽培食用菌的想法。说干就干，我们拜访了十几家食用菌栽培户，自学食用菌的栽培技术，租种了几亩田地，栽培平菇。每天凌晨 4 点起床，我们把成熟的菌子一个个摘下来，天一亮便挑起一担鲜嫩的菌子，沿着文家、甘溪、侯家湾的路线叫卖。后来，我又在公路边开了一家小杂货店，丈夫用自行车把货品从 15 公里外的临澧县城运回来。一分耕耘，一分收获，经过几年的努力，我们的生活状况有了明显的改善。

我们新修了一层平房，很小，每逢大雨，家中的锅盆桶都会派上用场。倾听那屋顶漏雨"叮叮咚咚"的雨打锅盆声，我和云瀚在这样的音乐声中陪孩子读书、写作业。两年后，我们终于把原来的平房变成了一栋两层的小楼，有了书房和阳台。那是我们用勤劳的双手，像燕子衔泥一样一点一点地筑起的爱巢，筑

起的一个可以遮风挡雨的安乐小家。

常说："千金易散尽，书香能传家。"我喜欢阅读，云瀚也喜欢阅读。即使生活再贫穷，我们每年也还是要到新华书店或者旧书摊买几本自己喜欢的书，买几本可以和孩子一起阅读的书。年轻时我爱好写作，婚后搁笔 10 年，如今我又开始写写涂涂。起初，并没有想将来能成为一名作家，我只想记录一些生活的感悟以及对人生的态度。我想把这些留给女儿，等女儿长大后，若是遇到挫折，生活不如意的时候，看看母亲的这些手记，或许能给她带来生活的勇气，照亮她的人生旅途。

我的写作能够不断地坚持下来，当然少不了云瀚的支持。我喜欢阅读，即使在寒冷的冬天，云瀚也会用单车搭着我去 15 公里之外的县城图书馆借书、还书。记得，有一年他在吉首一个建筑工地打工，我开始学习写歌词，他专程跑到吉首新华书店给我买了一本书《同唱一首歌》，扉页上写着：送给我的爱人——宋庆莲。接过书，我很感动，这和当年他在家乡的山坡上为我攀采 25 朵芭茅花时的感觉一样。

我开始写第一部长篇童话《米粒芭拉》，云瀚一人在外打工，女儿在读大学。因为经济上的压力，深圳的朋友帮我找了一份在公交车上售票的工作，我打算先放下这本未写完的童话，外出打工。云瀚知道后对我说："一个人能够做自己喜欢做的，应该是一件快乐而又幸福的事情。你先把《米粒芭拉》的初稿完成，再带出来修改，这样要好一些。"可以说，《米粒芭拉》的出版以及后来所发表的作品和出版的图书，都离不开云瀚的支持，是他给了我坚持写下去的勇气。

一路走来，我和云瀚同甘共苦，相互理解，相互扶持。夫妻生活有幸福甜蜜的时刻，当然，也会有争执、有矛盾的时刻。然而，只要我们想一想对方的好，想到那爱的初心，想起那 25 朵芭茅花，那永不凋零的浪漫爱情花，争执、矛盾会自然化解……

我们用简单纯真的爱守护家，守护爱情的乐园，让爱情之树长青，让爱情之花常开，芬芳满园。

一生有爱 |季纯|

爱，是每个人一生的追求。

20 岁的我愚昧无知，以为爱情是年轻人的专利。你看街角处、小树林、黄昏的河滩边，紧紧拉着手依偎在一起的基本是年轻的情侣。

直至有一天和同学去旅游，坐一列老慢的绿皮火车。我们的对面坐着一对老年夫妇，他们恩爱的样子，着实让人羡慕。一路上，我们一边看着窗外流动的风景，一边聊天。我们聊了很多，难免说到爱情。老人说："爱情与年龄无关，爱情是永生的。"

我当时羞愧不已。是啊，爱情最好的模样不就是眼前的"执子之手，与子偕老"，不就是当你老了依然是我手心里的宝吗？我怎么没有想到爱情是永生的呢？

婚姻的前提是爱情，没有爱情的婚姻是可怕的。我认为，最完美的爱情是一见钟情。我的思想决定了我的行动，感谢上苍的厚爱，让我在冥冥之中与我的爱人一见钟情。可是年轻的我们一穷二白，在没有戒指、票子、房子、车子，没有鞭炮齐鸣，没有亲朋好友的祝福下，我们结婚了。正如童话故事书里所写的那样，从此，王子与公主过上了幸福的生活。之后的婚姻生活到底如何？我们不得而知，童话故事书里往往以一句"过上了幸福生活"替代了所有的内容。

真的是这样的吗？如此相爱的两个人在婚姻中就一定相敬如宾不吵不闹吗？从我这里得到的答案是否定的。那么就不幸福吗？答案也是否定的。结婚 20 多年了，我和爱人每天进进出出总是手牵着手，我们不是在作秀，牵手已经成为一种习惯，一种自然而然。不仅仅是这样一个小小的动作，爱人对我爱护有加，着实让许多人羡慕不已。常常有人问我，看你们这么恩爱，这么多年了还像一对小情侣，你是怎么经营婚姻的？你们是不是从来就不吵架？

20多年的锅碗瓢盆，不磕磕碰碰怎么可能？举个再简单不过的例子，我曾经养过一对牡丹鹦鹉，牡丹鹦鹉在动物界号称是情侣鸟，是极其相爱的典范。它们经常头挨着头卿卿我我，但过一段时间它们也会大声争吵，一副气急败坏的样子。下午下班回来，发现中午还在吵嘴的两只鹦鹉又头挨着头依偎在一起，它们和好如初。这一对可爱的鹦鹉为什么会在短时间内和好，我想首要的是它们极其相爱，这是最最重要的，另外一个原因就是它们从不冷战。

偶然的争吵，并不是伤害感情的最根本原因，俗话说"床头吵架床尾和"，冷战才是婚姻生活中的"第一杀手"。夫妻双方有时争吵的原因往往小得不足挂齿，而一定要在彼此的内战中分出胜负，本身就毫无意义。僵持的时间越长，伤害也越大。

据说鱼的记忆只有7秒，7秒之后就不记得过去的事情了，一切都变成了新的。7秒之后小小的鱼缸又新鲜如初，所以鱼在小小的天地里不会耿耿于怀，它更不会抑郁。婚姻也一样，两个人每天在一个小天地里柴米油盐，要相伴终老，应该向鱼学习，学会遗忘。若每次吵架，前30年后50年地翻旧账，或跟祥林嫂似地絮絮叨叨没完没了，即便原本再相爱，爱也会被磨砺得所剩无几。

年轻时的吵闹，大都因为是些鸡毛蒜皮的小事。比如他瞪了我一眼，或者是他的想法和我的想法不一样，却始终坚持自己做法等，都会引起口舌之争，而最终的解决，也是因为彼此的相爱，互相的宽容谅解。这么多年的争吵，偶有发生，为什么依然恩爱，那就是选择性的遗忘，忘掉不痛快的事，永远记得的是那些幸福快乐的事。

有一次跟朋友聊天，说到了婚姻，她们说有了孩子之后，几乎把注意力都集中在了孩子身上，导致夫妻感情淡漠。我们笑言孩子成了婚姻中的"第三者"。

这样的例子多得数不胜数。事实上，孩子要管，爱更要保鲜，婚姻生活才会完美。而很多人往往因为孩子的到来而忽视了爱人的存在，长此以往，感情自然淡漠了。其实，越是随着年龄的增长，越是需要彼此的爱意与依恋。

儿子上大学后，我与爱人主动申请去西部山区支教一年，山区物质生活贫乏，条件艰苦。忙碌的工作之余，我们牵手走在乡村的小路上、田野里、小河边；我们挖苦菜、掐苜蓿，在雨地里捡地软；一朵奇异的小花、一树火红的柿子、一只喜鹊的喳喳声……凡此种种均让我们惊喜不已，城市的灯红酒绿离我们越来越远，与所爱的人同甘共苦，内心则更加充盈温暖。幸福的滋味不是物质的富有，而是精神世界的宁静与和谐。

一路携手走来，我们几乎很少争吵了。彼此包容对方的小缺点，忍受对方的小性子，就会发现两个人都会往好的一方面发展，在各方面对自己有了高的要求。在家这个宁静的港湾，我们说话的方式越来越天真，越来越像两个顽皮而可爱的孩子，幸福的婚姻让我们变成了彼此手心里的宝。

时间在不经意间悄悄改变着一切，唯一不变的是爱的本色。20岁时，火车上相遇的那位老人的话，我至今记忆犹新：爱情与年龄无关，爱情是永生的！

《花开犹似上元灯》（国画）　优秀奖
张国红　山东兖矿集团离退休职工服务中心

一夜回到"解放前" |尹慧|

沉默，沉重，沉闷，最后，变成了沉痛，这是只有夫妻二人的餐桌上凝固的气氛。

蓉儿最最担心的事情终于发生了！

老公在她的逼视下，游移的目光无处躲藏，"卖房子的钱……全赔进去了。"

"蓉儿，对不起！我对不起你和儿子……"话音未落，两颗大大的泪珠已从老公的眼中滚下，落在桌面上，溅起蓉儿的心疼和心伤。

"对不起就完了？"此刻，蓉儿很想拍桌子，很想掴他个响亮的耳光，但，她只是弱弱地问，亦像是自言自语："你难道不知道，这钱是给儿子出国留学用的？你难道不知道，除了这点儿可怜的卖房子钱，咱们已再无分文？"

蓉儿直视着老公，目光空洞，没等老公回答她的问话，便径自离开餐桌，走进卧室，"咣当"反锁屋门，瘫在床上。

蓉儿没想折磨自己，蓉儿是有文化的人，她不想拿别人的错误惩罚自己。她需要静静地思考。

"你怎么这么能挺？身体状况糟到这种程度才来看医生？"蓉儿的耳畔又响起了医生的问话，眼前又浮现了老公面对医生责怪时无奈的苦笑。

门外，老公在啜泣。这是结婚 20 年来极其罕见的。

两个月前的那段日子，老公总是在她面前欢蹦乱跳地炫耀："亲爱的，今天挣了 4000！""你猜，今天我赚了多少？""亲爱的，今天赚了 10000！一直保持这个势态，半年就能买套高层住宅！"炒现货炒得老公鲤鱼跃龙门般欣喜若狂，蓉儿却预感老公终将被这天上掉的馅饼砸伤。

60 天的光景，那个乐观、坚毅、温和、幽默的他，真的被天上掉的馅饼砸倒了！

两个月前，他还大刀阔斧地锻炼，热情洋溢地上班，食欲大振地吃喝，没心没肺地沉睡，没老没少地搞怪。现如今，独处时，他成了蔫头耷脑、霜打的茄子，了无生气；偏激时，犹如神经过敏的刺猬，芒刺直立。

易怒、迟钝、寡言、虚弱，这是老公最近的日常表现，他的精神世界已经坍塌。

"蓉儿，你打我吧，骂我吧，这样，我的心会好受些。"老公在门外哭出了声。他的哭声像蝎子刺一样蜇着蓉儿的心。如果打他能解决问题的话，她还能等到现在么？

"蓉儿，你不要我了吗？你要是不要我了，我活着还有什么意思？"

蓉儿听到这，内心瞬间发生了大地震！

她急忙开门奔到老公面前，老公一把抱住蓉儿："我也是赚钱心切，你知道，公司这些年一直入不敷出，其实，我这是背水一战啊，本来一直赚钱的，谁知道会一夜间全盘皆输。"

"唉，输就输了，钱没了，我们再赚。和 20 年前相比，至少我们还有房住。"蓉儿像母亲摩挲着孩子一样，安慰老公。

"蓉儿你真的不怪我？"老公孩子般仰起头问蓉儿。

"怪你又怎么样？我把你整死？"蓉儿使劲掐了老公一把，"你若没有了健康快乐，我要再多的钱又有什么用？"蓉儿咬咬牙，生生把漾上眼框里的泪憋了回去。她决心做回"大女人"！"我不坚强，谁替我撑篙！"蓉儿悄悄在心里说。

是啊，20 年来，老公一直拿她当块宝，捧在手上，含在口里，装在心间。他赚的每一分钱都用来建设这个温馨的家，自己从不乱花一分。对双方父母和亲戚朋友他始终愿意慷慨解囊。如今，他偶一"失足"，谁来消解他的千古幽恨？

公爹和婆母相继离世，爸爸妈妈业已仙逝，何以解忧？唯有蓉儿！

"我以为你知道我把钱败光了，会不要我。"

"蓉儿已经过了躁动的年龄。早想明白了，人生一场，除了健康，什么都是身外物！你好好的，就是我和儿子的最大财富！"老公更紧地拥住了蓉儿。

"唉！日子从穷到富好过，从富到穷可就不好过了。你要做好思想准备。"老公眼帘低垂。

"当初嫁给一无所有的你时，我的思想准备就做好了呀！"蓉儿温柔地为老公擦去泪水，"有啥不好过的啊？我怀孕的时候，因为馋芥菜疙瘩咸菜没舍得买，结果儿子出生后，两只眼睛眼白上都有明显的红血丝，你忘了吗？我们现在还不至于连个芥菜疙瘩都吃不起吧？"

"嗯嗯，那倒是。"老公听蓉儿这么说，心中把他压得喘不过气的石头落了地。

"老公，你千万不要有什么负担，记住：放下才能自在。

"你知道我们现在的情形像什么吗？一路欢歌，我们走进了爱的深秋，停电的夜晚，我们点燃了一支蜡烛，那温暖而又令人心怡的烛火，便是我们爱的写照。我们两个人四只手小心翼翼地罩在烛光四周，抵挡着强劲的风，让烛火极力燃亮着黑暗的四周，摸索着前行。我们如同行走在渐次升高的楼梯上，要向高处走，还要保持蜡烛一直燃烧着照亮我们前方的路。

"偶尔，其中一人滑倒了，另外一人要奋力去扶，同时，还要独自面对烛火熄灭的威胁，那颤巍巍的摇曳的精灵，由于保护势力的削弱，在强势的风的摔打中几近奄奄一息，但，我们不能让它熄灭，决不！因为我们深知：在这样伸手不见五指的夜晚，要想再找到火种是绝对不可能的！可我们前面还有很远的路要走，没有彼此的陪伴，这烛火不会燃烧旺盛，我们的前路不会光灿，我们的人生不会再有笑语欢声。

"此去经年，我们相携着、守护着爱之火，向一个个台阶挺进，不论前路有多少坎坷、多少风雨，只要信念永恒，痴心不改，相信天明的时候，我们倾尽全力守护的定是灿烂的曙光！

"有了爱的烛火，黑暗总会却步；只要心空不混沌，世界终将放光明。"

中断的晚餐继续中，轻松，愉悦，温馨……那是风雨之后的彩虹，它完美地诠释着：幸福和富足不是孪生。

《花始盛开 二月鸟啼》（工笔画） 三等奖
何源 西南油气田华油公司龙泉驿华油兴能天然气有限公司

今生只牵你的手　|季纯|

　　她和他一见钟情，结婚前，他总是搂着她的肩；结婚后，他总是牵着她的手。

　　结婚前，县长的儿子喜欢她，托她的叔叔来说，她淡淡地说："我有男朋友了。"叔叔问："你的男朋友家里是什么条件？"她说："是工人。"叔叔又问："县长家这么好的条件，县长的儿子也是大学毕业，你就不考虑这些条件吗？"她说："我不在意这些！"叔叔瞪大了眼睛说："你真是个瓜女子，我看是读书把你读傻了，现在有几个人找对象不看条件的？有福也不知道享！"

　　年轻的她不屑反驳，她只看重那个人。她认为若把物质条件放在首位的感情是值得怀疑的，她不属于大多数。对于恋爱中的她和他，双方的父母都有意见。而他们只尊重自己内心的选择：今生只牵你的手。

　　无论是古今还是中外，钻戒从来都是爱情最好的信物，象征着爱的唯一与永恒。她没有钻戒，她甚至连最普通的戒指也没有。他要给她买，她拒绝了。两个刚从大学毕业的年轻人，一穷二白，又得不到双方父母的支持，拿什么买这些呢？他们毅然决然地领了结婚证，但依旧各住各的单身宿舍。她同宿舍的女孩有时不在，他就会住过来，和她挤在很窄的单人床上。有一夜，他俩从急迫的敲门声中惊醒。她睡眼蒙眬地问："谁呀？"对方回答："保卫科的，来查宿，请开门！"她不慌不忙地打开门，进来二女一男。她不等对方说话，就从箱子里拿出结婚证。穿着工作服的男人说："有人举报女单身宿舍进来一个男的，一直没有走，我们这才过来查的！原来你们是夫妻，真的不好意思。"看来有了这一纸结婚证，就有了法律的保证。

雨要来临的前夜，天气异常闷热，宿舍里就更不用说了，100元买的小风扇怎么吹都吹不出凉意。于是他问她："你敢不敢睡在外面？"她说："敢！"他抱着凉席和毛巾被，拉着她的手到了厂里的广场上。夏虫鸣叫的夜晚，树影绰绰。天当被，地当床，他们在广场上睡了一整夜。

之后他们租了房子，买了家具，自己布置好了房间，贴上了大红喜字。许是因为彼此深深的爱意，只有两个人的婚礼亦不觉得冷清。

后来他们有了孩子，依旧只是他们两个人自己带孩子。孩子6个月，她要上班，只能把孩子放在保姆家。每天早上她骑着自行车把孩子送去，中途到保姆家给孩子喂两次母乳，晚上再把孩子接回来，一天下来精疲力竭。他常常一手抱着孩子，一手拉着她的手。他们从结婚到生子，过来过去就是两个人自己操劳，她竟不觉得苦。看着渐渐长大的孩子，她由衷地说："我们多么幸福啊！"

他们先是从租住的房子搬到了厂里的平房，又从平房搬到了楼房。后来他们买了车，他们的孩子也上了大学。此时，他们也能买得起钻戒了，但走了这么久，他们心照不宣，因为爱早已经超越了物质的局限，不需要用什么来证明了。在他们的心中，一枚坚硬的钻戒抵不过他们年轻时写的一封情书。

结婚20多年，在他的眼里，她还是一个不谙世事的小姑娘，他宠着她。有许多年轻人看着他们每天十指相扣，十分恩爱的样子，便来取经。她问她们："一个人没钱、没权、没房、没车，你会不会嫁给他？"她们稍作思考便说："不会！"她又问她们："你找对象时，是先看这个人呢还是先看条件呢？"她们说："先看条件合适不合适，再看人！"她问她们："如果你深爱一个人，这个人品质也好，但父母反对怎么办？"她们说："还是听父母的。"她说："那不是爱！真正的爱没有那么多的附加条件。你越是不追求物质的条件，你越是能找到精神的爱侣。"

常听人说，没有亲朋好友祝福的婚姻不会幸福。又听人说，不花钱娶来的媳妇不会珍惜。花了钱，男人心疼钱，婆家心疼钱，才会心疼媳妇，所以就有了财礼一说。每个时代都有每个时代的礼数，什么三金四银呀，房子车子呀，名目多得很呢！

是不是婚姻本身是易碎的，才需要用票子和钻戒来补牢？他们虽然没有举办婚礼，但她还是参加过许多场别人的婚礼。她记得她的朋友当新娘的时候，头上戴着白色的百合花，穿着婚纱挽着新郎的胳膊，在臂弯里沉醉。新郎握住新娘的手，含情脉脉地说：我爱你！新郎继而把新娘拥在怀里。这时众人高喊："亲一个！亲一个！"场面很大，很热闹。可是结婚仅仅四年，还不到七年之痒，婚姻竟亮起了红灯。朋友心灰意冷，无奈地写道：心若一动，泪已千行。

她记得朋友手上闪闪发光的钻戒；她记得朋友头上的百合花，那是象征着百年好合的百合花；她记得朋友结婚当日洋溢在脸上的幸福笑容，但这一切却经不起时间的考验。

婚姻是一双鞋，合不合脚，舒不舒服，只有自己最清楚。有人穿鞋是依着自己本心的；有人是穿给别人看的。就像一双好看的细高跟鞋，穿着穿着，虽然鞋子已经变了形，但依然舍不得扔掉。

她是反传统的，他也是。他们彼此都找到了让自己最舒服的那双鞋。所以，爱在他们的心里才一直不褪色，愈久弥坚。

《春韵》（国画）　三等奖
伊翠洁　内蒙古奈曼旗财政局

松花江，流在我们的胸膛　|睢雪|

　　漫漫生活路，改变着他，也在改变着她。他和她由陌生到感恩，由感恩到至亲至爱，相濡以沫走过 60 个春秋。

　　这是著名作家杨子忱和他农民妻子曲显珍的故事。今年正月初六，杨子忱八十大寿那一天，他为妻子倾心朗诵：

　　一个诗人
　　在他没有成为诗人的春天
　　一个乡村女子便作了他的妻子
　　……
　　一个诗人在无声地捕捉着
　　一个不懂诗的妻子在无言地耕耘着
　　一个诗魂在站立
　　诗是他俩共同的儿子呵

　　这首名为《诗人和妻子》的诗，杨子忱不知为妻子朗诵过多少遍，妻子总是异常兴奋地听着。然而这一天，妻子泪如泉涌。她听了丈夫江水般的诗意，再也控制不住内心的依恋，深情对丈夫说："我可能最后一次听你的诗了……"

　　杨子忱惊讶："别说这话，你还会听到我的诗。"这位 80 岁的老作家写过洋洋万言，最使他贴近心窝的就是这首《诗人和妻子》，这是他从滚烫的内心深处表达出来的对妻子曲显珍的情感。

　　1956 年的春天，正在师范学校读书的杨子忱由父母包办，娶了一个连自己姓名都不认识的妻子。那一年，杨子忱 18 岁，妻子 21 岁。新婚第二天，杨子忱就离开家去学校读书，很快忘记了家中的妻子。第二年秋天，枫叶落了的时候，杨子忱回来了。一场"反右"斗争把他卷进时代的漩涡，他被下放回乡务农。回到家，他对妻子说："你为我父母吃了许多苦，我很感激你，可我要去一个没有人认识我的地方，你再找个好人家吧。"曲显珍想挽留丈夫，但她没有绵绵细语，只说出一句话："天没有总阴的时候。"一句重千斤，杨子忱觉得有道理：天是会晴的，不走了。杨子忱很委屈地和妻子生活在一起。每当夜晚，他写书稿，妻子做针线活，常常是到深更半夜，丈夫思索着一个个浪漫的故事，妻子向往着过上富裕生活。一晃三年过去，两个女儿相继出生，但两口子说的话不到一箩筐。

　　杨子忱的家乡九台市小南沟屯四面环山，一条松花江蜿蜒流过。是在秋天的一个早晨，杨子忱睁开睡眼就提起了笔，妻子做好饭就上了山，她要去山里采蘑菇。在山里，成熟的松籽和榛子吸引着曲显珍。采一把松籽，她觉得给丈夫贪黑时吃正合适；采一把榛子，她又觉得是丈夫休闲时的好食物。她高高兴兴地背回家，小心翼翼地炒熟，每天晚上拿出一小把，放在丈夫的桌边。杨子忱寻问妻子上山采集时的情景，顺着她的经历写出了《采松籽》一诗，在人民文学杂志发表了。还有一次，曲显珍去娘家院里摘回山里红，当丈夫写到半夜时，发现丈夫有了困意，就把一串山里红送到丈夫桌上。杨子忱手里托着山里红，居然想起人们常说的相思豆。他想，南方有红红的相思豆，北方有绿绿的勿忘草，这圆圆的山里红不正是贴近心怀的相思豆吗？当晚，他写了一首《山里红》，很快发表了。

　　朦胧中，杨子忱对妻子有了好感。他感激妻子，但并不爱她。日子在平淡中过着，有一件事使杨子忱在爱的黑夜中寻找到了光线，眼前的妻子其实就是一盏灯。杨子忱写过一篇小说《清晰的辙印》，写完后觉得不理想顺手扔了。他去省城参加创作培训班，无意中向指导老师提过这篇稿件的内容，指导老师觉得很有味，建议他给寄过去。杨子忱一听傻了，他想一定让妻子抽烟或引火用了。回家后便开始寻找，并没抱有多大希望。没想到妻子从破旧的仓房里搬出 30 麻袋草稿，从麻袋里找出了那篇稿件。从不过问仓房的杨子忱很惊讶，他惊的是不识字的妻子竟然那么细心。可想而知，她心中装着丈夫的事业，也装着自己表达不出来的真情。对妻子的爱像一股潮水涌上心头，这种爱闪烁着至真至美的光芒。

杨子忱恢复工作后调到省城长春。有一年，一位编辑到家约书稿，听说自费出版，杨子忱很为难。曲显珍当即把保存 20 多年的银手镯拿出来说："咱把这东西卖了出书。"杨子忱知道这副手镯是岳母卖两斗米给女儿结婚的礼物，妻子始终没舍得戴。于是他说："你留着吧，这是咱的家宝。"使他没有想到的是妻子居然回答："你写出的书才是家宝。"杨子忱又一次受到震动，他借钱出版了诗集《山影集》。他把这本书和手镯一同交给妻子说："这副手镯代表你对我事业的厚爱，这本书中也有我对你的爱。"一句话，不懂诗的妻子泪流满面。

2006 年，是杨子忱和妻子的金婚岁月。杨子忱召集儿女庆贺他和妻子的金婚，儿女们为父母购买了红玫瑰和百合花。窗外白雪铺地，窗内芳香四溢。杨子忱向儿女们表白："人生是一条船，家是幸福的港湾。我和你们母亲共同生活了 50 年，是责任、道德和真情实感造就了我们这个幸福的大家庭……"

2017 年春节过后，曲显珍向丈夫吐露真情，身体不适恐怕活不多久了。丈夫立刻送妻子去医院，经诊断为肝癌晚期。在医院里，妻子一再要求回家，她想早日解脱。杨子忱安慰妻子："还有三个月就是你的 83 岁生日。挺住，天天想着咱老家的松花江。松花江，流在我们的胸膛……"

松花江，流在我们的胸膛……有丈夫的鼓励，妻子终于度过 83 岁生日。弥留之际，丈夫再次为他朗诵那首用松花江水染成的诗篇。

太奶的小木匣 |李子燕|

　　我的太奶出身贫困，自小连个大名也没有，结婚时"嫁鸡随鸡"，名唤"李贾氏"。从我记事起，就没见过太爷，只记得太奶白发苍苍，三寸金莲，虽颤巍巍，走起路来却不显拖沓；满口牙齿掉光了，双唇向里凹陷，显得皱纹密布。两个哥哥偶尔调皮，会喊她"没牙老太太"，也不见她气恼，反而更加亲昵地搂我入怀，用衰老的丹凤眼看着我，轻抚我的后背说："虎丫哦，太奶真的老喽……想当初宣统元年（公元 1909 年），刚进李家门那会儿，太奶刚刚 17 岁，黄花大闺女哟，那叫一个水灵……"

　　每当说这话时，太奶混浊的双眼总会一亮，闪过一抹对往事的回味。她不记得自己的生日，不知是从来就不记得，还是上了年纪忘了。但是，她记得太爷爷的生日。每逢端午节前夕，她都会说同样的话："你的太爷，生在光绪十五年（公元 1889 年）。他命里有福啊，五月初五，屈原投江的日子。2000 多年了，不管哪里的人，过节都要祭拜他，你太爷就跟着沾光喽。"

　　每逢端午节清晨，总能看到相似的一幕：太奶早早起来，颤巍着一双小脚，精心洗脸净面。然后，把脸盆放到炕沿上，再用剪子修剪一截艾蒿，放到脸盆边。一个蓝底白花的旧布包，端端正正放在炕上，她则端端正正地盘腿而坐，一层层地将布包轻轻抖开，露出一个半尺长、三寸宽的小木匣。木匣子棕红色，有几处红漆剥落，露出木头的本色；一把锈迹斑斑的铜锁，堂而皇之地挂在上面。很显然，木匣和锁的年龄，比太奶要大很多。带着庄重的仪式感，太奶撩起外衣的底襟，露出本命年的红布腰带。那是我妈帮她缝制的，里面隐藏着一个小口袋。小口袋里，隐藏着一枚小钥匙。钥匙的模样很年轻，太奶常年与它形影相随，没事就拿出来摩挲，让斑驳无处停留。终于，一把钥匙开了一把锁。太奶抿了抿无牙的嘴巴，欣慰地笑了笑，神情犹如少女。

小木匣里究竟有什么呢？我一直充满好奇，踮着脚尖想看，可太奶不让我靠近。她从木匣里捧出一把梳子，桃木的香味犹存，只是一端已经缺了一个齿。太奶用昏花的双眼，端详良久，然后在脸盆里蘸些水，微微躬身，小心翼翼地梳理银发。她的头发太稀薄了，攥到一起，像一根细细的麻绳，不及我的一半粗。可是她无比珍爱，谁劝说也不肯剪短。太奶向来爱干净，早些年没有洗发用品时，

《星空》（油画） 二等奖
张瑶　天津市滨海时报社

就用淘米水，三天一洗头；平时梳头，习惯醮些水，说是头发跟庄稼一样，得时时用露水滋润才行。太爷走了以后，她给自己立了规矩：初一十五，洗头吃斋，为那边的太爷积阴德。不过她并未请香炉，也不上香供，她说心到佛知。端午节虽不是她的洗头日，但规矩还是有的，那就是边梳头，边哼唱大鼓书："左梳左挽蟠龙髻呀哎，右梳右挽水磨云啊……"

太爷生前，最喜欢听榆树东北大鼓，太奶便在他生日这天，以唱祭奠。随着板眼相合的说唱，太奶已经把头发梳理光滑，轻车熟路地挽了个云髻，然后拿起盆边那段艾蒿，凭手感不偏不倚插到合适的位置。看到我一直盯着她，太奶就会显出娇羞的模样，声音异常温柔："虎丫，太奶的头发好看不？"我岂知云髻的讲究，脱口而出："太奶的疙瘩鬏好看，那根草不好看！"于是，太奶被逗笑了，无牙的嘴巴一张一翕，给我讲起发型和艾蒿的意义。彼时太年幼，我还无法理解那么深刻的话题，更无法理解，究竟是什么样的爱情，令太奶一生如初恋？

多年来，我都以长发示人，对飘逸如瀑的感觉情有独钟。其实骨子里，应该是受到太奶的影响吧。只是我的梦，比她的更奇异，常常把自己想象成衣袂翩翩的女子，穿一袭白纱衣，舞一把长剑，像所有古装片中演绎的那样，身怀绝世武功，看淡功名；或对月当歌，叹一首婉约的宋词，看绿肥红瘦，在帘卷西风中，也能对山月吟咏："飘萧我是孤飞雁，不共红尘结怨。"

不知道，三寸金莲的太奶，是否会吟诵朱敦儒的词？只记得，她把艾蒿插在头上，口中流淌出来的，总是这段"梳头调"。她梳头时，从不用照镜子，即便我把小镜子拿过来，她也假装没看到。仿佛那曲大鼓调，就是梳子弹出的旋律，指引着她衰老的双手，挽出巫山一段云。

太奶梳洗完毕，心满意足地收起小木匣，那枚钥匙也回归红布腰带里。仰望太奶头上的艾蒿，我总觉得跟插在门楣上的不同，至于有什么区别，又说不清道不明。于是，我歪着小脑袋瓜，开始刨根问底："屈原为什么投江呢？太爷是去找他了吗？"第一个问题，太奶似乎也有困惑。而对于太爷的行踪，她却讲得一清二楚："1974年闰四月，文革还没结束，不过光景眼见着好了。你落地那天，你太爷可稀罕啦，说虎丫生在正月底，将来要名扬四海呢。你满月时，还特意请了说书先生，说了三天大鼓书，全屯的人都来听。那年夏天真热啊，你太爷热得呼呼喘，直到喘得上不来气，就说要先走了，让我咋也再活三年，赶上他的岁数，再去找他……紧赶慢赶的，我今年85岁了，虎丫你说，你太爷啥时候来接我？"

所谓童言无忌。时而，我会说不知道哦；时而，说太爷跟屈原吃粽子呢，没时间回来；时而，干脆什么也不说，只是望着太奶的云髻出神。太奶于是又笑了，说："看来虎丫是不舍得太奶走啊，那就先不走，不走！"我央求她用桃木梳子，帮我也梳一个疙瘩鬏。太奶闻言，直摇头："不行不行，那些老掉牙的东西，可不配沾我们虎丫的头。把你妈妈的梳子拿来，太奶帮你蘸点露水，扎个麻花辫……"

往往这时，我又会得寸进尺，央求太奶边梳边唱"梳头调"。太奶便认真思索片刻，说那段不适合，要唱给我听的，只有多才多艺的苏小妹还算凑合。我没来得及问，苏小妹是何方神圣，太奶已经清了清嗓子，自顾自地来了一段奉口大鼓《苏秦初会》："凭自己满腹经纶锦心绣口，怀壮志奔帝京把功名求……"

从此，太奶成了我的偶像，因为她懂得实在太多了，无所不知。甚至很多时候，我会把太奶与苏小妹想象成一个人，只是，一个在我身边，一个在大鼓书里罢了。如今，每每回望，眼前总会出现一条古朴的小巷，一位高挽发髻的女子，云鬓轻梳蝉翼，蛾眉淡拂春山。看不清她是否有牙齿？分不清是太奶，还是苏小妹？但那顾长而秀挺的脖颈，像骄傲而高贵的黑天鹅。空气中，熟悉的大鼓旋律，时隐时现，像是在给我解答儿时的疑问：

木匣是太奶唯一的陪嫁，谐音"母家"，捧着它，就像呼吸到了娘的味道；那把掉了齿的桃木梳子，是太爷送给太奶的定情物，代表接发同心，以梳为礼，梳一下，就像太爷在抚摸着她的秀发。之所以不照镜子，其实是在守护"曾经"，守护那个"水灵的黄花闺女"，守护生命中的每一段路程。只要"曾经"还在，娘就在，太爷就在，心就不会老去。

硬币的反面还是我 |孙昱莹|

这不是我。现在镜子里那张晦暗的脸孔不是我，那个手里忙着细碎无用事情的人不是我，那个把生活弄得一团糟的人不是我。

在夜幕降临的寂静时分，在紧咬着双唇的艰难时刻，你可曾一遍遍低语呢喃，这不是我该有的样子，这不是我想象中的婚姻。

硬币的反面是什么样呢？"这个世界上肯定有另一个我，做着我不敢做的事，过着我想过的生活。"女作家山本文旭在小说《蓝，另一种蓝》中这样写道。小说里的佐佐木苍子，与丈夫维系着虚伪的婚姻，各自拥有情人，虽然生活激情刺激，内心里却向往能够与爱人白头偕老，生儿育女，过平凡普通的日子。另一位河见苍子则厌倦了与丈夫琐屑的婚姻日常，渴望能够活得光鲜亮丽。某一天，两个苍子在街头相遇，发现彼此长得一模一样，更重要的是，对方居然嫁给了当初自己后悔没有嫁的男人，过着自己希冀的那种生活。两个苍子彼此羡慕起来，羡慕这世界上另一个自己，选择了另一种婚姻生活的自己。

当初没有选择的那条道路，如果不放弃地走下去，会是什么样呢？我们时常会这样问自己。我表姐最后悔的一件事，莫过于刚毕业的时候为了准备结婚没有继续读研，那会儿只考虑了家庭，完全没有对职业进行规划。等生完孩子才步入职场，这时她身边同事学历都比她高，晋升前景也比她好，唯有她干了好多年还是原地踏步，真后悔当初为何急着成家。而邻居家的女儿则相反，研究生毕业之后就进入职场，一直打拼事业，疏于自己的情感，如今看到同龄人的孩子都能叫妈妈了，才后悔没有早一点儿考虑婚姻问题。

女白领文琪在而立之年，步入了单身贵族行列。她自嘲经历过一次失败的婚姻和一次更失败的恋爱后，便已不知如何去选择了。前任丈夫比文琪大几岁，曾让她倍有安全感，但是婚后她渐渐感到成熟并不是什么好事。男人什么事都符合逻辑地计算得失和成本，反而变成了一种心机，特别是对她工作应酬的管控让她难以忍受。分手后她遇到了后来的男友，比她小3岁，刚刚走出校门不久，没什么心眼，让她感到心安。然而没多久，文琪又发觉男生的幼稚和单纯也是负担，她要不断引导他如何处理人际关系，如何融入社会，为男友增长经验的过程让她疲惫，这段感情依然以失败告终。"我的选择总是一错再错，真的不敢再恋爱和结婚了。"文琪懊恼地说。

如两个苍子那样，遇到理想中的自己，才觉悟到自己20多年的人生其实一直是遗憾的，每一次选择都非所愿，家庭、工作、恋爱，全然不是出自己真实的意愿，又怎么会幸福呢？两个苍子最终互换了身份，去过自己向往中的"另一种生活"，结果却是越过越糟糕。她们彼此发现当初没有选择的那个丈夫，并不比自己的丈夫好多少，她们的婚姻完全没有本质的改变。

假如时间不是一条笔直的线，而是一个又一个圆环，我们可以重新经历人生，体验那另一个我，结局会有多少改变？也许我们会生活得更好，也许会更糟。人生轨迹里徒留的遗憾，不是因为错误的选择就是因为没有坚持选择。我们都有过各种各样的执着，心被变化万千的世界触动成许多模样。这个世界上并没有"绝对"和"永远"这样美好的字眼。我们终其一生，要经历多少无法割舍的离别，多少爱恨交织的背负，多少魂牵梦萦的悔恨。然而，那到不了的，已是只眼相望的远方。口里念着这个叫远方的地方，心里要与一头头怪兽一决胜负。

静下心来回忆，我们有没有思考过婚姻的意义是什么？如果没有和他结婚，如果晚一点儿生孩子，如果没有放弃工作，如果没有在吵架时说出难听的话……生活有太多的不确定，每一次选择都可能无法逆转。与其在事后一次次痛苦地自

责，何不好好把握当下呢？活在当下，就是在不能控制世间变幻的时候，控制自己的精力，自己的心境，去完成此刻能够改变的事情。世界上那另一个我，是在照亮现实中这个我，让我更清醒，更坚定，更完善。敢于承认自己，才能敢于担当，敢于面对。不幸的婚姻各有不同，幸福的婚姻却总是相似，那就是知足善乐的婚姻。要知道婚姻并非人生的全部目的，它像女性的心灵舞曲，是伴随女性成长的经历，我们想要让它美好，更应懂得平衡心态，积极接受和改变。

甜有甜的味道，淡有淡的滋味，幸福如人饮水，冷暖自知。婚姻的硬币，无论抛出哪一面，都要你自己去泅渡。有时你所视如草芥的，何尝不是他人孜孜以求的。每一种生活都是自己的选择，每一种选择都是一次冒险，经历过撕扯，经历过舍得，我们才在一段又一段蜕变的历程里活出最好的自己。没有所谓错了的选择，没有所谓错了的人生，生活的空山雨后，每一个可能的自己都在预设的轨道上静待花开。

《莲》（水粉画）　优秀奖
王珠瑶　济南市古城实验学校

失亲孩子的心愿　|郑能新|

那是一个空气潮湿的午后，室内闷得令人窒息，为了排解心中郁闷，我一人向那曾经见证过我们甜蜜爱情的护城河走去。

天，好似窥探了我此时的心境，飘起了毛毛雨，灰蒙蒙的，如烟似雾。我慢步走上葱翠的河堤，任凭那凉悠悠的夏雨浸润、洗刷……

长堤漫漫，垂柳依依，河道空蒙，了无一人。这个曾经遍布我们一家三口足迹的河堤，现在竟有一种陌生感觉。这个经常把我们一家笑声转化成流水的欢吟的长河，此刻，竟是那么沉寂！平日随风轻扬的柳条不动了，那常带一路欢笑的河水竟如凝滞了一般……

漫无目的地向前，向前。心，就像此时的天气，随便攥一下就能挤出些水来。这段时间，家里就像一团乱麻，两人见面不是争吵就是冷战，过去活蹦乱跳的儿子，现在成天蔫蔫的少有语言，即使忍不住要说点儿什么，竟学会了看我们脸色。总说爱情永远，真情永远，此刻却好像成了一句美丽的谎言，倒是"婚姻是爱情的坟墓"似乎在我身上得到了体现……

走着走着，前面不远处，朦朦胧胧有一团红球样的东西，在雨雾里若隐若现。我踩着湿漉漉的草茎走过去，原来，是一个穿件红色衣服的小姑娘在一棵垂杨下面堆石头。那些圆的、方的石头经她这么一码，变得活像一座座城堡了。

小姑娘大约十一二岁的样子，眉目清秀，干净单纯。即使坐在地上摆弄那一大堆石头，她的身上、手上还显不出脏色。白嫩的小手灵巧地在石堆中翻拣，竟像一个老练的建筑师傅，那些大小不一的石头，居然被十分合理地用在她的建筑上了。小姑娘还在旁若无人、聚精会神地"设计"着她的作品，树缝间飘下的雨丝和树叶上滴落的雨点，不时落在她的身上、头上，可她却全然不觉。我忍不住往前走了几步，来到她的跟前："小妹妹，你怎么一个人在这里呀？爸爸、妈妈呢？"

小姑娘头也没抬，声音忧郁而低沉："爸爸、妈妈，他们在好远、好远的地方！"

哦！我明白了，这或许是一个典型的留守儿童，于是，心中自然就多了一份怜悯。我蹲下身，用充满母性的声音问："那，你这是在干什么呀？呵呵，码得真好！"

小姑娘这才抬起头，伸出白嫩的手抹了一下飘散到额前的湿漉漉的头发，有些羞怯地笑笑："造房子哩。"

我说："呵呵，真像！那你给谁造房子啊？"

"给我爸爸妈妈造。"

"那干吗造两栋房子呀，而且隔得这么远？"我有些好奇。

"爸爸妈妈分开了！我奶奶说，他们一个在南方，一个在北方……"

小姑娘眼里似有无限忧伤，她用手往地上一指："你看，这是爸爸的家，这是妈妈的家，中间相隔好远好远哩。"顿了顿，她又用双手比画了一下地上那用石头连成的一条线说："我正在造桥哩！我要把爸爸、妈妈的家连接起来，你说能吗，大姐姐？"

望着小姑娘那有些迷茫而略带祈求的眼神，我的心蓦地一颤，想起了我那即将破裂的三口之家……

"大姐姐，你……哭了？"她仰起脸，天真地问。

我抹了抹潮湿的眼窝，对她笑了笑："小妹妹，快把你的桥建起来吧，你一定能把你爸你妈连接起来！"

小姑娘笑了："大姐姐，你真好！"

雨停了，明媚的阳光透过柳枝照到我和小姑娘跟前。忽然间，我觉得这个小姑娘今天给我上了生动的一课，是她，瞬间让我懂得了家庭的责任和义务，也明白了家庭对于孩子的重大意义……我在想，人生的快乐与痛苦，或许就是处处与得失纠缠、与是非相伴、与成败共生的。婚姻也好，家庭也罢，都同样无法逃脱。而快乐的真谛，大都不在乎得到的欣喜，而在于失去后的坦然。再好的东西，如果抓得太紧，也会感觉到累。但是，如果我们懂得宽容，记得感恩，学会放下，善于承受，达观直面生活，就会少却许多烦恼，人生的路也会越走越宽。怀一颗宽容的心生活，再拥挤的世界也会变得无限宽广；心怀坦荡，乐观面对，再平凡的人生也会充满阳光！

疙瘩解开了，心情也随着灿烂起来。我取下手腕上那条珍珠手链，系到小姑娘手上，说："小妹妹，谢谢你帮我解开了心结，这个，就送给你作个留念。"

小姑娘抬起手，翻转着看了好久，眼里露出无限欣喜，看得出她对此十分珍爱。爽爽地与小姑娘道别之后，我踢踏着草尖上晶莹的露珠向回走去。而小姑娘又依旧埋下头，去完成她未竟的心愿，在那棵垂杨下面专心致志地造着她的桥……

《画禅室随笔》（楷书） 三等奖
赵红萍　湖南永州市文体广新局

紫罗兰

一片冰心在玉壶

《家乡风光》(国画) 一等奖 郭洪梅 黑龙江省宁安市东京城镇小学

我的第一笔工资　|睢雪|

领取人生第一笔工资的时候，有一种超脱的心境，有一股自我感动的热流，暖暖地盈满心头。

那是一个星期六的上午，阳光刚刚转移到我的桌面上，办公室主任通知我去财会室领取工资。

我按捺不住内心的高兴和欢喜，欣然前往。大学毕业后我被分配到母校所在地的通化市，工作了两个月以后才得到工资。我是实习生，两个月工资是 80 元钱。由于我大学毕业，虽然没有工龄，但工资还比其他参加工作 10 年以上的同志高一些。因此，在我们办公室里也是引人注目的。

生命中第一次品尝挣工资的滋味，心里当然是异常的兴奋。在财会室数过两遍后，回到办公桌前居然又悄悄数了两遍。此时此刻正是上午 10 点，深秋的阳光照在我数钱的双手上，滚热滚热的。我掂量这笔工资的分量，一瞬间想起远在故乡的父母，为了生活，他们是不是在挥汗如雨地劳动？故乡的阳光也是这样地火热吗？如果父母得到这笔钱，他们会多么高兴！

我手里握着这笔钱，从 1 元到 10 元，厚厚的一摞子。

马上就要午休了，我开始设计我的第一笔工资。我很想给父母寄去，可又担心父母不识字不知道去邮局取款。我也很想请假送回家，可我所工作的那座城市距离故乡迢迢数百里，刚刚参加工作的我哪敢请假啊！就在那个中午，我毅然决定奔往火车站，查询回故乡的车次和往返时间。

　　我们单位距离火车站有9站地，4分钱一张的公共汽车票我没舍得花，顶着秋阳一路小跑来到火车站。面对挂在白色墙壁上的列车时刻表，我觉得很庆幸，当晚乘火车出发，到达省会长春换乘汽车，昼夜兼程在星期一早晨可以赶回来。

　　就这样确定了行程，当天夜里，我带着80元钱乘上通往长春的火车。

　　夜在延伸，火车在奔驰，想到远在故乡的父母，我一夜未眠，不仅期盼父母接过我第一笔工资的时刻，也时时触摸我放在内衣兜里的钱，很怕自己随意掏丢了。到长春站换乘汽车时是在早晨，需要排队购买汽车票。我并没有累的感觉，站在排队的人流里，时时盯着汽车站里的钟表，因为下午还要返回来，返程的汽车是有次数的，我必须要赶上当天夜里的火车返回通化。

　　半小时以后，我如愿以偿买到回故乡的汽车票，上午10点多钟我就回到自己的家。

　　家门紧紧地关着，我知道父母干活去了。深秋的乡村，是一年中最忙碌的季节。因为急于赶火车回单位，我求邻居帮忙，找回在田间割猪菜的母亲，找回在河边放牛的父亲。母亲看到我满脸的兴奋，放下菜筐就要为我做饭，从不洗菜的父亲立刻从园田里摘一把菠菜放在水盆里。看着慈祥的父母，我真的很坦然，我是为自己把工资带回来孝敬父母而坦然。父母为了自己的儿女应该说是拥有一腔心血，而我的回报刚刚开始，仅仅是点点滴滴呀。

　　我顾不得向父母叙述参加工作后的经历，立刻从内衣兜里掏出那笔钱交给母亲说："妈妈，您和父亲没有白白供我读书，我也给你们挣回钱了。这笔钱不要省着，修补门窗，买些衣裳……"

　　父母手里很少有过余钱，父亲看着这笔钱，高兴得双眼眯成一条缝。母亲接过钱双眼潮湿，她并没有表白自己省吃俭用供女儿读书的辛苦，而是哆嗦着嘴唇说："我没有白白孝敬老人，我就知道老猫房上睡，一辈留一辈，我的孩子也知道孝敬老人了，这是我感到最幸福的事情。"

　　母亲的脸上表现出幸福和自豪，顿时我觉得自己做了一件让父母最高兴的事情。

"老猫房上睡，一辈留一辈"是母亲的口头禅，也是赠予我们的金玉良言，意在只有自己孝敬老人，才能够得到儿女的孝敬。母亲的话，意味深长。在我小时候，就听母亲说过孝敬爷爷奶奶的事。有一年春天闹饥荒，我母亲走出 10 多里路讨饭，讨回来的半盆米都留给爷爷奶奶做粥吃了，而她和父亲连续半个月吃苦菜汤。

当天下午我就离开故乡，准备在长春市乘火车回单位。买完火车票，我已经两手空空，没有考虑当月伙食费的问题，也不再担心会丢失什么。已经是两日一夜没有入睡了，坐上火车我就进入了梦乡。火车上，我做了一个梦，我梦见父母拿着我那笔钱炫耀自己女儿大学毕业后知道孝敬老人了，我还梦见母亲去购买自己从来舍不得买的生活用品。那一天，我一直很欣慰，梦里也是幸福的。

一觉醒来，火车已经到达目的地。一路奔波，我终于实现了自己的心愿。回到办公室，我坦然自若开始一天的工作，也许年轻，没有一丝的疲劳，留在心里的只有一种默默的幸福。一笔工资一笔情，我的第一笔工资交给父母，在我的生活中化作了永恒的安慰。母亲"老猫房上睡，一辈留一辈"的口头禅，定格在我心里。

《孝》（国画）　优秀奖　李嫄嫄　东营市东凯实验学校

烫手的山芋进我家 |喻贵南|

太婆是我嫡系的曾祖母，年轻时便随曾祖父迁居长沙。96岁时，太婆在长沙住院一个多月后，医生说她年事已高，挺不了多久了，意为回家准备后事。

太婆大概也感觉到自己时日不多了，用羸弱的声音，天天吵着子女们将她送回乡下，她不想死在城里，埋在城里，她要死在乡下青山绿水间。她想在离世前住到我们家，于是，母亲一次又一次地打电话给我，问我怎么办。

"您心里不是早已经有了答案吗？"我笑着回复。

"唉！没办法。"母亲显得有些无奈。

听着母亲叹气，我心里也在叹气，太婆要住我家，真是个烫手的山芋！要知道，母亲虽然身体硬朗，但已年近七旬。父亲过世后，母亲不愿离开习惯了的老屋，独居在乡下。那离商店两里多路，购物都得翻山越岭，小车也开不进去。年近七旬的老人，怎么去照顾一个卧病在床的老人呢？

"谁都劝不了，她一定要来，又不让外人照顾，我只能一个人照顾她了。"那些日子，母亲的话时刻回旋在我的耳边，扰得我心神不宁，寝食难安。

我有三姊妹，姐姐，她脱不开身，弟弟，也无法去照顾太婆，谁都帮不上忙。怎么办呢？我在心里一遍又一遍地念叨着。

我想起母亲将我从小抚养成人，尤其是上学时，那些点点滴滴的艰辛。我出了校门后，便在外漂泊。那个同样生养了我，被我叫了一辈子的父亲，在世时，我几乎没尽过做女儿的孝道，没亲手为他熬过一次药，没亲手为他洗过一次脚，甚至在他离世时，我都身在外地，回去时，看到的是冷冰冰的尸体。

眼下，母亲老了，我也从不曾尽孝。一生中，母亲一直为子女们付出。我这漂泊的日子似乎永远没个头，是不是得等到母亲离世时，我再一次后悔"子欲养而亲不待"？太婆住我家，让母亲一人照顾，会是什么结局？不会是一个刚离世，另一个也被拖累得跟着去吧？我越想越是不寒而栗。

我决定回老家，抛弃珠海所有的一切，包括我们那常年在一起的三口之家的温暖，带上我的女儿回老家，陪伴两位老人。

可是老公强烈反对，也是啊，我们从来不曾分开过。长期不在一起的夫妻，婚姻的安全系数有多高？为了回老家，我们夫妻俩甚至谈到了离婚。可是，一边是时日不多将我抚养成人的老母，一边是我自由恋爱从没分离过的老公，在去与留之间，我痛苦地纠结着，矛盾重重之后，我终于选择了回老家。老公无奈，只得放行，眼巴巴地看着我带上女儿回到我童年住过的老屋，回到那只有两个老人居住的土砖房，回到交通不便的山沟沟。

老公说，我将他一个人硬生生地抛在了珠海。我说，我们也有女儿，老了时，我希望孩子跟我们一样，记得我曾经抚养过她，给过她的好，家风是代代相传的。我相信，她会记得的，老公红着眼圈送我们母女上了回乡的大巴车，我也将泪水偷偷洒了一路。

回到母亲身边，母亲自然高兴，转而又为我们夫妻分居两地而担心。她说："太婆现在的状况，是捱一天算一天，等她走了之后，你再带着孩子回珠海吧。"

我说："既然回来了，就不去想别的了，我只管过好眼下的日子。"

那时的太婆，羸弱不堪，略为混浊的眼睛有些呆滞，不怎么说话，依靠牛奶和麦片维持生命，大家都以为最多十天或半个月，她便会驾鹤西去。可是一个多月以后，她的精神状态反而日见好转，而且越来越好，直到后来可以拉大嗓门叫我桃花桂花了（她将我的名字改了，改得有点儿花里胡哨的），饮食也从最初的只能喝牛奶，到吃饭吃菜，还吃得津津有味。

可老人就跟孩子一样，今天看着好好的，说不定明天就病了。一旦感冒发高烧，十天半月都不见好转，甚至手舞足蹈的，满口的胡话，大小便也失禁。而且病后胃口很差，有时只能吃流质食物，担心营养跟不上，我便买来豆浆机，用不同的豆子打豆浆给她吃，她倒是喜欢。

一次又一次，当她挺过了生命的危险期，从死亡边缘折回来，又能重新吃饭吃菜时，我和母亲都会如释重负般地相对庆幸："呀！这个活祖宗，终于又活过来了！"

山村的岁月跟都市的繁华是完全不同的两个世界，而我家又是单门独院。每日里，母亲大都出外买东西或是应酬去了，我女儿也上学去了，太婆行动不能自理，身边根本离不了人，我呢？就只能守在她的身边。

而当她睡着了的时候，屋里便会有一种空前的寂寞排山倒海而来。为了不让自己陷入无聊之中，于是，我便用码字打发修道院般的生活。也是在那三年多，我完成了10多万字的《姐妹初长成》及近50万字的《闭着眼睛裸爱》两部长篇小说。因为有了写作，思绪将空闲填得满满的，孤独和寂寞也便甘之如饴了。

我跟母亲说，太婆活1年，我就写1部长篇小说，活10年，我就写10部，希望她还能活20年。可是，太婆在即将100岁时，终因年事已高，无疾而终。那时，看着刚刚停止呼吸的她，我泪如雨下……

是的，曾经，我当她是烫手的山芋，可是，正是因了她，我才在山沟沟里待了3年多。名义上，她是我的太婆，实际上，她成了我照顾的另一个孩子。因她的存在，让我更深地知道了什么叫责任，什么叫担当，什么叫坚持，也知道了该怎么去打发孤独与寂寞。

因了她，我才深深地知道：活着，有些责任必须扛在肩头，而且必须去完成。因为："老吾老以及人之老，幼吾幼以及人之幼。"

老去的父亲　|季纯|

父亲82岁的时候，我和爱人开车带着他和母亲去看壶口瀑布。父亲一路上都很精神，回来后，我写下这样的句子：我的父亲眼不花、耳不聋，走路还是一阵风……

父亲84岁的时候，能够认得清书上的字，但有时候说话爱跟人打岔了，我写下：如今的父亲，眼不花，但耳朵有些背，走路不再是一阵风。我感叹，仅仅两年之内，父亲怎么老得如此之快呢？

父亲85岁的时候，我回到老家，母亲说父亲有些呆。我不信，我全然不信，半年前见父亲不是还好好的吗？于是母亲问父亲："你看谁回来了？"

父亲抬起头，望着我笑："是小梅！"

母亲说："你再看看，是不是小梅？"

父亲坚持说："是小梅！"

母亲又对父亲大声说："说你憨了，你真是憨了，小梅是老二，回来的这是三女儿，你不是最亲三女儿吗？你咋只记得二女儿啊？"

母亲瞥了一眼父亲，对着我说："我说你爸爸呆了，你们还不信！唉，娃娃呀，老了就是老了，不服老不行啊！人人都要走这条路啊！"从小母亲一直叫我娃娃。

我离父母700多公里，但是跟二姐比起来，我回家的次数最多。父亲认不得我了，让我有些猝不及防。于是每天给父亲念叨我到底是谁，又拿起书让父亲认书上的字。让我诧异的是：父亲竟然认识字，但他不认识我，这是什么情况啊？是不是父亲太闷了？于是，我们开车带着父母去公园。一路上，爱人搀扶着父亲，我搀扶着母亲。父亲似乎对沙地摩托车表演很感兴趣，我对母亲说："人不能天天坐在家里，还得出来转转！"

从公园回来后，我问父亲："今天过得有没有意思？你看到了什么？"

父亲淡淡地说："不知道，谁知道呢？"看来父亲真是有些糊涂了。

《父爱如山》（版画）　优秀奖　费娜　济南市阳光 100 小学

母亲说父亲老了，越来越不爱洗澡了。"那我给他洗吧！"说出这话时我自己都有些吃惊。我每次回家都给父亲洗头、洗脚、剪指甲、按摩，父亲显然很喜欢。母亲比父亲小9岁，我每次给母亲剪指甲、捶背的时候，父亲在一旁眼巴巴看着。我安慰父亲："爸爸你别眼红，给我妈弄完就给你弄。"每次为父母做着这些的时候，看到父母享受的样子，自己的心情颇好。可是就是没有想到做女儿的有一天会为父亲洗澡。

父亲老了，佝偻着腰。我拉着父亲的手走进洗澡间，我亲自为他脱去衣服，只剩一条短裤。我打开水，只怕他摔倒，我像对待婴孩一样，为他洗头、搓背。父亲越老，背驼得越厉害，他的身上有大片的老年斑，看得人心里生生地疼。做完这一切，我把脚垫放在他的脚下，给他拿好换洗的衣服，我说："爸爸你自己再洗一下，把衣服换了，能不能办到？"父亲点点头。

我拉上洗澡间的门，在客厅跟母亲说话。母亲无不感叹地说："还是女儿好，也不嫌弃，若是媳妇，再孝顺，也做不到这一点。"

我说："自己的父母有什么好嫌弃的！再说了，年龄都这么大了！"正说着，父亲穿好衣服笑眯眯地走了出来。以后，只要爱人跟我一起回来，他就会主动给我的父亲洗澡。爱人怕父亲呆，故意找话题和他聊天，迫使他说话。并且要求父亲每天锻炼身体，看电视，不能吃饱了就睡。

如今父亲已经87岁了。今年夏天回家，父亲一看到我就笑。我问他："你看我是谁？"

父亲说："你是小娣嘛！"

"怎么又认得我啦？"我拉着他的手。

"连小娣我不都认识，我还认识谁？！"我忽而眼里有了水雾。

母亲在一边问："小娣是老儿？"

"是三女儿！"父亲笑了。

母亲说父亲也是一阵一阵的，有时候很清楚，有时候又有些糊涂。我本想把父母都接到我家里住，家里人都认为路途远，年龄大不宜出门了。

父亲走得越来越慢了，话越来越少了，但却愈来愈喜欢吃甜食了。我们常买一些甜点回来，父亲像个孩子一样满心欢喜。对于一个老人，幸福就是这么简单。

曾记得 5 岁的我趴在父亲的肩头，父亲背着大病初愈的我，在漆黑的夜里疾走。父亲的脚下有了风声，是那种呼呼的声音。我依稀听见父亲重复着："娣娃，跟爸爸回回，娣娃，跟爸爸回回……"头一次，父亲把"回家"说成"回回"。像是说给我听，又像是黑夜中的自言自语。让我吃惊的是，此后，父亲再也没有以这样的方式对我说过话。多年以后我想起来，感觉像是父亲的呓语，其实，那是真的。

常记得 50 岁的父亲带着我去买红色的确良上衣，父亲走得跟风一样急。我总是赶不上父亲的脚步。他走到店里一问尺码、价钱，不等我试穿，直接就买来。

常记得 60 岁的父亲骑着自行车，挥汗如雨的样子。

如今时间都去哪了呢？幸好离家最远的我每年至少回家两次，风雪无阻。否则我如何面对快速流走的时光和渐渐老去的父母？有时候跟二姐打电话，我们说的最多的话便是：父母老了，但他们很坚强，这是我们做子女的福气。即便再老的父母，做儿女的又何尝不想让其百岁千岁呢？

我是故乡放飞的一只信鸽，故乡有我年迈的双亲，有我无尽的牵挂。父母在，不远游。我一次次走向家的方向，又一次次转身离开。每一次我都是故作轻松地离开，只有在摇上车窗的那一刻，我才会掩面哭泣。

野百合开在园田里 　|睢雪|

　　炎炎盛夏，老家园田里的百合花义无反顾地开放着，金红色的花朵向外翻卷着，面向蓝天白云，享受阳光的温暖，也经受着风吹雨淋，无论是天高云淡，还是风雨连绵，百合花总是在那块绿色的园田里显示着迷人的风采。

　　我从小就喜欢花，在我们老家，每一户人家的门前都有一亩左右的园田。儿时，每到春风吹起来的时候，我总是在自家的园田里占据几平方米的土地，周围插上树棍做栏杆，围成一个小花园，种上各种各样的花草。10岁那年的春天，我和邻居家小朋友上山挖野菜时，挖到一株野百合，我小心地把它栽种在自己的小花园里，每天细心地浇水，细心地看着它拔节生高，直到结出花蕾的时候，我心里有一种期盼，期盼着野花开在园田里。

　　那个时候，乡村的园田地是很珍贵的，我家的园田里每年都要种上玉米、红薯、西红柿等各种杂粮和蔬菜。特别是我那位勤劳的父亲，每当春耕时节，他会把园田里的每个角落都种得满满的。每到夏天，尽管家里没有一粒粮食了，但依靠那些青玉米和蔬菜也能度日，一直持续到秋天收割粮食的季节。自从我在那个小花园里种满了花草，就担心被父亲给拔了。父亲一味地追求粮食和蔬菜，花草对于他来说都是无用的。担心的事情终于发生了，就在我的野百合花含苞待放的时候，父亲拔掉我所有的花草，种上了胡萝卜。那是在端午节过后的一天，当我放学归来看到这一幕，看到我所栽种的每一株花草都荡然无存时，我很伤心地哭了一个晚上。父亲并没有后悔，而且很严厉地对我说："这年月吃饭都供不上，咋能让你种那些没用的花草，那些东西能当饭吃呀！"

听了父亲的教训，我无话可说。在那个晚上，我打消了种花赏花的念头。

时间过去了半个月，正是酷暑的季节，让我意想不到的是那株野百合又破土而出，其他的花草已经彻底消失，而百合花的嫩苗似乎在一夜之间就生出半尺多高。那是在一个清丽的早晨，太阳刚刚从东方升起的时候，我去园田里摘菜，无意间发现了那株野百合，细长型对生的叶片，葱绿葱绿的。我在欣喜之余，又用几根木棍把它围住了。因为仅仅剩下一株花草，对其他作物也没什么影响，父亲没再阻止我，默默地保留了那株野百合。

金秋的日子，那株百合花开了，开得红艳艳的，尽管花期晚了一步，并没有失去它原本美丽的容颜。那是我第一次体验百合花的坚强，百合花的美丽，也是我第一次从心底深处喜欢百合花。深秋季节，花落了，叶片黄了，野百合准备过冬了。有一天，邻居老人听说我们家种了一株百合，找上门来求助。父亲听说百合花的鳞茎治疗肺热咳嗽，没和我商量就给邻居老人挖去用了，而且很高兴地说："没想到这东西有治病的用处，地下结了那么多小白豆，咱把大的给人，留下小的明年还能生苗开花。如果大家用得着，明年多种点儿，这不是很容易的事吗？"

父亲把我那些野百合的鳞茎送给了邻居，由于是为老人治病，我并没有心疼，我在想，只要父亲给我一块土地，明年春天可以到山里挖回更多野百合的鳞茎。

《青山绿水》（国画）
优秀奖　李芳
广西电网有限责任公司桂林供电局

一晃度过了深秋，度过了飘雪的冬天。4月伊始，白雪刚刚融化了的时候，我的野百合又破土而出了。当我发现的时候，父亲已经用木棍围了起来，很怕在无意中踩了，并且在周围给我腾出十几平方米的空间。他说："别种没用的花草，利用好这块地多种点儿能治病的药材，人们用起来方便。"

我明白了，父亲不再心疼那块园田地，而是希望我种植更多的百合花。于是我又去山里挖了十几株百合的鳞茎，一一种在园田里。花开的时候，红红的一片，给我带来许多快乐和美感；花落的时候，父亲常常挖出去一些送给那位邻居老人。这又使我心中产生一种对野百合的依恋，红花绿叶，这里包含着父亲的乡情和善良。

从此野百合在我家里大批落户，成为我家园田里一道最美的风景。后来，我上大学了，我在外地参加工作了，很少回老家欣赏百合的风采。再后来，我父母相继进城，我家的房子也卖给邻居了，我失去了坐在家里欣赏百合花的机会。

又是几年过去，当我调到省城的时候，和老家的距离拉近了，最使我忘却不了的是老家园田里的百合花，总是向往着回去看看。在一个夏日里，想象着百合花开放的日子，我欣然前往。让我意想不到的是，在那块方正的园田地，很自然生长着百合的绿苗，而且已经连成一片。百合花果然在开放着，花开的季节是那样的迷人，红色的花朵，金色的花蕊，在绿叶的衬托中带着脉脉深情。听邻居说，虽然我们家搬走了，可那块园田里的百合越生越多，乡亲们若有需用，就到那里挖取，百合花成了乡亲们的"灵丹妙药"。一听说这些，我真是百感交集，想起珍惜土地如金的父亲，他虽然不懂得花的美丽，可他有一颗美丽善良的心，这颗心和那些野百合花一样美丽无比。

红红的野百合，开在我那个宁静的故乡，扎根在我老家的园田里。

许多许多的事情都已在沧桑岁月中消失，可老家园田里野百合的故事却不能遗忘。在我内心深处，朵朵散发着清香的花瓣都在为人们造就美丽和快乐；株株洁白的鳞茎都在人们的传递中延续着善良和美好。我的父亲，和我父亲一样善良的乡亲，用他们朴实的习俗，美的心灵造就了古朴乡村的文明。

金橘子的远方　|宋庆莲|

送人玫瑰，手留余香。

记忆确实很奇妙，在过往的日常生活忙碌繁杂的场景里，将一些零碎的细节保存下来。凡是被记忆珍藏在脑海里的那些瞬间，往往都是心灵被深深打动、震撼、温暖过的那些事物，时间越久，越是清新、香醇和美好。

有的时候，人的思维也会反时光遨游，去捡拾深埋在岁月里的珍珠，去探寻生命的真谛。

记忆把我带回到20多年前的一个正午，蔚蓝色的天空，飘着几朵透明的白云，田野上成熟的果实，在明亮的阳光里散发着一些香甜的气息，弥漫在空气里，又被风吹散飘远……我的家就在这田野的中央，一条坑坑洼洼的机耕路从家门口穿过。

那个时候，我们家的生活很是贫穷。一间又矮又小的土墙屋，像是路边长出来的一个丑丑的土蘑菇房子。一个瘦瘦高高的年轻人，微微弯着腰走了进来。他的脸蛋很俊，穿着整洁，肩上挎着一个挎包，右手拄着一只拐杖，左手提着一把二胡，一条腿站在门口，还有一条腿只是一截空洞的裤管吊在空中。两岁的女儿吓得躲在了我的背后。

老公把他迎进屋，让他在凳子上坐下来。听口音，是外乡人。那时候，我们都很年轻，和这位远道而来的陌生人算是同龄人。我正在厨房里忙着煮菜，老公从我的背后抱起女儿说："不怕，我们家来了客人。"老公和他天南海北地聊了起来，就像是多年未见的老熟人。年轻人一开始有些拘谨，慢慢地放松了下来，脸上不时地露出羞涩的笑容。他们聊得很开心，聊人生，聊见闻，也聊未来。

无须询问，我们都知道年轻人是干什么的。说得优雅一些，他是出来卖艺讨生活的。说得粗俗一点儿，那就是乞丐，是来讨钱讨米的。不过，像这样穿戴干净整洁的年轻人还是很少，一般都是老人，邋里邋遢的。也许是因为他的一条腿被高位截肢，也许是以为他和我们是同龄人，无论是何种原因，总之，老公对这位陌生的朋友动了恻隐之心，留他和我们一起吃午饭。

吃过午饭，年轻人起身准备离开，老公给了他5元钱，年轻人有点儿惊讶，犹豫了一下，说："大哥，你们的家境也不是很好，我在你们家吃了饭，就不用给钱了。"老公说："拿着！拿着！家境差点儿不怕，只要肯努力，日子就会越过越好的。"年轻人又看了看我，我笑着说："你收下吧！出门在外，遇到难处应个急用。"年轻人给我们鞠了一躬，接过钱，放进衣兜里，又在凳子上坐了下来，说："我给你们拉首曲子。"

在当时，特别是农村，对于家徒四壁的我们来说，5元钱可不是一笔小数目。一般的情况下，遇上乞丐，给2角钱就可以了。给5角钱算是遇上大方的人家了，给1元钱的那就是碰上好心的富贵人家了。勤俭节约的老公，曾一度被朋友们取笑为一毛不拔的"铁公鸡"，看来，这一次，是碰到他心灵深处最柔软的地方了。

年轻人拉的是《望故乡》，我和老公都是五音不全的人，但还是被年轻人那悠扬的琴声吸引了："……一颗心摇摇晃晃，多少年不曾停止流浪，是什么让我有了回家的渴望……迎面吹来泥土的芬芳，我又回到久违的故乡，岁月的路啊，累积多少沧桑，让我再次拥抱故乡的风光……"此情此景，我和老公眼睛红红的。

年轻人拉完曲子，起身向我们告辞，走了几步，老公忽然叫住了他："哎！你等等！"老公走进房间，从房间拿出十几个橘子，金灿灿的。老公说："带上几个橘子，路上口渴的时候，吃一个。"年轻人忽然泪流满面，哽咽着说："大哥，大姐，谢谢你们！谢谢你们！你们的日子会越来越好的，我回到家，好好学一门生存的本领……"当然，我们更是希望年轻人身残志不残，有一个美好的未来。

我们一家人站在矮小的土墙房子外，目送着他，只看见年轻人一步一回头，那条高高吊起的空洞的裤管，不时地甩打着那根前行的拐杖，歪斜的身影在我们泪眼模糊的视线里渐渐远去……

"爸爸，我要橘子，你把我的橘子都送给人家了。"女儿忽然从房间哭着跑了出来，抱着老公的腿不依不饶。那时，我们家没有橘树，那十几个橘子是邻居送给女儿的，女儿喜欢吃橘子。老公抱起女儿，对女儿说："你刚才也看见了，那位叔叔没有右腿，但是却要走很远很远的路，才能走回家。口渴了，走不动了，吃一个橘子，有了力气，就可以继续往前走，是不是？好了，别哭了，明年春天，爸爸在地里种几棵橘子树，橘子红了，都是你的。"

女儿好哄，破涕为笑。两岁多的她，却忽然冒出一句话："爸爸，等到我们种的橘子红了，那位叔叔还会再来吗？他来了，我爬到树上去给他摘橘子，他吃了橘子，就可以继续往前走……"老公的乐善好施、同情之心、悲悯情怀影响着我，也影响着女儿，温暖着别人，同时也温暖着家人。

一直以来，我们这个家庭常常在别人需要的时候，拿出爱，传递温暖。我们给常德安乡洪灾、给汶川地震、给伤残家庭等都捐过款，让一份温暖一份爱传递和传播。我们多年来，义务开办的农家书屋，家庭投入资金上万元，用来购书，添置书架等，全公益服务于社会，传播文化，这又何尝不是另一种乐善好施呢！

乐善好施是人性的远方，也是一种人生的境界。就像老公当时对女儿说的，吃了橘子，就可以继续往前走。往前走，就是远方。金橘子的远方，是善良的远方，是爱的远方，是我们每个人的内心渴望抵达的远方。

母亲的那套棉衣 | 睢雪 |

母亲的那套棉衣又抖搂出来了。

双休日，我回乡下看望母亲。母亲是进城几年后因为适应不了城里生活又返回乡村的。刚刚走进农家小院，就看见母亲正蹲在炕沿下翻着那个古老的柜子。我已经走近母亲，母亲却没有看见我，她仍然在很吃力地翻着，手中的拐杖已经落在地上。

"妈妈，您在找什么，千万别摔倒了。"我急忙喊了一声母亲，母亲一点反应都没有，她不仅手脚不便，耳朵也聋了。我的话，母亲一点也没听见。

不一会儿，母亲从柜子里的最底层翻出一个小布包。我认识这个小布包，这个小布包在母亲手里已有30个岁月了。我正想和母亲打招呼，却见母亲拎出小布包时已是汗流满面，还没等站立起来，就瘫坐在地上。

"妈妈，您怎么又把这个小布包翻出来了？"我一边叫着母亲，一边搀扶母亲坐下来。

这时候，母亲才知道我回来了。发现我的时刻，母亲高兴了，高兴得脸上的皱纹都舒展开了。她喜形于色地对我说："我就知道你能回来。"说完这句话，母亲的情绪突然来了180度的大转弯，她哭了。泪水顺着她那苍老的面额，像两条线流下来。

我被母亲这一举动迷惑了。每次回来，母亲只有高兴，从来没有流过泪，我十分茫然地望着母亲和母亲手里的那个小布包，我不敢多想，只是一个劲地追问亲。

《节录〈孝经〉》(小楷)　二等奖　丁晓红
山东省威海市文登区三里河中学

"妈妈，这个小包放得好好的，为什么又翻出来了？"

母亲用泪眼看着我说："我正等待你回来呢，这些天，我天天看电视，听说有地方发大水，那里的人生活遇到困难，天又快冷了，把我的这套棉衣送给灾民吧，你想办法替我捐出去。"说完，母亲打开这个小布包，把那套棉衣、棉裤铺开，摸了又摸，泪水滴在那件棉衣上。

我立刻明白了母亲的用意。母亲已是70多岁的人了，她12岁当童养媳，一生辛辛苦苦抚养了我们兄妹五人。那套棉衣、棉裤是30年前做的，母亲视为珍宝，从来没有舍得穿过一次。

我清楚地记得30多年前那一幕。当时，母亲病重，她一动不动地躺在炕上，我一动不动地坐在母亲身边，听乡亲们喊着母亲的名字。

伯母和乡邻们都说："她不行了，大家为她做一套衣服吧！"

伯母让父亲去买布料，父亲只是流着泪，伯母什么也没说就走了。过了许久，伯母和几位乡邻带来布料和棉花，还为母亲买了一些药，听说这些东西都是乡亲们凑钱买来的。她们在我家的土炕上铺开了布料和棉花，有剪裁的，有絮棉的，有缝做的，一直折腾到半夜，为母亲做了一套崭新的棉衣、棉裤。随后，人们抱着一线希望为昏迷中的母亲灌了药。

很幸运，母亲服药后居然从昏迷中苏醒了。

第二天，乡亲们又为母亲熬了药。自此，母亲的病一天比一天好转，她从死神手里挣脱出来了。

母亲恢复健康后，把这套棉衣包了又包存放起来。30多个寒冷的冬天过去，她没有舍得穿过一次。有一年腊月，刮起无情的寒风，风中飘着雪，一刮就是好多天，寒风过后天气骤然间变得十分寒冷，母亲每天外出干活回来都冻得直打哆嗦。我对母亲说："您不是有一套没穿过的棉衣、棉裤吗，为什么不穿上？"

母亲回答说："这套衣服里缝着乡亲的情，我再冷也不能穿，有这套衣服放着，我心里是热乎的。"

母亲对这套棉衣有着执着的情感，她曾说："什么东西丢了，这套棉衣也不能丢。"为母亲缝做棉衣的伯母和邻居家婶子如今生活都比我们富裕，母亲对她们物质上的回报也就微不足道了。母亲唯有好好保留这套在她看来是生命中最珍贵的东西，以表达母亲对乡亲们的感恩之情。

这一幕幕，我仍然记忆犹新。想起这些，我便对母亲说："妈，算了，我替您捐几套衣服，也替您捐一点儿钱，这套棉衣您还是留着吧！"

母亲望着我，我望着母亲。母亲眼含眼花，只见她哆嗦着嘴唇说："有很多人连家都没有了，我留这些衣服干什么，别人帮助过我，我就不能帮助别人吗？你捐你的，我捐我的，你还是替我把它捐了吧。我这套衣服没穿过，拿得出手。"

母亲的话敲击着我的心。母亲的那套棉衣，不仅仅凝聚着乡亲的情，也饱含着母亲知恩、感恩，传递美德的情怀。第二天，我把这套棉衣由乡村带到城里，就在我替母亲捐献这套棉衣的一瞬，我忽然觉得，母亲的那套棉衣是一团火，无论把它运送到哪里，都将会给人以温暖。母亲，留下的是传统美德的延续。

一畦小园两季香 |李子燕|

童年时的记忆，总是令人难以忘怀：那村庄，那泥路，那一丛丛老榆树，还有一年四季吹不完的东北风。

印象最深的，是家里那间低矮的旧草房，空间虽窄小，但足以承载一家六口人的欢乐。房前屋后的院子不太大，母亲勤劳能干，栽上一棵大李子树，还开垦出两块自留地，种着青的紫的茄子、红的黄的柿子、直的弯的黄瓜、圆的扁的豆角，成为我们儿时最有趣的乐园。

每年春暖，万物复苏，土质变得松软，母亲就开始忙碌着翻地，准备种下一粒粒菜籽。年幼的我觉得特别新奇，屋里屋外跟着母亲跑，看看她怎样把菜籽种下去，然后抢着帮忙浇水。母亲再累，也会时不时夸奖几句，说我是懂事的孩子。我则歪着小脑袋，天真地问道："地里那么黑那么冷，小菜籽那么小，它们不害怕吗？"每当这时，母亲都忍不住笑出声，抚摸着我的脑袋说："小菜籽如果怕冷，咱们就帮它们盖上一层塑料被；如果怕黑，你就多陪它们说说话吧。这样它们就能变得勇敢，争先恐后地钻出地面，跟你一起晒太阳了。"原来是这样！我立刻感到责任重大，陪伴"菜籽"成长，是一件多么光荣的事。

于是，我把小小的眼睛瞪得圆圆的，天天观察那些菜籽怎样钻出来，好第一时间把这个喜讯告诉母亲。可是瞪得单眼皮都变成双眼皮了，瞪得春天走远夏天来临，还是没有看到菜籽长大的样子。我愁眉苦脸地偎在母亲身边，无比悲伤地说："妈妈，那些菜籽是不是不喜欢我？为什么还不出来呢？"母亲指着小园里一垄垄葱绿的青菜，说：那些就是菜籽长大的模样。我皱眉不解：一粒粒不起眼的菜籽，如何变成满园硕果的呢？母亲摸着我的头说："是菜籽就会发芽结果，像你一样，将来也要开枝散叶的。"我听不懂，开枝散叶，难道自己也要长成植物吗？是萝卜还是白菜？母亲没上过学，无法用科学的角度给我讲成长的道理，最后只能说："等你长大，就明白了。"

每个春季，母亲还会在李子树下种几丛菇娘果。秧苗个子不高，开出白色的小花，耐寒抗旱，成熟的果实呈黄色，果实外有一层草纸样的外皮，株枝上的果实像多角形的灯笼。夏末秋初，一枚枚李子还在树上慵懒地泛着青光，而那些菇娘果则悄悄成熟了。果球长到樱桃那么大，吃起来酸甜美味。而我最感兴趣的，是菇娘果未成熟前的样子——翠绿色的灯笼形外皮，包裹着一枚小小的绿色果球，放在掌心轻轻地揉搓几下，等它变柔软了，再小心翼翼地拔出里面的果肉，这样就能当哨子吹了。在东北农村，称为"咬菇娘"。每当这个时候，母亲总是笑呵呵地说："只有天资聪慧的小姑娘才能咬出奇妙的旋律。"于是我就央求姐姐教我，因为我想变成跟姐姐一样聪慧的女孩。

满园累累的果蔬令我流连忘返，至于将来我要长成什么样的植物，早就忘到十万八千里了。接下来的日子，我学着母亲除草、采摘，像侍弄婴儿一样侍弄土地。有时看到母亲的背上湿成一大片，赶紧跑回屋子取毛巾。时而情不自禁摸摸自己的额头，上面竟然也沾满劳动的汗珠。

最快乐的时光，是母亲把菜肴摆在餐桌上那一刻，色香味俱全，令人垂涎欲滴。我会兴高采烈，跑去喊写作业的哥哥、姐姐吃饭。那年那月，那个小女孩，笑容一直挂在天真无邪的脸庞——我为青菜浇过水，青菜是我亲手摘的，吃起来特别津津有味！

可是随着盛夏的来临，别人家的菜园都欣欣向荣，我家的却显得有些萧条，只有那棵李子树高高挺立着，还有几丛菇娘果渐渐成熟。我心急如焚，拼命浇水施肥，但不见效果。母亲见我忙前忙后不消停，就摘几个菇娘果让我尝尝，菇娘果倒是很甘甜，却无法让我忘掉心中的忧虑。母亲又捧出来一些菜籽，安慰我说："没事、没事，傻丫头，咱们家的青菜能吃两季，别人家的只能吃一季。"我没听懂什么意思，母亲也不再解释。她拉着我的手径直来到菜园里，把枯萎的枝蔓连根铲除，然后像开春时那样翻松土地，再种上一茬新菜籽。望着懵懵懂懂的我，母亲笑呵呵地催促道："傻丫头，快帮妈妈继续浇水施肥吧，咱娘俩一起等着菜籽长大。"

就这样，我又开始新一轮的期待。一天两天，转眼一个月过去，左邻右舍的果蔬彻底罢园了，而我家的菜园正蓬蓬勃勃。母亲忙碌之余，把顶花带刺的黄瓜和娇嫩的小白菜、小香菜摘下来，让我送给邻居们。我乐颠颠地抱着蔬菜，再摘几枚小红灯笼似的菇娘果，东家送完送西家。听着邻居的赞美，看着大家分享我和母亲的劳动成果，我自豪得不得了。

长大后，为人妻为人母，我终于明白"开枝散叶"是什么意思。我更明白了：一畦小园想换来两季香，那是需要用智慧和汗水去浇灌的，一如我当年勤劳的妈妈。

《祖孙情》（彩铅素描）　三等奖
高露　渭南技工学校

掌心里流淌着生活的甜香 ｜宋庆莲｜

　　勤劳的家庭，是最美丽的家庭；勤劳的生命，是最美丽的生命。幸福的生活需要勤劳的双手来创造；幸福的家庭，需要用勤劳的双手来播种未来和希望。

　　8月的小雨持续下了一个星期，灰蒙蒙的天空下，山岭若隐若现。五姨父骑着一辆摩托车驮着我，在雪峰山脉那连绵起伏的山脊上一路颠簸，向着一个名叫施溶的山弯奔驰而去……

　　五姨一家人住在施溶山弯，这是他们的新家。以前，他们住在村寨里，五姨父和五姨常年在外打工，父母在家带孩子。父母勤劳节俭，把一个家操持得温馨祥和。果园里瓜果飘香，田地里丰收在望。然而，父母总有年老的那一天，五姨父和五姨前年从外面打工回家时，八十高龄的父母已是步履蹒跚，家乡很多粮田已是荒芜，他们的双脚再也迈不出"家"的这道门槛了。

　　五姨看上去温婉柔弱，做起事来却是风风火火，骨子里有着湘西女子的野性和吃苦精神。五姨父的性格不失湘西男人的刚毅和霸蛮，他们都是心中有决断，想干就敢干的人。五姨夫和五姨都觉得施溶是一块风水宝地，三面环山，山上树木成阴，山弯向阳，连绵的梯田无人耕种，而且离村寨比较远，是一个天然的种养基地。因此，他们在了无人烟的施溶修建了一个简易住房，把家搬到了施溶。他们将多年积攒的30万元，用来修路、开垦粮田，办养殖场。那时，正值寒冬腊月，雨雪交加，山风冷冽。五姨父雇来挖掘机挖路，他们跟在挖掘机后面整理路面和路基。山体岩层坚实，2公里的路程，挖掘机足足挖了一个多月，终于一条简易机耕路从山顶的盘山公路直达施溶山弯。年关将近，五姨父和五姨却是夜以继日、披星戴月地忙碌，拉沙石、木料、水泥、砖瓦，修水池、猪舍、羊舍、鸡舍等。五姨父自己亲自砌墙，打地面，盖瓦背……五姨帮着挑沙，搬砖头，运木头……她是姨父唯一的一个小工。让人难以想象的是，为了节省开支，他们居然没有请一个小工，全部是自己累死累活干出来的。两个人，两个月的时间，一个崭新的养殖场建起来了。猪住砖房，羊住阁楼，五姨父走村串户，寻找湘西本地的黑猪。本地黑猪肉质纯正鲜嫩，香糯味美。市场紧缺，五姨父买回 8 头母猪、1 头种猪。还散养了 2000 多只本地土鸡，80 多只本地山羊。

五姨父和五姨他们一边精心照料这几头宝贝猪、羊、鸡，一边开荒种地。正月初二，夫妻俩就上了工地。在播种前，他们得把施溶荒芜多年的粮田开垦出来。他们把田里的灌木砍倒，挖出树根，再把荆棘芭茅砍倒，挖出根茎，这些根茎晒干后和杂草、树叶一起烧成草木灰。他们一丘田一丘田地砍，一丘田一丘地挖。仅仅一个月的时间，就开垦了 18 亩粮田，要赶在春水到来之际，翻耕播种。

姨父八十高龄的老父、老母，看在眼里，疼在心里。两个老人一狠心，便从村寨搬进了山，老父亲无论天晴下雨都放牧牛羊，老母亲则承担了所有的家务。五姨父和五姨心疼老人，劝他们在家里休息，老父亲却说在山里跑跑，更有利于身体健康，他的腰杆比以前更直了。老母亲说劳动就是好，她的小腿肚子现在都不肿了。五姨夫和五姨只好由着父母。

第一年，8 头母猪配种失败，十几窝猪崽流产。虽然母猪配种失败了，但还是收获了劳动的丰收和快乐。放养的羊和散养的鸡卖了一个好价钱，田里的谷子也是粒粒金黄饱满。

五姨父和五姨虚心向民间的养猪能手拜师学艺，向畜牧医生请教。对母猪的生活环境、疾病预防以及小猪崽阉割等相关知识进行了解和学习，然后结合实际去实践。第二年，8 头母猪共产下 156 头小猪崽，小猪崽健康活泼。到了年底，小猪崽养成了大肥猪，可是没有销路。五姨父和五姨犯愁了。这一两年来，他们忽略了宣传和开辟市场。五姨父感慨地说："我有好东西，别人不知道，别人要好东西，他们不知道我有！埋头苦干是好，但还得学会思考，得有一个新的思路才行。"于是，五姨父印了一叠传单，开始对外宣传。他杀了一头猪，带上土鸡，大小酒店赠送，先让他们品尝，不收钱。两个月忙下来，时间就跨进了他们养猪的第三个春天。五姨父的本地黑猪肉质好，味道美，好消息像春风一样吹遍了沅陵县城的大街小巷。春暖花开的时候，迎来了本地黑猪的销售旺季，将存栏的百余头黑猪、土鸡、山羊销售一空。一家人信心百倍，眉开眼笑。

这一年，家中好事连连，小女儿考入北京的一所大学。五姨父自豪地说，女儿是他们村子里近年来唯一一个考上重点大学的孩子，也是唯一一个走出大山到北京读大学的孩子。五姨父留足女儿读大学的学费，其他的钱又全部投入到他们的种养基地。五姨向我描述着他们美好生活的前景：他们要多开垦一些荒芜的粮田，把烂泥田挖修成鱼塘；把猪粪和羊粪运到稻田里做肥料，这样不污染环境。

雨后晴天，我和五姨漫步在施溶山弯，那连绵的梯田，已是满眼金黄。小路两旁次第开放的野菊，像山野点亮的灯盏。放养在山上的鸡、猪、羊有的在山间，有的在树林，吃青草、拱泥土、饮山泉水、追逐和奔跑……说它是一个天然的养殖场，更像一个动物的童话世界。脚下的泥土松松软软，处处都是猪、鸡、羊留下的脚印。那泥泞的花，一朵朵，一窝窝，遍地盛开……那何尝又不是从泥土里盛开的未来和希望呢！

五姨说，只要他们拥有勤劳的双手，掌心里就会流淌着幸福生活的甜香，比蜜还甜的甜香。

在泪水中歌唱 | 季纯 |

母亲，您还记得许多年前的那个场景吗？

屋外是雨淅淅沥沥的声音。母亲，我把自己蜷缩在您的身旁，还深陷在头天夜里大人们讲的那个鬼故事里不能自拔。

您一针一针地纳着鞋底，纳着纳着您开始唱歌：

出门人难，伞不离人来人不离伞。

出门人难，揪上皮袄，背上毡。

出门人难，热身身睡在荒草滩。

出门人难，连皮皮筷子重茬茬碗。

出门人难，难活没人改心宽。

……

我抬眼痴痴地望着您，弟弟也依偎在您的身边望着您，眼泪从您的眼睛里缓缓流出，弟弟问您："妈，您怎么哭了？"可是母亲，我分明看见您是笑着流泪的，笑着唱歌的。您说："人一唱歌就要流眼泪的！"

母亲，那时我和弟弟真的很小，我们就那么轻易相信了您的话。

唱歌、流泪、在雨天，母亲您一针一针为我们纳着鞋底。如今这个场景消逝不见了，就像您消逝的青春，就像我们消逝的童年。

　　许久许久，天真的我以为人唱歌是要流泪的。 母亲，现在想来，那只不过是您的一个谎言。您原本有一份令人羡慕的工作，在反右运动中，父亲被打成"右派分子"，之后父亲和您都辞去了工作，拉扯着我们姐弟四人从城镇出来，背井离乡落户到一个偏僻小山村。山村树大沟深，交通不便，毒蛇众多，"地方病"也多。您得了水肿和严重的"克山病"（地方性心肌病）。与您同时得病的几个大

《芙蓉楼送辛渐》（行书）　优秀奖
武玲　湖南省常德市武陵区北正街小学

婶，倒下后就再也没有起来。有天下午您突然晕倒，身边只有我们几个孩子吓得大声呼叫。我看见您双目紧闭，许久，睁开眼睛看了我们一眼，之后又昏了过去。恍惚之间，您听到无数的声音在呼喊妈妈。又仿佛听见有人在您的耳畔说："快起来！快起来看看你的娃娃们！"您终于清醒，看到我们围在您的身边哭喊。您流着泪笑了："你们不要哭，不要怕，我好好的。"

心肌病一旦得上，仿佛就像一张令人讨厌的狗皮膏药，再也撕不掉。母亲，我却看到稍稍好转的您又开始忙碌了。推碾子拉磨，喂猪喂鸭，操劳家事，做着一个家庭主妇和一个母亲该做的一切。

只有在雨天，地里农活暂且放下了，我们才可围在您的身边，听您流着眼泪一首接着一首唱歌。

记得那年杏花飞扬的时候，您躺在炕上，头疼欲裂。我和弟弟轮番为您按摩头部，我们小小的手上虽然没有太大的力气，但也可以解您的心烦。我听到您总是说：用点儿力！幼时的我常常看见您吃止疼片和头疼粉。看着我们担心的样子，您说，劳动妇女有几个没有病的？这不算什么！

其实，对于命运，您有多么的不甘和无奈！父亲师范毕业，您也知书达理，哪里可曾想会在偏僻的乡村一住就是好多年。这不是一般的住，这是既要操劳生活，又要和病痛斗争的好多年啊！

那时的山村小学竟然只有一个民办教师，一个教师同时教着几个年级的几门课程，落后程度可想而知。我是上了那种复式教学学校的孩子，如今在中国，还有几个学校在复式教学？在这种落后的教学环境下，村里的好多读书娃读着读着就自动辍学了。母亲，您常对我们说的就是："吃苦受累不要紧，不要看别人，只要你们好好学，再难也要供你们读书。"

我是以几个乡镇第一的成绩考入初中的，我看到了您脸上灿烂的笑容。改革开放后，头脑灵活的您先是来到了乡镇开商店，并为上了初中的我和弟弟做饭。那时每逢镇上的集市，您总会在集市上摆地摊。几年后，您的生意做大了，您到城里开了个食品加工厂。凭着聪明能干，凭着吃苦耐劳，食品加工厂的生意蒸蒸日上。那应该是您人生中最快乐最有成就的一段时光。连难缠的心肌病也惧怕了斗志昂扬的您，我很少再听到您说头痛、胸闷之类的话了。也就是在那时，我考上了大学。

随着年龄的增长，您患上了高血压，心肌病也开始抬头了。每当我看到您眉头不舒展的时候，一定是身体又不舒服了。我说："妈，您少操点儿心，能不干的就不要干了！"您说："80 岁老人门前站，只要活一日，就得忙碌一日，哪能躺下等死呢？"

母亲，这几年，您昏倒过三次，三次碰疼了头，那钻心的疼痛疼醒了您，于是您又奇迹般站了起来。母亲，在您的内心一定有一种比"坚强"二字更加有力量的东西支撑着。

母亲，今年您已经 78 岁了，每天要吃好多种药，这些药包括降血压的、营养心脏的、治头痛的，但您依然乐观，依然和疾病顽强地斗争着。母亲，这些年我再也听不到您的歌声了，但儿时的场景在我的记忆里像电影镜头般一遍遍回放，我多想问问您是否还记得当时的场景，但我一直没有问过。

在泪水中歌唱，是一种勇气、一种坚忍、一种达观人生的态度。因为人生有种种的不如意、种种的病痛、种种的挫折、种种的意想不到。母亲，是您教会了我，如何面对人生的种种磨难，哪怕是流着眼泪，也要微笑着流泪，也要高昂着头颅，坚挺着脊梁歌唱生活。如此，生活才会更加美好。

怪老太的冰山在融化　｜喻贵南｜

"糟晨！"隔壁邻居的梅州老太总是起得很早，叶子刚刚打开门，老太便扭头跟她打着招呼，叶子照例回一声广东话的早安，即"糟晨"。

偶尔，老太会问一句"重没习反妹（即还没吃饭吗？）"叶子会回她一句："肮肮黑身哦（即刚刚起床）。"

叶子是打工大潮中的候鸟，来自湖南的小山村。对于广东话，叶子也就会那么简单的几句。有时老太叽里呱啦的说一箩筐，叶子使劲使劲地听，加起来也只能听懂一茶杯。

而对于普通话，93 岁高龄的老太还没叶子懂广东话懂得多。所以，大多数时候，两人之间言语的交流，干瞪眼时居多，用广东话说是：鸡同鸭讲眼碌碌。

然而，两人又不能不眼碌碌地进行着交流，因为叶子是老太的隔壁邻居。整个一条小巷里住的全是外来工，对待其他外来工，老太一个个视若虎狼，从不假以辞色，就连低头不见抬头见的邻居，老太也全当无视，哪个偶尔跟她打声招呼，她也装聋作哑，当刮南风。

只有邻居们犯事的时候，她才会突然间声若洪钟了，而且是声若洪钟地骂，骂什么呢？比如骂：斗里拉妈夹海（四川人骂娘的话），骂：斗里老母（广东人骂娘的话），再骂一长串叶子听得半懂不懂的话。起因，比如：谁爬上周围的树上摘龙眼，哪怕那龙眼树不是她老太家的；孩子们在小巷里追追打打闹着玩，大呼小叫的；隔壁的湖北妹，将花盆摆过了一点点，摆到她的外墙下了，等等。若发生这样的事，老太都会扯着满是皱纹的瘦脖子，拉大嗓门骂，有时还边骂边用拐杖点着地，一下一下地敲着水泥地板骂，直到将人家骂得没影了才罢休。

小巷里的人都说，这老太有点儿怪，好像跟外省人有仇，对待外来工，冰山一样的冷。而知情人说，老太讨厌外来工，是因家里失窃过两次。其中一次是大年三十的晚上，老太跟往常一样，独居在家，放在床边衣兜里的几千块钱睡前还数过，却不翼而飞了，害得老太大年初一用哭骂声取代了喜庆的鞭炮声，哭骂了一个上午。

从此，外来工在她眼里，就是贼！因为她认定就是外来工干的。其实她连贼影都没看到。

所以所有外来工经过她的门边，她都会将门关得紧紧的，哪怕自己就站在门外边纳凉，哪怕亲人来访，她也只将门开一条缝，让其进去后，立马又关了，防八国联军入侵一样，提防着所有陌生人。

叶子刚与她做邻居的时候，也一样被她防着，排斥着，叶子也不介意，高兴时说声"糟晨"，不高兴时，也把对方当南风。

一日傍晚，老太突然扯住路过门边的叶子，说了一堆的叽哩呱啦，叶子呢？半句也没听懂。老太急得将她拉进屋内，按着门边的开关灯按钮，之后又指着屋里的灯泡一连串的叽哩呱啦，叶子才弄明白咋回事。二话不说，叶子帮老太换了灯泡，光线阴暗的屋内，一下子亮堂起来，老太这才笑得满脸的菊花怒放。

屋里陈设简单，因长期关着门，有一股难闻的霉味，叶子换了灯泡，立马便走了出来。

没几日，老太又扯住她，又是一阵叽哩呱啦，原来时令已是冬天，老太要叶子帮忙买一双绵拖鞋。两人交流了半天，叶子才弄明白，当日上街，叶子便给她买了。12元钱，回头老太给叶子两张10元的，叶子没零钱，"挪杀猛给找达啦（拿10元钱就行了）"，叶子退回10元给老太。

"嗯达嗯达！"老太说不行不行，要叶子找开那 10 元钱，叶子淡淡笑笑，摇摇头说："嗯妖啦（即不要了）。"老太说了些什么，叶子除了谢谢两个字，其他都没听懂，只是笑着摇头，老太也是，笑着摇头。

第二日，老太抓了一把糖过来，给叶子的孩子，叶子留下两块，其他的，要退回给老太，老太执意不肯。叶子指着盘子里的水果，像招待其他来客一样，请老太吃，老太啥也不吃，哪怕递到她手上，老太依然害怕外地人的食品里有毒，会将她谋财害命，直到叶子一家跟老太做邻居一年后，老太才吃叶子给她的东西。

出门在外，远离亲人，看到老太，叶子总会想起自己的父母，所以有好吃的，总会拿一些给老太。老太也一样，也不时会拿些东西给叶子的孩子吃。老太有什么干不了的，以前都会干等着镇上的儿子来解决，而与叶子一家来往后，便直接找叶子，叶子总是有求必应，不计报酬。叶子常在家里念叨，自己出门在外，不在父母身边尽孝，希望父母也能在需要帮忙的时候，能得到邻居们的照顾，就跟小时候看到的一样：邻里和睦相处，互相帮助。

叶子没和老太做邻居时，老太除了吃饭、睡觉，便点着拐杖去串门了，去附近没搬走的所剩不多的几户老广东家里。和叶子一家交好后，老太会不时来叶子屋里坐坐，聊些叶子听得云天雾地的叽哩呱啦，叶子首先总是或微笑或"海啊海啊"（是啊是啊）地应付着，慢慢地，也能听懂一些了，彼此交流便好多了。

叶子屋里不时也会有其他邻居来串门，自然都是外来工。老太一见有人上门，便脚底抹油，三十六计走为上策。而叶子偶尔会跟她说起哪个哪个邻居怎么怎么着，包括她们的好，并告诉她，昨天我给你吃的那个糖，是这个湖南妹给我的；早两天给你吃的那种香肠，是那个是江西妹自己家里做的；还有那个天麻，是这个四川妹她爸种的（注：广东人称呼外来工，喜欢直接在省份后面加个妹）……

而每每这么一说，老太只能跟她们打招呼，虽然起先笑得有些不自然，但日子久了，老太看见这些来自四面八方的外来工邻居，态度也变得越来越好了，偶尔会绽开满脸的菊花，主动说一声"糟晨"，并聊上几句。不过诸如看见爬树摘龙眼的，或谁把大便拉到她家门口不扫掉的，老太依然会点着拐杖骂"斗里拉妈夹海"或"斗里老母"，依然是拉大嗓门的骂。因此不经果树的主人同意，擅自摘果子的人越来越少了，大家都怕挨老太的骂，丢人现眼。

叶子对老公说，好风气是相互影响的，从国家这个大家庭到每个小家庭都是如此。比如我们的邻里之间，周围摘果子的人，被老太骂得规矩了。而大家也说怪老太开始友善了，没以前那么怪了，不再将所有外来工邻居当贼看，成天黄世仁一样板着个脸，只是依然不去别的外来工家里串门。老太依然喜欢关着门，关一屋子的霉味，哪怕叶子说过无数次，让她经常打开门窗，通风透气，对身体有好处。门只能防君子，防不了小人，况且现在社会一天天在进步，风气越来越好，小偷都要绝迹了。老太嘴里倒是"海呀海呀"的。

罗马不是一日建成的，这怪老太的习惯，是千年的冰山，不过，终将慢慢融化。叶子跟老公打趣道。

《远去的牧童》（油画） 三等奖 赵英 济南热力集团有限公司

有缘就做好邻居　|季纯|

那一天从佛像前走过，看见佛的眼，智慧慈悲，心生宁静，心存敬仰。

那一年遇见你，你住在六楼，我从平房搬到了你的对门，你说我们有缘，我礼貌地笑笑，礼貌地点头。

我的门外有鸟窝，高高挂在楼顶，我每天看鸟"夫妇"飞进飞出，几只嗷嗷待哺的小鸟，张着 V 型的小嘴整天叽叽喳喳喊着：吃呀、吃呀！你夸我好福气，鸟搭窝会选好人家。我半信半疑。

那一夜，你招手叫我："小韩，快到我家来看，昙花开了，香得很。你不看，很快就败了，一年只开这一晚上。"

那是我第一次看昙花：清丽恬淡，香气四溢，宛若月下仙子。望着美丽的昙花，我陷入了沉思。昙花只在夜晚绽放，早晨起来，它定会绝尘而去。那么它的花语该是瞬间的永恒呢？还是勿忘我？

从此，你常常招呼我到你家看花，水仙、风信子、太阳花、红玫瑰、兰花等等的花草堆满了阳台。你说，阳台不需要用玻璃封闭，在开放的阳台，花草才能晒太阳、吹风、淋雨。你嫁接的蟹爪兰长势太好了，足有一人高，花期时更是绚烂无比。你欣喜地说这么高的花，该让全市人民都来看看。于是，我打电话给电视台，记者随即请教了花木专家，专家说能长这么高，算是奇迹。于是记者马上来采访，在镜头面前，你比花还要羞涩。

那一次，你对我说，再买房子，我们买到新开发的楼盘，我们还做邻居。我

笑着点头。

后来，我果真买了你说的房子，你也买了，但你嫌贵又退掉了，之后去了北京。

一年后你从北京回来了，当你看到高楼林立，你突然下定决心，说一定要买房子，和我继续做邻居。可是房价已涨，售楼小姐说这栋楼只有六楼和五楼还未出售。

我知道有房子，是售楼小姐囤房不卖给你。低楼层还有一套二楼，一套三楼，二楼和我在一栋楼不在一个单元，三楼就是我的对门。二楼的地下室要大一些，价钱还要便宜些。我带着你去了售楼部，之后售楼小姐带你看了这两套房。你对我说："虽然三楼贵点儿，但能遇到一个好邻居不容易，幸亏你对门没有卖出去，这就是缘分，我还是要和你做邻居。"

搬进新房的第二年，那是过完年上班的头一天，你突然打来电话，焦急地说："小韩，不好了！你家的暖气漏水从门口流出来了，你赶快回来！"等我急急地和爱人赶回家，你正在门口等我们。打开房门，屋内像澡堂般热气腾腾，暖气水没过了脚面。原来是开发商安装的一个暖气片质量出了问题。你从家里拿出拖把、棉布衣物、水桶、脸盆跟我们一起清理积水，直到夜深人静。

每次我要回老家或者外出几天，我家的三只小乌龟需要你帮我照看着，有一些花草你还得帮我养着。包括你给我嫁接的蟹爪兰，算来已经有 15 个年头了。

周末的时候，我喜欢在野外跑。挖了野菜了，采了花椒了，烙了柿子饼了，我第一时间会想到你，轻叩你的门，与你分享。

春分那天，你给我送来了一碗你熬好的冰糖雪梨水。你说听见我最近总咳嗽，电视上说 6 点 20 分喝了治咳嗽，你嘱咐我千万别忘了。可是我一疏忽，直到 6 点 30 分才把水喝下。

我认识你的时间，你刚刚办了内退，我 30 岁，你 50 岁。我叫你阿姨，你的外孙女叫我阿姨。后来有一天，我发现你的女儿只比我小 4 岁，也叫我阿姨。我说："阿姨你糊涂了，你的女儿和你的外孙女怎么都叫我阿姨呢？我又叫你阿姨。"你傻傻地问："外孙女叫你阿姨没有错，那你说我女儿应该叫你什么？"我说："应该叫姐呀！"你突然笑了，笑得自己都有点儿不好意思了。你说："咱两个有缘分，我就糊涂了，忘记了年龄，是我让女儿叫你阿姨的，我女儿也真听话。"

也是啊，你不会上网，甚至连简单的网购，也得我帮你。我有时候好生奇怪，你为什么不让女儿帮你？你家里没有安装宽带，我索性把我家 wifi 密码告诉你，门对门，信号还很强。我教会了你如何用智能手机上网。有一天我在外地收到你的微信：小韩，宝鸡的雪有 15 厘米厚哪！我遗憾自己错过了雪。

每当我遇到一些纠结的问题，我都会叩开你的门。你说，塞翁失马焉知非福，一切都是最好的安排。这些道理我懂，但有你的安慰，我不再纠结，我会轻轻放下。

对于你说的缘，我当年一直没有太多在意。如今，当我坐在这里，想到佛的眼，想到佛的慈悲心，想到你每天虔诚念佛，我心存感动，我的泪水不自觉流下而无悲伤。

我知道这就是缘了，一定是缘！

《随风》（纸本水彩）　优秀奖　田雨虹　湖南省常德市武陵区工农小学

木兰花

润物无声满堂春

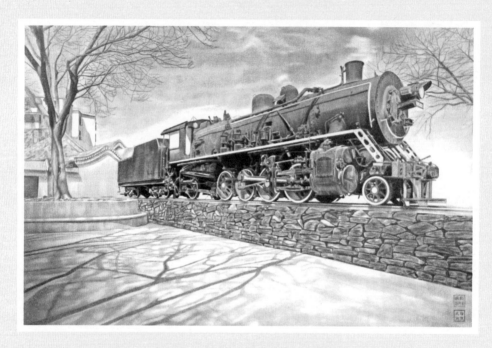

《岁月如歌》（铅笔画） 一等奖 曾夏兰 成都铁路局贵阳南车辆段

润养那颗轴心　|孙昱莹|

　　人生如同旋转的车轮，无论旋转多少个岁月，周而复始，总是离不开一颗轴心，这颗轴心就是家。如果说生活是一棵硕果满满的大树，那么家庭就是深扎进土里的根脉，是树的给养，也是它的归宿。而好家风，如清泉一般滋养着根系，传递成长的希望。

　　我曾走过无数个村庄，寻觅古老的风土人情，在晨光熹微或者暮霭渐暖时分，去体悟不平坦的道路与人生。有一次在采风途中，恰逢冷锋过境，我和同事被措手不及的风雨天气推搡着前行，不经意间走进一家农户。在那里，我遇到了70多岁的高老头夫妇。这个"高老头"当然不是巴尔扎克笔下的荒诞角色，而是一位本本分分的老农，高姓是村里的大姓氏族。院子里雨滴噼里啪啦作响，滴在门口的水缸上，高大爷把一土篮子山参放在炕上，高大娘盘腿坐在一旁，用小刀把山参切成均匀的一片片。

　　"现在都用机器切了吧，您这怎么还手工呢？"我问他们。高大爷告诉我，他们切的参片，是不熏硫黄的。外面好多人用机器切，然后熏硫黄，倒是白净好看，可是品质就不一样了。"做人要讲个良心，要讲诚信。"高大爷说，"现在是切参，过段时间还要晒百合，俺家百合片也不熏硫黄。"原来他们老两口住在乡下，儿女们在城里经营农家山货。他对孩子们说，做买卖一定要货真价实。他们打出了健康食品的牌子，卖的虽然比别人贵，但绝不学有些不良商家弄虚作假。假如能一直做下去，子子孙孙，无论转了多少圈，都要继承这个理念。这让我对老人肃然起敬，要知道，在微信朋友圈里，还经常看到一些卖假产品的微商，让人无从分辨。更让我敬佩的是，一个道德观念，他不仅自己要遵守，还要坚持传递给子女后代。

中华民族自古以来重视家风家教，有的宏大广博，如颜之推的《颜氏家训》；有的清新雅致，如袁采《袁氏世范》；还有如《朱子治家格言》，讲修身、齐家等高尚的道理。而像高大爷这样，没有文采飞扬的笔墨，也没有深邃刻骨的哲理，只是最简单的口头传承教诲，教育子女遵守诚信的品德，依然是值得人们尊敬的好家风。每个家庭都有不同的传承，好的家风，它可以是深刻鞭策的哲理，也可以是质朴有益的启示。最重要的是，能够裨益人心，弘扬美德。

钱、地位、声望……人追求的精神以外的东西总是太多，心灵越来越得不到澡雪似的斋戒。有时就像站在一片荒林之中，枯枝遮蔽了倾洒下来的阳光，面前是斑驳的光点，却无法看清那巨大的暗影。这时候，就需要家的根脉去支撑信念，去传递向上的力量。

我小的时候，曾住在长客厂区。后来从那里走出了2016年感动中国的人物——大国工匠李万君师傅。在吉林省宣传部门的一次活动中，我有幸采访到素未谋面的"老邻居"李师傅。人们看到台上的他有鬼斧神工般的超一流技艺，是享誉世界的"高铁焊接大师"，却不知道在这背后，他的父亲，一位老焊接工人曾用简单纯朴的教诲，影响了他一生的道路。李万君师傅告诉我，他刚毕业的时候，和班里20多个同学被分配到全厂最脏最累的水箱工段，每天在狭小的空间里进行焊接操作，身上的衣服永远又破又脏。没多久，一起分配来的同学便想尽各种方法调走了。李万君希望自己的劳模父亲能找领导走个后门，把他也弄出去。可老李师傅却拒绝了儿子。"孩子，再辛苦的工作，总要有人做，你把焊接技术学好了，做到一流水平了，再来找我说这事。"父亲是希望儿子能坚守岗位，热爱自己的工作。李万君在父亲的教导下，夜以继日练习，参加了无数次比赛，终于成为这个领域的专家，用一杆焊枪赢得了世界的尊敬和崇拜。

家庭是我们生命里最重要的那颗轴心，润养家庭需要美德阳光的点燃与照亮。人生会收获甜蜜还是苦涩的果实，都取决于我们最初在家庭中播撒的那一粒种子。用心播种，以德浇灌，生活就会向着美好旋转。

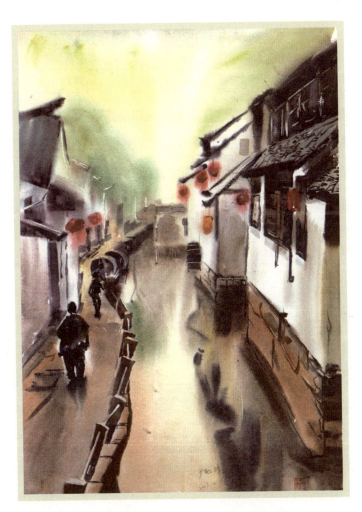

《暮色水乡》（水彩画） 三等奖
尹艳辉　云南电网有限责任公司瑞丽供电局

加减乘除的世界 |李子燕|

父亲的抽屉里，有一把老式珠算盘，木框和细杆是浅褐色的，算盘珠是白色的。有事没事，他喜欢戴着老花镜，熟练地拨弄那些算盘珠。偶尔，我会调侃他，口算就能完成，干吗非像账房先生似的？偶尔，我会督促他，与时俱进使用计算器。父亲并不气恼："珠坚梁正角分明，加减乘除账目清。这珠来珠往的妙处，你还不懂吗？"

70岁的父亲并不显老态，多年的会计生涯，令他的头脑始终睿智敏捷。因此，我拒绝把他当成古稀老人；换句话说，在我心里，他一直是年轻时的模样，只不过头发花白了一些，皱纹增多了一点儿而已。

从我记事起，父亲就拥有一套神奇装备——算盘、账簿、钢笔。每当春耕秋收，村里有账目需要统计，他就会起早贪黑坐在桌旁，左手翻阅厚厚的账簿，右手快速地拨动着算盘珠，指法娴熟。时而左手翻得累了，便轻轻向指尖吐些唾沫，当作润滑剂；时而右手略停下来，拿起笔快速记录着；再反复对比，确认准确无误后，才继续拨动算盘珠……全村年终大结算，也是父亲最忙碌的时候，天寒地冻，他顶风冒雪去附近各个小队作统计，为了让家家户户"仓中有粮、账上有钱、心中有数"。几个小队的会计都是新手，对父亲的业务非常佩服，亲切地喊他"李叔"，或者尊敬地称他为"李会计"。几乎所有认识父亲的人，都夸他算账快，账目明晰，井然有序，无论是统筹还是预算，无论是村里的大账还是各家的小账，从未出现过丝毫差错。于是，慢慢的，十里八村都知道了"李会计"业务精湛，每每他们村里遇到难题，就特意过来邀请父亲去帮忙，父亲也都热情地伸出援助之手，以最快的速度保质保量完成。

上小学后，父亲的"会计"身份，令我感到无比的荣耀——四年级时，全乡举行数学竞赛，我竟然取得第一名；接着代表乡里去县里参赛；后来又代表县里，去省里参赛……当学校举行表彰大会时，我听到最多的话是——"虎父无犬女，这丫头将来是清华的苗子！"10岁的我，从此种下"清华梦"，尽管后来没有实现，但至今仍在心底闪亮着。从此，我更加崇拜父亲，常常学着他的样子，"三下五除二"地拨弄算盘珠；也效仿他的样子，帮助需要帮助的同学，偶尔还帮助老师批改卷子。当然，也跟父亲一样，从来没出现过差错。

再长大些，脑袋里的想法逐渐多了起来，这把长方形的"神器"，是谁发明的呢？父亲回答：是古代劳动人民发明的。我追问：古代谁啊？父亲被难住了，摇了摇头，常年拨弄算盘，竟然不知其来处，总是有些遗憾。后来，他去县里参加会计培训，第一时间跑到新华书店查阅资料，回来后第一时间讲给我听："珠算盘起源于北宋时代，运算方便、快速。中国是算盘的故乡，人们往往把算盘的发明与中国古代四大发明相提并论，北宋名画《清明上河图》中，赵太丞家药铺柜就画有一架算盘。关于算盘的来历，最早可以追溯到汉末三国时期，据说是关羽所发明，当时叫算板……"

历史究竟怎样，虽暂时无法考证，但关羽的名字，已经令我激动不已。谁都知道，他被奉为"忠义神武灵佑仁勇威显"的武圣，与"文圣"孔子齐名。那么算盘与他产生关联，立刻从单纯的运算工具，被提升到一种精神高度，仿佛每一粒算盘珠，都镌刻着"忠义"二字。父亲用手拨动着算盘珠，神情比我更加庄严凝重："丫头你看，这算盘珠不拨不动，一拨就动，要想最后不出错，我们的心里必须有颗定盘珠，这才能把握整体方向。做人啊，跟珠算一个道理……"

彼时年纪小，只道这句话是简单的珠算法则；如今人到中年，慢慢悟出其中的人生奥妙。如果某天回娘家，父亲再问我珠来珠往的妙处，我想我的答案会很清晰了。其实，"珠坚梁正角分明"，正是父亲品格的写照，他一生勤奋严谨、思路清晰，以大隐隐于世的态度，过与世无争的生活。春去秋来数十载，岁月的风，染白的只是他的头发，却无法拨乱他心中那颗定盘珠。无论何年何月身在何处，父亲都能唯实是求，珠起还落间，"加减乘除账目清"，清清爽爽面对流年碎影。

《和谐盛世》（国画） 优秀奖

李淑云　莱钢集团有限公司

父母教我做个正直善良的人 | 郑能新 |

母亲的爱是非分明

父母老来得子，50岁才结了我这个"秋葫芦"。父亲前半辈子在金戈铁马中闯荡，九死一生后才幡然猛醒地跑回家里成了个家。

那时，母亲也40多岁了，结下我这么一个"果"。苦果甜果倒不在乎，她一直把我当"金果"捧着。所以，地坪河的人说，我是母亲心中的一轮"太阳"。

母亲把爱倾注在我一人身上，但她却从不宠我。"三年自然灾害"时期，尽管家里粮食大都填了我的肚子，但我依然觉得半温半饱。在一个夏秋之交的一天，我跑到生产队的高粱地里掰了一些高粱回家，吮吸高粱秆中的那一缕缕淡淡的清甜。母亲收工回来，发现屋中那一簇簇快要成熟的高粱穗子，痛心地大叫一声，随即抄起门旮旯里的一根竹片子，对着我狠狠地打过来。有棱有角的竹节子撕破薄薄的衣裳，在我的肚皮上划拉出一道深深的血口子，红彤彤的血汩汩地往外流。母亲一见血，猛地颤抖了一下，旋即丢了竹片子，一把揽过我，抓过一把盐，放在嘴里嚼烂，然后"噗"地一下，全喷到我的伤口上……

尽管那道伤口已经成为我的一段痛苦的经历和记忆，但我却丝毫不记恨母亲。因为，在我那严谨家风的影响下和母亲那是非分明的威严中，我日渐成熟起来。

勤劳善良的母亲不攀附权贵

为了供我读书，母亲没日没夜地勤扒苦做。母亲对谁都好，她的热心肠在地坪河是出了名的。只要别人有难处，母亲总是想方设法伸出援手，她就是这样一个人，自己有一块饼，定会掰给别人半块，就连叫花子上门，她宁可自己不吃也要施舍一碗。虽然有个好人缘，但母亲从不巴结权贵，因此吃亏是难免的。但母亲似乎不介意这些，她以最低的工分包揽了队上的耕牛放养。别人工休时，她去放牛，收工后，她还要去田边地头割一捆捆鲜嫩鲜嫩的牛草。每每望见小山一样的草堆压在母亲的身上，麻绳勒进母亲那瘦削的肩头，我的心就格外难受，暗暗发奋要好好读书，将来报答母亲。不到半年，队上的几头瘦牛一个个膘肥体壮了，可母亲却瘦得只剩下一把骨头……

后来，我考到山外几十里路的县里重点中学读书，成为小山村走出的第一个高中生。接到通知书时，我便飞奔着跑向正在田间劳作的母亲，及时报告这一喜讯。母亲愣愣地望着我红扑扑的脸蛋，长时间没有出声。当时对于母亲的冷淡，我显出一脸的不高兴，后来我才知道，母亲把一脸的欣喜压在心底。她知道山里人家希望读到这一步的大有人在，她怕自己太高兴会伤到了别人的心。

为了儿子读书，母亲第一次违背了自己的良心

母亲一生不动别人的东西。哪怕饿了三天肚子，她绝不做那些偷鸡摸狗的勾当。可是为了她的儿子，竟在良心的天平上作了一次"倾斜"。

那是高考前夕，母亲为了凑足我的考费，变卖了珍藏了几十年的一块"大洋"，换了5元钱，然后，就无可奈何地看我愁眉苦脸一遍又一遍地数那不足数的毛票子。那一刻，母亲的心颤抖了。她知道儿子从来没有向她瞎要过一分钱，可这报考费是一分一厘也不能拖不能少啊！母亲长叹一声，转过身子

有些犹豫地走进了夜幕之中……

那是木梓刚刚掉壳的季节，母亲惊慌失措，气喘吁吁地爬上我家菜园地旁的木梓树。原本属我家，但在那一切都姓"公"的年代，都归了集体。毕竟是第一次做这样的事情，她心虚得厉害，仓皇之中踩断了木梓树的枝枝，母亲从树上跌了下来，摔得背过气去。直到我四处寻找，才在地头发现了还在痛苦呻吟的母亲。

那之后，母亲像是大病了一场。她好久不敢见生产队上的人，那样子就像是她把手伸进了别人的口袋。直到后来队上分红薯时，她坚持少要了20多斤，心里才稍微平衡了一些。

高考结束，我以几分之差落榜。看完分数从学校回来，我深感已无颜回家去见父母，茫茫然走进一个山坳子里，把头栽在草坪上痛哭了一场。母亲不知从哪里得到消息，摸着黑，深一脚浅一脚地赶了几里山路来接我，那一声声的唤儿，颤悠悠地带着哭腔，穿破厚重的夜幕，震得我的心都碎了。

母亲朴素的话语，让我受用终生

父亲母亲坚持要我复读，但我觉得应该为这个非常困难的家庭承担一点儿义务了。于是，坚持边做事边写作，还跟母亲说我要当"作家"。母亲知道作家就是写书的，于是，她就笑得眼睛都没缝了，说："我的儿，你要是成作家了，我死了就瞑目啦！"

几年后，由于创作成绩突出，我被招进文化馆。在当时，那可是莫大的荣耀！拿到上班通知的时候，母亲已经重病在床了，一个大字不识的母亲，倒拿着那个通知，一下子坐了起来，眼睛褶褶发光，她用那双粗糙的手反复抚摸着薄薄的纸笺，说："儿啊，你现在是公家的人了，一定要守规矩，千万不能坏了我家的门风！"

十几年过去了，我慢慢地从业余作者成长为作家，随后，又被选拔到市里工作，一步一步地离家乡越来越远了。可是这一切，父母双亲已经无从知晓了！他们已经永远地融进了我们祖祖辈辈居住的那个小山村的土地里！

尽管父母早已不在人世了，但他们要我做个善良正直的人以及严格的家教却让我受用一生！这么多年来，我一直在努力践行父母传下的家风和教诲！只是，每每忆及父母，我就会热泪长流，那份"子欲养而亲不待"的遗憾，总是常常在内心深处被一只无形的手拽出来，让我殷殷疼痛！现在，唯一能向他们奉献的孝心，就是每年的清明，从百余里外的城里回到那个令我铭心刻骨的小山村，将几柱香恭恭敬敬地插在他们的坟头……

《故乡》（油画）　三等奖　万顺玲　中建七局一公司

早起的鸟有虫吃 |李子燕|

或许由于名字里有"燕"字，我从小对小燕子就情有独钟，总感觉彼此间有一缕牵挂，一种缘分，一丝相惜。在童年的难忘岁月里，很多东西渐渐模糊，但在记忆深处，家乡的老屋堂前，无论是细雨迷蒙，还是艳阳高照，总有一对伶俐的小燕子，跃动着黑白两色的时光。

当第一棵草芽被微风唤醒，当第一片叶子探出鹅黄色的小脑袋，当第一朵小花吐露出芬芳，北方的春天就从软泥中伸出懒腰，笑意盈满土坡山岗。妈妈教我的第一首儿歌，就在这样的春光里飘出窗外："小燕子，穿花衣，年年春天来这里……"唱着唱着，小小的我又会疑惑不解："燕子为什么来咱家呀？"妈妈则语重心长地说："燕子是人类的朋友，喜欢善良的人家，谁家住燕，谁家富贵……"

因此，我愈发喜欢燕子的到来，希望它们能够带给我们家好运，带给乡村一片生机。尤其是细雨蒙蒙，妈妈不让我出去跟小伙伴玩的时候，看燕子飞翔就成了我最大的乐趣。我会趁妈妈不注意，偷偷地打开窗子，认真观察屋檐下的那对小燕子：它们的肚皮洁白如雪，很干净，与油黑的翅膀对比，愈发"黑白分明"；它们的眼圈是黑色的，圆溜溜的，闪烁着机灵之光；尖尖的小嘴巴呈黑褐色，时而梳理着光洁的羽毛，时而不停地交流着，样子可爱极了，声音也呢喃悦耳。

或许是我的"虔诚"打动了它们，有一次窗子开着，一只小燕子突然飞了进来，落在我家炕梢的窗台上！我兴奋得手舞足蹈，立刻关上窗子，想把它捧在手心里，一起说说话、做做游戏。然而，我正跃跃欲试靠近它的时候，小燕子却露出惊恐的神情，东张西望后，立刻振动着羽翼，横冲直撞地边飞边叫，像是在呼救一般。而窗外另一只小燕子，正啄着玻璃窗向屋里鸣叫……

我被吓了一跳，小燕子警惕的眼神，似乎只要我走过去，它随时准备攻击我。我很难过，燕子是人类的朋友啊，我想请朋友进屋来避避雨，它为什么要害怕呢？这时，妈妈从外面走进来，知道了事情的经过后，耐心地解释说："傻丫头，燕子属于外面的蓝天。它们不怕雨不怕风，经历的风雨越多，会越坚强的。"

哦，原来是这样。于是，在妈妈的帮助下，我把所有的窗子都打开，让那只惊慌失措的小燕子飞到窗外，去与另一只燕子团聚。看着它们双宿双飞的身影，我似懂非懂地笑了，原来燕子不能被关在房间里，它们的世界在天空。

不单单是我喜欢小燕子，妈妈也经常拿小燕子做比较。每当想睡懒觉的清晨，妈妈就会爱怜地走过来，掀起被子催促我起床："不学燕子去捉虫，懒猫要受穷！"说来也怪，本来赖在被窝里的我，立刻条件反射般地爬起来，睡眼惺忪却意志坚定："子燕知道了，早起的鸟有虫吃！"妈妈则笑呵呵地搂住我，亲亲我粉嫩的脸蛋，满眼都是慈爱……

童年如一部黑白动画片，乡村的世界简朴又纯真，我记住了妈妈的吻，也记住了那对伶俐的小燕子。随着年龄的不断增长，我从孩童变成了小大人，逐渐摆脱了妈妈的怀抱，也离开了那间老屋。求学之路上，我一直很勤奋，不敢有任何松懈，时刻提醒自己"早起的鸟有虫吃"。当一张张满意的答卷，为每个学习阶段画上圆满的句号，我庆幸小时候妈妈教给我这句话。只是那时从来没想过，我这只小鸟成长的背后，妈妈更像只大鸟——每天不知要比我早起多久，要努力捉多少"虫"，来精心哺育她的 4 个孩子？而天底下，又有多少父母跟我的妈妈一样，默默地在家乡老屋的堂前，为儿女守望着成长的梦想？

那句话、那对小燕子、那间老屋，还有妈妈的吻，不仅是我童年的印记，其实早已成为我生命的一部分，如我的名字一般如影随形，不可分割。在一步一步前行的路上，在山一程水一程的辗转中，无论喜悦、收获，还是悲伤、挫折，老

屋堂前那对顽强的小燕子，一直在我心中歌唱。18 岁那年，当轮椅禁锢住我的双腿，我也曾迷茫过，是妈妈的爱帮我打开心窗。她说："燕子属于外面的蓝天，你不能把自己关起来，不能啊……"然后，我扑到妈妈的怀里哭了，哭得痛痛快快。然后，我告诉自己，今后再也不哭了。然后，郑重写下座右铭——"没有翅膀，依旧可以飞翔；只要羽翼，扎根在心灵之上"。

当第一棵草芽被微风唤醒，当第一片叶子探出鹅黄色的小脑袋，当第一朵小花吐露出芬芳，北方的春天就从软泥中伸出懒腰，我听到燕子在快乐地呢喃，于是我的心也跟着唱起歌："小燕子，穿花衣，年年春天来这里……"敞开禁闭的心窗，我惊喜地发现：自己的梦想依然炙热，它带着乡土的质朴，带着小燕子的灵动，还有妈妈的慈爱，深扎在我灵魂深处，未曾远离。

于是，我在妈妈的呵护下，重新学会了微笑。

于是，我重新做回那只早起的"鸟"，起早贪黑，勤奋捕捉属于自己那些"虫"。

于是，书籍成为阶梯，键盘成为手杖，我在文字的世界里，一点点地学会善良，学会坚强。

《蕅益大师警训略录》（隶书）
三等奖　徐倩　河南省豫东监狱

祖父教我读书与做人 | 季纯 |

这是北国的隆冬，万物依然在沉睡，寒风呼啸，裹着哨声。

我双膝跪在祖父的坟前，点上香火，连磕三个头，我对祖父说："爷爷，我给您送书来了，这是我一字一字写出来的，您一定要看啊……"一页页撕开我出版的第一本书，点燃，焚烧，泪水止不住流了下来。

一半是欣慰，一半是思念。一个人纵然可以离去，我依然相信精神永存。我的血液里流着他的血液，祖父一定在另一个世界阅读着我的书，微笑着祝福我。

祖父曾是国民党的高级军官，他不仅双手能打枪，还有一肚子的好文化。小时候在家里，不仅能看到他洒脱不羁的毛笔字，还会看到很多的线装古书。常听人说祖父可以倒背《三国演义》。幼时的我虽不懂文化上的事情，但每次看到祖父坐在藤椅里读书的样子，感觉很安静很美。祖父身材高大，文质彬彬，他从来都是把自己收拾得干干净净、利利落落，每次出门时总是把鞋刷来刷去。祖父无疑是一个讲究的人。

等到我上了学，我的背诵速度快到让老师和同学们称奇。我以为我已经完全理解了课文中的含义。那是一个夏夜，我和祖父在院子里乘凉，祖父给我讲了《荆轲刺秦王》，他讲起来神采飞扬，栩栩如生，这个故事让我着迷。我不是可以背诵这篇古文吗？为什么我只知道其中大致的情节？于是当下翻开自己的语文书细看，才发现祖父所讲的细节课文上都有，而我却忽略了。为什么老师讲的没有祖父讲得有趣？为什么我没有学精依然骄傲满满？我意识到自己的浅薄无知和祖父的严谨博学有多大的区别。不由得对祖父肃然起敬。于是每到节假日回家，我都黏在祖父身边，听他讲三国，说红楼，讲聊斋之类的鬼故事，还有唐诗、宋词等。而好奇心很重的我常常会提出一连串的为什么，祖父也不嫌我烦，总是很认真地为我一一解答。祖父说，读一本好书，一定要细读、精读，而不是一目十行，囫囵吞枣，必要时还要写体会。

从此，我认真对待我读的每一本书，慢慢体会到读书的乐趣和妙处。徜徉在浩瀚的书海里，我的天地一下子变得宽广起来。我养成了每天记日记的习惯。我对文字的敬畏与挚爱就是从那时培养起来的。

祖父常对我说，读书与做人，若按照"仁、义、礼、真、善、美"这六个字去做，那这个人一定错不了。也许是从小受到这样的教育，无论多么艰难，我都没有放弃读书的愿望，在做人做事方面对自己有了标准和要求。

我考上大学后，写了一封信给祖父。听说祖父收到信后非常高兴，逢人便夸赞我。大三那年，祖父去世，享年86岁。那时通讯并不像现在这么便捷，母亲没有通知我。等我回到家，祖父已经安葬，我为没有送祖父最后一程伤感不已。母亲说了两件事让我永生难忘，一是祖父写了许多首诗词，都是怀念祖母的，祖母比祖父早四年去世。二是祖父把我写给他的信件看完后又封好口，保存完整。我的泪水滂沱而下，以祖父年轻时的地位，他完全可以三妻四妾，但他没有，他对祖母的爱始终如一。

祖父用过的那些值钱的家什，那些青花瓷的瓶瓶罐罐，那红木镶嵌玉的小茶桌，有被无意间打碎的，有卖了的。那些线装的书籍，随着几次搬家，已是残缺不全。祖父送给我的红色玛瑙吊坠，也在不经意间遗失。祖父当年特别叮嘱我："送你的玛瑙里有故事情节，你细细看，这是两座山，山下有河水，山头上还有一只调皮的小猴子在张望。玛瑙好不好，不光要看成色，主要看里面有没有故事！"祖父又悄悄地对我说："只有给你的玛瑙最好！"

我的玛瑙是有故事的，寓意吉祥的故事，是祖父留给我的，可是它现在又被我丢到了哪里？

如今家里的线装的医书，轻轻一翻，书角已经在手里化了，手上会沾上残缺不全的字，上网一查，书是明朝的了，问过母亲，何以只有这么几本古医书？母亲说，祖父极爱书，保存本来完好，父亲从小受了祖父的影响，也爱看书。有眼尖的人到家里来看到这么些古书，自是惦记上书，虽说是借去看看，看看就不见了踪影。宽厚的父亲只能说，丢就丢了吧，其实是人家不想给了。

我连连叹气，祖父留给我们可见的东西真的不多了，随着岁月风化了，就像这几本线装的古书。但他留给我们后人良好的家风和爱读书的品质，却悄无声息地传承了下来。时间，它既无形又无色，它从我们每个人的身边匆匆而过，世间唯一能永存的也许就是精神了。

那一夜，祖父出现在了我的梦里，他穿着考究的毛呢大衣，手里拿着一本书，微笑着，边走边看。我睁大眼睛一望，他手里的书不正是我写的书吗？我正要喊他，他忽然拐过一个弯，不见了……

《晨》（版画）　三等奖　胡淼　牡丹江师范学院美术与设计学院

外婆奉行的好家风　　|喻贵南|

　　说起外婆谢雪梅，认识她的人，无不竖起大拇指。不是因为她没有同龄人走路弱柳扶风般的三寸金莲，说话快人快语，办事风风火火；不是因为她长相清秀，神情端庄，却将一杆长长的铜质水烟壶端在手上，和爷们儿一样的"爷们儿"；不是因为她管理着全家几十号人，在穷得叮当响的年月，还认定"人若上进先读书"，咬牙将儿子郑桂云送至医学院读书，后来成为远近闻名的神医；而是因为她那严谨治学般的家风，让亲友们对她心生敬畏，人人爱她，离不开她。

　　"做银要莫算良心，莫做帽味路，要奇起死，正起埋！"这是外婆经常挂在嘴边的话，尤其是跟人聊完"东家子女不孝、西家又在打架"之类的话题后，外婆总会如此点评。

　　外婆是湖南宁乡人，这句方言的意思是：做人要善良、不失良心，不做缺德事，要自强自立，刚正不阿！

　　是的，正直、善良、勤劳、孝顺、助人为乐，一直是外婆奉行的家风。

　　说到外婆的孝顺，在我们的亲人里，外婆水洗粮仓，找到7粒谷的故事几乎无人不知。"三年困难时期"，人人饿肚皮，外婆一家也不例外。外太公来看外婆，家里实在没饭吃，外婆背地里发动全家老少在空空的粮仓里到处找，连粮仓的每一处细小缝隙也不放过，甚至用水冲洗一遍，结果找了大半天，仅仅找到7粒稻谷。金子般珍贵的7粒稻谷，外婆视若珍宝，小心翼翼地把每一粒剥了壳，将7粒米熬成稀饭，满怀歉意与恭敬地孝敬远道而来的外祖父。母亲每回忆一遍，便心酸一遍，为那满满的孝心奉上的却是无奈的贫瘠。

说到善良与助人为乐，外婆还有一句爱说的话是："做点儿好事积点儿德，人不晓得天晓得。"确实，外婆是这么说的，也是这么做的。

她没读过书，但能写能算，成百上千的数字你还在拨拉着算盘珠子，她已脱口而出了。而且哪只猪长得快，哪头牛会耕地，她能从其外形和吃相看出来。她常说："相牛时，只需轻轻捏一下皮，就知道它是否性子急。捏它，牛皮会抖动的，肯定是个急性子；这种牛，不用鞭子抽，耕地也快，否则性子就艮，中看不中用。"她还能从毛色和几颗牙分辨出其健康状况及年龄，所以每每有买猪买牛的邻里，都会找外婆帮忙，外婆也总是有求必应。

谁都知道，接生是死生大事，没有经验的人不敢轻易做。外婆不是医生，在当时的山沟沟里医者奇缺，这个助人为乐的女汉子，在别人临产的危难时刻，被迫赶鸭子上架，试着帮人接生。一次成功，从此，一发不可收拾，附近但凡有生孩子的，都会想到她。外婆也从不曾失过手，且经验越来越丰富，以致后来，又手把手地教会了我母亲，以解人危难之急。据我所知，我们家附近好多人都是我母亲接生的。

我们家乡有句俗话："娶错一房人，影响三代人。"反之，何尝不是？

我有一个叔公，天生的哑巴，脾气暴躁，谁都不愿和他住在一块，更不愿意照顾他。我爷爷奶奶过世后，外婆却支持我妈将他接回家，就当继续给父母尽孝。所以从我记事起，我家就有一个哑巴叔公，跟我们一个锅里吃饭，直到离世。

打小开始，在我的记忆里，谁家有什么事时，都喜欢来找我家帮忙，就连孩子也是。

喜成叔和立陶两个孩子都因家穷，为了读书，家里早已债台高筑了，因此家人都不支持他们继续上学了。两个孩子哭着向我母亲求助，母亲看着可怜，将省吃俭用省下来的钱分别给他们垫付了学费。他们也都争气，先后考上了大学，成了国家的栋梁之材。

而我外婆的其他几个孩子，也都继承了她心地善良、乐于助人的好家风。

我姨妈有个邻居叫桂六阿公，是个孤寡老人，一生贫苦，临老瘫痪在床，姨妈看他太可怜，义务照顾了他几年。

而我大舅郑志云是个村主任，办事有板有眼的，深得人心，常常半夜三更还被人叫去处理家长里短的是非。

因生活条件差，加之长期操劳过度，46 岁的大舅便离开了人世。去世的当晚，还在处理一对母子相斗的事情，深夜回来后，心梗而死。

二舅郑岳华看到谁家有难处，就出手相帮，经常因别人借钱不还而被二舅母责备，因为弄得自家的生活常常捉襟见肘。

三舅郑桂云是医生，一生悬壶济世，如今 80 多岁的他还天天给患者望闻问切。

小舅郑伏云也同样是个热心人。

每每聊起外婆的好家风及对她们姊妹的影响，我那 70 多岁的老母都会有很多的感慨，而且在不知不觉中继承了外婆那句口头禅一般的家训："做银要莫算良心，莫做帽味路，要奇起死，正起埋！"

听！我女儿正饶舌般地说着我外婆这句话呢！

《家训》(国画)　优秀奖　刘情情　山东省汶上县市政处

一个女婿一个儿 |尹慧|

一声摔碎瓦盆的裂肺脆响，一段令人赞叹的孝悌佳话。

20世纪70年代中期，冬日的早晨，北方的村庄，乡亲们的心里装进了一个有分量的名字，这分量颠覆了坊间自古流传的"一个女婿半个儿"的定律。

女婿，指女儿的丈夫。女婿虽非岳父岳母亲生，但也要尽赡养和照顾老人的义务，因而，自古也就有了"一个女婿半个儿"的说法。至于为何只是"半个儿"，大概缘于远古时候一个家庭里的子女较多，所以为人岳父母对女婿也就没有那么高的要求，只要拿出孝敬自己父母的半个孝心来孝敬他们就好了。

人们用十分敬重的目光追随摔碎瓦盆的为人婿者，他，是我的父亲。

父亲眼含热泪，头顶重孝、肩扛串着黄钱纸的灵幡，走在16人抬着的棺材前面，为我的姥爷（我母亲的父亲）招魂。乡里乡亲的啧啧赞叹是给父亲此举的最佳评判。

老话说："扛一次灵幡压运十年。"所以不少人都很避讳，能躲则躲。

姥爷没有儿子，膝下三个女儿。按规矩，若没有儿子，去世后灵幡要由女婿扛，有大女婿的要首选大女婿，没有大女婿则由二女婿扛，依次类推。母亲排行老二，我的大姨夫年富力强，自然灵幡要落在大姨夫肩上。父亲却执意揽过来，一来，他认为自己比我的大姨夫年轻，二来，他跟姥爷的感情不亚于父子，所以，根本不在乎"压运"与否，毅然决然地担起了女婿替儿子引领父亲亡灵的责任。

不计得失，倾心付出，这是厚德之人的品行。

在我眼里，把"女婿"的角色扮得风生水起的有两个人，绝对超越了"半个儿"的付出，他们感天动地的孝心将他们托举得异常高大。

父亲是其一。

我的姥姥和姥爷，孕育了4个孩子，1个男孩，3个女孩。我的舅舅是个特别懂事的孩子，8岁就给地主放牛。因为家里穷，寒冬腊月光着脚走在冰天雪地里，只有在牛们排泄的时候，把脚插进牛尿和牛屎里，才能暖一下冻得像被猫咬一样疼的脚。不知是受了风寒还是受了惊吓，舅舅13岁的时候一病不起，夭折了。舅舅大我母亲8岁，3年后，也就是在母亲8岁、父亲9岁的时候，父亲遵从媒妁之约订了娃娃亲，从那时起，父亲就担起了姥爷家力所能及的家务。

父亲从小是个乖巧又善解人意的孩子，他能体会得到我姥爷姥姥的丧子之痛，所以，全心全意地扮演着儿子的角色，挑水、劈柴、抱柴火、背粮、扫雪、侍弄菜园，姥爷家所有的活计父亲全包了，乐得姥姥姥爷合不拢嘴，逢人便夸赞父亲的孝心。姥姥只要做了什么好吃的，一定会给父亲留一份，父亲吃不到，姥爷姥姥心里会难受。

十几年如一日，父亲细致入微地照顾姥爷姥姥的生活，直到我的两个哥哥长大，接过了父亲的班。

姥爷病重时，父亲一直守在病床前，一个多月没有回家，端饭端药，擦屎擦尿，从不叫一声苦，直到外公去世，父亲才得以回家休息。亲戚朋友都万分羡慕上天赐予了姥姥姥爷这么好的福分，摊上了顶呱呱的好女婿。

无独有偶。

父亲的女婿，我的先生，被熟悉他的人冠以"中华好女婿"的光荣称号，他把姥爷那份令人艳羡的好福分加诸到我的父母身上，成为我眼中把"女婿"的角色扮得风生水起的第二人。

或许是因为听我讲的父亲善待姥爷的故事，或许是因为我们的婚姻是父亲首肯的，或许是因为母亲成全了"他一分钱不花娶媳妇"的美梦，从结婚那天开始他就待岳父岳母如亲生父母，吃口好吃的，他想着双方父母；出去逛商店，他想着给双方父母买衣服。双方父母的赡养，他同样对待，从没有因为自己是女婿而尽"半个儿"的孝心。甚至在我父亲去世后，独揽赡养岳母的义务，承担吃穿用营养娱乐的全部费用，他甘之如饴。他常说，让老人过上笑口常开的舒心日子，是儿女职责，也是儿女的幸福。

先生从来不给任何人承诺，包括双方父母，他只会闷头去做。

父亲去世后，母亲想我们想极了时，每年都会来我家两次。母亲来时，先生总是小心翼翼地伺候，怕母亲凉着，怕母亲热着，怕母亲饿着，怕母亲渴着，上楼下楼怕母亲两脚踩空，总要搀着母亲胳膊，出去遛弯怕母亲绊倒，总要牵着母亲的手，路人看见了，都投来羡慕的目光，甚至有人必须要求证一下："这是儿子还是女婿呀？"

每当这时，妈妈总会自豪地说："儿子！"

是的，在他们心里，双方早已成为母子关系了，母亲疼我先生，甚于疼我，先生疼岳母，不亚于疼生身母亲。不然，岳母和女婿的牵手一定会很别扭的，而他们从来就没有不自然。

先生做事，从来不刻意给别人看，他把"努力做好自己，只求问心无愧"作为自己的座右铭。

2016年1月4日，是80岁的母亲肠癌手术后康复出院的日子，由于母亲身体虚弱，不能独立行走，先生托起瘦弱的母亲，就像托着他的孩子，脸上有喜悦，也有疼惜。路过的人没有不啧啧赞叹的。照片发到网上，引来网友一片叫好，纷纷称赞先生为"中华好女婿"。

父母亲去世的时候，先生作为女婿，哭得很动情，那是儿子在失去父母时真实情感的表达。

一个女婿一个儿，没错的。

一碗挂面　　｜尹慧｜

　　卧床昏迷了几天的爷爷突然清醒了，居然可以靠着墙坐着，更令人意想不到的是，爷爷突然说饿了，想吃挂面条。

　　这可难坏了全家人！

　　20世纪70年代，物质极度匮乏，农村人想吃到"细粮"，即大米白面和挂面条，那是相当困难的，因为白面除非在麦收以后才会有，而大米和挂面只有城里的粮库才有，但那也只是城里吃供应粮的人的专属。

　　正值春夏之交，麦子还没有灌浆，想找白面自己擀一碗刀切面也是枉然。我们家族祖祖辈辈都是地地道道的农民，也没有城里人的亲戚，到哪里去找挂面呢？

　　家人越犯愁，爷爷越问得紧。奶奶心里明白，爷爷这是回光返照。奶奶跟母亲四处询问，如果有谁可以弄到挂面，用多少口粮换都可以。

　　打听了一个白天一个晚上，没有结果。

　　爷爷把母亲叫到跟前，有气无力地说："大媳妇，爹别的啥也不想，就想吃口挂面。爹知道你识文断字，脑瓜活络，你想想办法，好吧？"

　　母亲含泪攥着爷爷骨瘦如柴的手，说："爹，您放心，明天我就出去想办法。"

　　母亲孝顺是村里出了名的，虽与爷爷奶奶分家另过，但无论相隔多远，只要做点儿差样的好吃喝，不分冬夏，母亲都要趁热端到爷爷奶奶面前，他们吃到的永远是第一口。

　　如今爷爷把吃挂面的希望寄托到母亲身上。母亲在村子里又张罗了一上午，无果。看看太阳当头，时间还来得及，母亲径自徒步奔 15 里路以外的镇上。守候爷爷病榻前的我的父亲是不能同去的，爷爷跟前离不了身强力壮的男子。

母亲平时胆子极小，从来不敢在庄稼地里独自行走，风吹动着玉米高粱顶尖的叶子沙沙作响，就像有人在陇亩间穿行跟踪一样，令母亲惊悚万分。为了爷爷，她把一切置之度外。

初夏的田野，大片大片拔节的玉米高粱形成天然的屏障，人走在田间羊肠小道上，闷热难耐。母亲患有肺气肿病，走急了，喘气困难，加之庄稼密不透风，母亲不一会儿就憋出一身透汗。伸到羊肠小道中间的玉米叶高粱叶，把母亲的胳膊划出了一条条血印，汗水浸到划痕里面，疼痛难当。母亲咬紧牙关，呼呼喘着粗气，不知歇了多少回，最后一步一挪，两步一停地完成了 15 里路的长途跋涉。

母亲一口紧跟一口地喘着气站在繁华的镇子街道上，她的内心一片茫然。街道上人来人往，马车和机动车喧闹不息。母亲面对偌大的世界，不知道去哪里能找到挂面。她想问问行人，几次欲言又止。

刚刚走过去的那女人太时尚，目不斜视；正面走来的这个男人流里流气，有

《敬爱念善》（装饰画）　优秀奖　盛子千　青岛理工大学

点儿吓人；远处背着书包的青年步履匆匆，不会有时间答话；一位老爷爷拄着拐杖走过来，怎奈他耳朵聋得什么也听不见……

母亲在太阳下足足站了半个小时，嗓子渴得直冒烟，也没有打听到能弄到挂面的地方。母亲急得直跺脚，眼看日头偏西，离黑天没有几个时辰了，"照这样下去，公公怎么能吃上挂面啊！"

正在恨自己没用，母亲眼前突然一亮！一个警察从斜对面的广场走过来。"这下可好了！"母亲的心高兴得扑通扑通直跳，三步并做两步奔向穿着白色制服的警察，距警察还有三四步远，母亲停下，清了清嗓子，搓着手："警察同志，请问……镇上哪有挂面？"

"挂面？"警察上下打量了一下母亲，"挂面都在粮店里。"

"哦，没事了，谢谢警察同志！"母亲忙不迭地说。

警察刚走出两步，母亲又跟了上去："警察同志！"

"嗯？"

"麻烦您，粮店在哪啊？"一件事问两遍，母亲有些不好意思。

"从广场穿过去，直走，然后右转，过两条街，再左转，大约500米就到了。"

母亲按照警察同志的指引，七拐八拐找到了粮店所在地。

母亲看见不断有人从窗口领走用纸裹成圆柱状的挂面，便凑到窗口。漂亮的工作人员把手伸出窗口，面无表情地说："票。"

"啥？"母亲一脸懵懂，迟疑着说。

"粮票啊。"

"没有。"

"没有你来要什么挂面？"工作人员有些不耐烦，"神经病！"说完，把双手交叉插进胳膊弯里，斜了母亲一眼。

"我可以换吗？"一向把自尊看得如生命般重要的母亲，此刻变得唯唯诺诺起来。

"怎么换？用啥换？"工作人员近乎揶揄的口吻。

母亲挽起灰色的咔叽布衣袖，露出手腕上白银镯子给工作人员看，那是母亲出嫁时奶奶给她的传家宝。

"谁要你那玩意啊？要了它我们往哪弄啊？去去去！没有粮票你赶紧出去！真是神经病吧？你。"

"我……"受了嘲弄的母亲终于崩溃了，从没受过这样的委屈。母亲掉转身，大颗大颗的泪滴滚落胸前，急匆匆地跑出了粮店。母亲蹲在粮店门前哭出了声。

正当母亲抽泣不止的时候，母亲感觉有人站在了身旁："孩子，你咋了？遇到什么事了？"

母亲用袖子抹了一下眼泪，抬起头，看见一位慈祥的老奶奶正低头注视着她，目光里满是关切。

母亲赶紧站起来，擦了一下眼泪，撩了几下鼻涕："没，没什么，大妈。"

"孩子，你一定遇到难事了，不然，怎么哭成这样啊？告诉大妈，看大妈能不能帮上你。"老奶奶温柔的语调，让母亲心里感觉特别舒服，看看老奶奶的眼神，真挚、友善，令母亲又一次流下了热泪。

"说吧，孩子，别为难了。"老妈妈抚着母亲的头，慈爱地说。

"说吧，大妈是真心的。"母亲告诉自己。

老奶奶听完母亲的叙述眼圈红了："多好的媳妇啊！大妈一定要帮你！你在这等着，大妈马上就来。"说完，走进了粮店。

不一会儿，老奶奶出来了。把两个包装成圆柱状的挂面塞进母亲手里："孩子，快回走吧，再有两个时辰，太阳就要落山了，你一个人走庄稼地不安全。"

母亲用激动得有些颤抖的手，去撸腕上的银镯，母亲的意思是，要用银镯跟大妈换挂面。母亲从不想占任何人便宜。

老奶奶挡住了母亲的手："孩子，你的孝心比什么都金贵！这挂面，我送给你公公吃了。"

　　感觉到老奶奶很坚决，母亲"扑通"一声跪下给大妈磕了三个头道谢，捧着挂面转身回程。

　　母亲到家的时候，太阳已经落山，再度昏迷的爷爷听见母亲说话，艰难地睁开了眼，有泪流出眼角。

　　母亲把一碗洁白喷香的打卤面端到爷爷面前时，爷爷只嚼了一口，便含混不清地说了声："真……香……"就没了气息。

　　母亲的心一颤，那碗面掉在了地上。

《梅花斑鸠》（国画）　优秀奖
黄智平　中石油西部钻探测井公司东部分公司

黄榆树，生活的根　　|睢雪|

　　婆婆家居住在吉林省大西北，长岭县与通榆县交界的地方。

　　婆婆的晚年似乎变成了孩子，说话做事都像孩子一样。曾经，带着婆婆去通榆游览向海，在向海周边那些黄榆树下乘凉，那是婆婆最高兴时候。

　　这是在距离婆婆家不远处的向海旅游区，一片广阔的沙土地上生长着一棵棵美丽而又迷人的黄榆树，在向海的岸边，在没人居住的地方，黄榆树根粗叶茂，一根树干顶起无数的支条，如同散开一朵花，在蓝天下盛开。黄榆树默默地，居高临下地迎接着来往的客人，用它秀美的枝叶拥抱蓝天，用它那真实的身躯为大地遮蔽风雨。

　　我曾经两次带婆婆去向海游赏黄榆树风采。第一次是在春天，那是向海湖水随风拍浪、群鸟高飞的时候。那是我第一次认识黄榆树，第一次感受黄榆树的奇特与壮美。因为带婆婆去游玩，我尽可能听婆婆的意愿。最初婆婆只顾于看向海，只顾于欣赏头上的丹顶鹤。婆婆似乎感觉到我的喜欢，就说："看树也好，树是养人的。生活也像树根，有了树，才会有好日子。"

　　树木无处不有，特别是榆树的风采在我童年时就打下烙印。我们家门前就有一棵老榆树，我是在老榆树下长大的。儿时，我曾经站在榆树下看日出，看鸟在天上飞行，看夕阳染红的天际，看黑夜里的明月。对于榆树，我是再熟悉不过了。可是唯有生长在那片土地上的黄榆树勾起我的回忆。黄榆树的美，使我在瞬间忽略了婆婆的意愿。我站在黄榆树下细细地端详树根和树叶，这些黄榆树与普通榆树没有任何的区别，可从树干中支出的树杈却是那样地均匀，到顶部形成了花朵一样的形状。黄榆树形状奇异美丽，深深吸引了我。于是我拉着婆婆，带着疑问靠近来自于当地的游人。听游人讲，黄榆树有一个美丽的传说。传说中那些黄榆树是老神仙南极仙翁种下的，是南极仙翁到蓬莱拜访道友路过向海的上空时发现了这里的美景，就在仙翁为这里的美景而兴致勃勃时，一阵狂暴的风沙遮盖了这里的大地。就在这一瞬间，仙翁把手中的龙头拐杖扔下云头。老翁的龙头拐杖本是赤金所造，落在地上发出一阵轰鸣，随后在向海沙土地带生出一片黄榆树，风沙随即消失，向海立刻展现出美丽的风景。

黄榆树带着古老的传说生长在那片风沙地带，我感受黄榆树的魅力，只觉得是奇特的美，和万木相比，有着无法表达的特殊美感。树根是普通的，树枝树叶也是普通的，可组合在一起却是特殊的美。我看着看着，忘记了婆婆的存在。

婆婆寻找一块大石头坐下了，眼望着蓝天。

其实，我和婆婆见面的机会很少，当年没有双休日的时候，很少回一次老家。对于婆婆，我总觉得她和我说话不多，特别是我和丈夫结婚的时候，应该买什么，住在什么地方，婆婆没问过一句，我还以为是"后婆婆"呢。后来我才知道，婆婆家生活条件不好，她不敢过问我们结婚的事，按照当地风俗男方结婚是要给女方彩礼的，婆婆不了解我们对彩礼没有要求的想法，她总是觉得愧疚，于是心里也认为我对她有不满。就这样，在她心里不安了好多年。

第二次去向海风景区是在9月金秋，刚刚进入秋的季节，我很想欣赏秋天的黄榆树。本来我想约几位朋友前往，可那天丈夫说："我们自己开车去，带上我老妈。"

秋天的日子是晴朗的，这一天向海景区上空特别的蓝，蓝得连一丝云彩都没有，就如同一面广阔无边的镜子。这一天的日光特别的强烈，走在秋阳下如同走在灿烂的金辉里；这一天的风特别的柔和，风中似乎带着春天的味道。在这样的自然环境里，我和丈夫带着婆婆，悠然走进黄榆林中。

在黄榆树下的阡陌小道上散步，我仿佛感觉到那条阡陌小道有着岁月年轮碾过的沧桑。这时候，我的第一印象就是翠绿的树叶超凡脱俗。我扫视周围，向海岸边的芦苇花枯了，周围大地的玉米带也成为一片黄色，让我感觉到情有独钟的是黄榆树的树叶还是那样的翠绿。欣赏黄榆树的时刻，我发现婆婆在发呆，似乎有什么心事。我走近婆婆，没等我说什么，婆婆把我拉到一块石头边坐下了。我记得，这是婆婆上一次来这里时坐过的那块石头。婆婆说话了："听说你要来这里，我也跟来了。我有话想和你说，我怕没有机会说了。"

我听了婆婆的话，当时就有一种毛骨悚然的感觉，婆婆这是要说什么呀？

婆婆终于说话了："儿媳呀，你和我儿子结婚，连点儿彩礼都没给，我对不起你。这些年，我只积攒了1000元，就当补给你一个缺吧。"说着，婆婆拿出1000元要给我。

我急忙推开婆婆的手，又扶着她把钱揣回兜里。一瞬间我明白了婆婆这么多年不愿意和我接近的原因。于是我说："妈妈，你多心了。我和您儿子结婚的时候，已经不是要彩礼的年代。没有彩礼，我们的日子不是过得很好吗？"

在那些黄榆树的林间，我把这么多年和丈夫拼搏工作，勤俭过日子的经历讲给婆婆，把我们工作之余挤时间教育孩子的经历讲给婆婆，也把我们现在的幸福生活讲给婆婆，请婆婆原谅我们没有常常去看她。婆婆高兴了，她望着眼前的黄榆树说："只要你没有生我的气，我就放心了。以后你们再来这地方也带着我，看到这些黄榆树就能找到生活的根。"

黄榆树，生活的根？婆婆一句话使我思绪万千。琢磨了许久，我终于醒悟。那些生长在沙漠地带的黄榆树，虽然土地贫瘠，但它们根深蒂固，紧紧相连，没有根也就没有了叶。生活也是这样，婆家娘家都是家。从那以后，我们再忙碌也要回婆婆家看看，不能因为忙碌让老人误解了情感。

黑土寄思怀　　|睢雪|

父亲离开我们已有 20 多年了，父亲的骨灰就安葬在老家北部的山坡上，在爷爷奶奶的墓边。那里生长着一片青松翠柏，无论春夏秋冬都充满着浓浓的绿色。

父亲去世时是在冬季，是在飘雪的季节。

思念父亲，每当清明时节，我们兄妹几人总是要回到故乡，为父亲的坟头填上一把黑土，送一束鲜花。记得父亲活着的时候，每到清明这一天，他都要到爷爷奶奶的坟地，默默地烧上一堆黄纸，然后把一锹一锹的黑土填在爷爷奶奶的坟头上。父亲不在了，我们很自然地像父亲一样，为我们的爷爷奶奶和我们的父亲祭扫坟墓。

思念父亲，不仅仅因为我们血脉相通，还因为父亲在我们心目中留下美好的形象。

父亲孝敬老人，又注重亲情。我没见过爷爷奶奶，听说爷爷奶奶临终前双双瘫痪在床，是父亲和母亲共同把老人照顾到最后。父亲还有着一种表面看不见的亲情。在我小的时候，父亲给我的印象是很严厉，犯了错误会被训，学习不努力会被训，所以我很害怕父亲。可是每当我们生病或是遇到困难的时候，父亲会全力以赴帮助我们。最让我们不能忘记的是父亲对待自己的兄弟姐妹总是无私奉献。我有伯父、有姑姑，还有在城里生活的姑奶奶。姑姑和姑奶奶是我家的常客，每当她们来到我们家，父亲总是高兴地去买些好吃的回来。姑姑每年要在我家居住一个月以上。听母亲说姑姑家贫，每年来我家是在青黄不接的时候，主要是为解决一个月的吃喝。而姑奶奶来我家，是为了享受乡村的自然生活。父亲为让自己的姐姐吃好喝好，他总是对姑姑说："别急着回去，我们家不怕多你一个人，就留在这吧。"日月轮回，年复一年，我的姑姑和姑奶奶常常是一同住在我们家，一住就是一个多月。每每这个时候，父亲让母亲把家里所有的鸡蛋、瓜果都留给她们。父亲还特意嘱咐我和妹妹："你姑姑家穷，她在的时候千万别说闲话，要让她们乐呵呵地住在这里。"

我崇敬父亲的美德，也敬佩父亲那种淳朴勤劳的劲头。父亲一生是勤劳的，在我心目中，父亲的职业就是放牛的。他在旧社会给地主放牛，新中国成立后给生产队放牛，改革开放实行土地承包制后又给一家一户放牛……父亲的放牛鞭是用编成花纹的细竹竿做的，一条长长的牛皮绳线也扭着花纹，那是父亲一生中最美的艺术品。无论走到哪里，父亲总是把那条放牛鞭插入腰带。放牛的时候，父亲甩起长鞭，哼着没有音节谁也听不懂的小调，显得特别高兴。父亲从日出到日落，每每放牛回家，他会抢起锹镐耕种田园。我家门前的大菜园子方圆千米，每到夏天，绿油油的蔬菜像一块绿色的毯子铺在那里，给大自然带来生机，给一家人带来生活希望，那累累硕果都是父亲劳动的结晶。20世纪70年代的乡村人很少买得起鞋垫，冬天冷的时候人们在鞋底垫上乌拉草来取暖。父亲每年要割回家成垛的乌拉草，用木棒槌软了，给全家人做鞋垫用，因为父亲的辛勤，我们冬天的鞋子总是温和的。

父亲热爱生活，也热爱故乡那片热土。有父亲养家糊口，我们家兄妹五人历经读书和奋斗，都从乡村黑土地走向城市，纷纷有了工作，父母也跟随我们进城了。然而，父亲总是忘不了自己的家乡，每到春暖花开的时候，他总是回老家走走，看看乡亲，访访邻居，还常常邀请父老乡亲到城里的家中做客。这个时候，他会捧出用塑料桶装着的高粱酒，拿出自己从乡下买回来的黄叶烟，让乡亲喝他的酒，吸他的烟。有一年初冬，从老家过来两位大娘，是因为进城办事赶不上公共汽车想到我家住一夜，父亲和母亲热情地招待她们。父亲一生喜欢烟酒，只要招待客人他就搬出老酒，可两位大娘不吸烟，也不喝酒。父亲称她们嫂子，他觉得两位嫂子除了吃饭，自己没什么可招待的，就把姐姐刚刚给他买的两双棉线袜子拿出来送给她们说："没啥给嫂子的，天要冷了，把这袜子带回去给你们家里的大哥穿了，这东西很暖和的。"

如今父亲已经永远地离开我们，他为我们树立了孝亲爱老、关爱亲人、淳朴勤劳的好家风，他把一种永远也不会消失的亲情留在了我们的心底。带着这种亲情，每每去为父亲扫墓，我们都会为父亲的坟头捧上一把黑土。我们知道，那是父亲生前踏过的地方，一把黑土象征着父亲对乡土的依恋，也象征着我们后人对父亲的怀念。

纪念父亲，我和兄妹从来没有忘记回到故乡去。那是在父亲去世的第五个周年日，我们同往常一样去为父亲祭扫坟墓，然而那一天飘起了大雪，我们走下公共汽车后还需要行走4公里土路。那一天，我们是踏着半尺多厚的积雪走向父亲坟茔地的。当时，父亲的坟头被积雪覆盖着，尽管零下20多摄氏度，可我们忘记寒冷，无论怎样，我们要为父亲的坟头填上一把黑土。

20年过去了，无论是清明的风，还是腊月的雪，我们风雪不误去故乡为父亲的坟头填土，一把把黑土寄托着我们心中的思念。

《映山红遍戴胜归》（国画）
优秀奖　许芳　莱钢集团有限公司

爱在蔓延时　|孙昱莹|

　　爱是世界上最美好的情感，家庭因爱而滋养，亲人因爱而相扶。人世间有多种多样的爱，情人之爱，是相互的爱、交换的爱；父母之爱，是天然的爱，没有束缚没有条件；而兄弟之爱，则是一种爱的蔓延，爱的伸展。

　　最近，外甥突然开始烦恼，他曾是家里的小皇帝，呼风唤雨，现在变得沉默寡言。几经追问才知道，原来这一切皆因表姐怀上了二胎。即将到来的小生命让全家人高兴不已，却让小外甥产生了焦虑。在得知要有弟弟或妹妹之后，外甥把自己的玩具偷偷藏了起来，一遍又一遍向大人们询问家里房产的归属，甚至把一些他认为"贵重"的物件登记，宣示自己的所有权。"这些都是我的，不能给别人。"他一张童稚的小脸蛋竟在这件事上挤满了倔强。无独有偶，同事家里也正发生着同样的抗拒，她刚上小学三年级的儿子，坚决反对父母生二胎。当爸爸半开玩笑说"让妈妈给你生个小伙伴吧"时，一向爱玩闹的孩子突然说出了令人难以置信的狠话："如果你们敢生，我就把他变成照片。"

　　"我怕妈妈把爱分给了别人，就不那么爱我了。"现在的很多孩子，渴望独一无二的爱，渴望独享父母的关心和照顾。多出来的兄弟姐妹，俨然成了他们想尽办法逃离的亲情困境。而回想父母那一辈，家里常是好几个兄弟姐妹，依然能互相照顾，各自成长，在困难时彼此扶持帮助，在平日里嘘寒问暖地关心。我的姥姥就有5个子女，母亲是二女儿，上面有两个哥哥一个姐姐，下面还有妹妹。5个孩子一起长大，在生活中总能相互照应，轮流赡养和陪伴老人，逢年过节聚在一块，热闹又温馨。而我们这一辈虽然多是独生子女，和表兄弟们相处仍然是愉快和睦的。如果至亲骨肉之间去计较得失，算计家常，就伤害了感情，也失去了亲情应有的温暖味道。

好家风讲究兄弟慈爱、和睦友善。古语有云："谁无兄弟，如足如手。"血浓于水，同胞手足之情，是至亲之爱的蔓延，有了兄弟姐妹，当你难过时，有人来抚慰；当你落寞时，有人来鼓劲；当你快乐时，有人来分享；当你孤单时，有人来陪伴。成长路上需要亲情，就像六根琴弦在一起，才能弹出美妙的吉他曲，拨动心灵的弦音。就像一朵玫瑰开不出一片花海，要成行的花朵，才绽放出娇艳的美丽。手足之情，是陪伴也是牵挂。同一枝藤蔓上的种子，不管随风飘向何方，空气中都有熟悉味道。所以，手足之情，绝不是爱的被分享，而是爱的蔓延。

麦卡锡曾说："心经常是孤独的，它是一个不知疲倦的猎手。"我们每个人，或多或少，都经历过孤独。然而，每个人都不会自成一座孤岛，在茫茫寂寞天地间，总是要去爱和被爱，要在家庭中与亲人保持密切的关系，紧紧相连。

手足之情有时更是超越血缘之亲，骨肉之情。即使不是亲生的兄弟姐妹，在一个家庭里一起成长，也会产生难以割舍的亲情。日本战败后从东北大批撤退，留下大量的儿童被抛弃在民间，这些遗孤被心有大爱的中国母亲们收养。家住黑龙江一个小县城的郭氏夫妻，就收养了一个日本女孩。他们相信战争无情人有情，敌人的罪行和孩子无关。那时，他们自己已经有两个男孩，从此，郭氏兄弟俩就多了一个异国姐姐。姐弟三人相处得非常融洽，大家都绝口不提姐姐日本人的身份，如果村子里有小孩欺负姐姐，两个弟弟会第一时间出来保护她。懂事的姐姐会带着弟弟们到煤场里捡煤补贴家用。后来，家里贫寒，供不起所有孩子读书，大弟弟就把上学的机会让给了姐姐，自己出来做学徒挣钱。等到姐姐不得不回国的时候，一家兄弟姐妹早已情谊深厚，难舍难分。这段手足之情，也将永远留存在他们彼此的记忆中心、血脉深处。一朝为亲，终生难忘，兄弟之情最是难能可贵，穿越千山万水，依然会保持着牵绊。

　　山有情，水有情，手足之情挚爱根深，兄弟姐妹，理应同气连枝，彼此依靠，才能创建欣欣向荣的家庭。家和因为有爱，家富因为团结，家强因为齐心。爱在亲情蔓延时，如一首暖暖的歌，用轻快的曲调抚慰家人，如一缕环绕的馨香，让好家风传承延续。

《凤凰涅槃》（油画）　三等奖
何平　四川省自贡市第一人民医院

大 姐 |尹慧|

我不见大姐，已有 13 个年头，大姐不见我，却是整整 14 年。

我与大姐最后一次见面，是 2003 年的国庆节，我去大连的长海县探望大姐一家。不曾想，那一次，竟是我见大姐的最后一面。

因为白天在饭店吃东西不知吃错了什么，傍晚时分，我便疯狂腹泻，开始 1 小时 1 次，后来到 1 小时 3 次，再后来 10 多分钟 1 次，本以为吃点儿药可以挺过去，可是后半夜一点钟的时候，我便开始发起了高烧。大姐这下不依我了，非要带我去医院，那个时间出租车已经没有了，距医院有两公里的路程，抄近路（山路）也有一公里多路。

见我双腿软得像棉花一样，大姐不容分说，硬是背起我，深一脚，浅一脚，跌跌撞撞地在黑暗中摸索着前行。山路上布满了大石块、小石子，还有密密麻麻的蒿草，高高低低地挡在羊肠小路上。漆黑的山野，静得怕人，只有我们姐妹俩的呼吸和大姐一个人焦急而沉重的脚步声，偶尔越过山峦侵入这份宁静的海浪声，也让人心惊胆战。"姐，这里好吓人啊，我们回去吧？"

大姐却相当沉着："怕啥？啥也没有，都是自己吓自己，有姐在，别怕！"

经大姐这么一说，我还真的不那么害怕了。可是，看着姐姐举步维艰地行走在山路上，没有月光，路又不平，姐姐个子没我高，一路上磕磕绊绊，一不小心来个"马失前蹄"，我们两人就会人仰马翻，而且，我明显感觉到姐姐的身上已热气升腾——那是汗水已透过衣服，我好心疼！可那时我能做的，只有像小时候一样，乖乖地趴在大姐的背上，流着泪享受这份甜蜜的关爱。

第二天，我的胃肠好些了，大姐穿上我给买的黑底手工刺绣长裙，笑靥如花地展示了她骄人的美丽。

2004年我再见大姐，是在她生日前7天，那一天，大姐穿戴整齐躺在了棺材里，我去为她"送行"，我亲亲的大姐终于没有睁眼看看她唯一的小妹妹！

大姐长相很美。圆圆的脸盘，甜甜的酒窝，大大的眼睛，双双的眼皮，长长的浓浓的睫毛，飞扬着灿烂的笑意。

可惜，她美丽的怒放的生命就在48岁生日来临之际，凋零于大连的一个小岛。命运给了我们做同胞手足姐妹的缘分，却剥夺了我们倾听彼此心声的权利。让我只能在倾盆的泪雨里寻觅她若隐若现的踪影，在逝去的年华中重温她浓情似海的厚爱。

大姐是兄弟姐妹中的老大，比我大11岁。小的时候我是大姐的"跟屁虫"，因此经常挨大姐踢，我以为，她不喜欢我。长大后才知道，大姐是最疼我的。因为在我面前，她总是无私忘我的。

我上高中的时候，父亲供我二哥和弟弟我们三个上学，没有钱给我买衣服，大姐便把她结婚时买的一直不舍得穿的新衣服给我穿；在学校住宿的伙食不好，每当周日回家，大姐都要把她家里舍不得吃的白面拿出来，或擀面条或烙饼或包饺子给我增加营养；到了换季的时候我没有鞋穿，大姐就会经常为我赶制新布鞋。那时候，姐姐的大女儿刚几个月大，胃肠不好，夜里经常哭闹，大姐就用一条腿压着女儿的身子，在油灯下熬到天光大亮为我做一双新鞋。

我成家以后，大姐到我家里，总是忙里忙外，洗衣、做饭、搞卫生，什么都做，为的是让我多休息，少挨累。

大姐的命很苦，她短暂的一生没有一天不是在忙碌中度过的。

大姐16岁下农田干活帮父亲撑起7口之家，农闲时因为贪玩忘了哄弟弟而被母亲打掉了一颗门牙，从那以后大姐把自己变成里里外外一把手，为父母分忧。

嫁人后，思想观念落后，非得要生一个传宗接代的男孩，结果超生了，违反了当时的计生政策。倾家荡产交完超生罚款，落得个房无一间地无一垄，被迫举家南迁至大连的一个小岛打工，在一个水产养殖基地当工人。打工的日子很苦，每天只能睡三四个小时的觉，夏天一身水，冬天一身冰。

为了让大姐一家不再忍受打工之苦，我出钱买海面养殖水产品让大姐管理。本以为，经营几年以后，可以挣些钱款回到家乡置房置地，没想到，大姐却被因病痴傻的丈夫戕害。

苍天无眼！天妒红颜！

即使撒手人寰，大姐还是放不下她的三女一儿。就在她去世恰恰一个月的晚上，大姐托梦给我："我要出趟远门，老妹你帮姐照顾好这几个孩子。"

醒来我已泪眼滂沱！大姐，即使你不说，我也会这样做的！不为别的，只为你对父母的一片孝心，只为你对妹妹的一片深情，只为孩子们身上存留着你的血脉！

大姐，一别13年，我们分别得太久太久！让我们在此说说心里话吧？

大姐，你走的那年冬天，大外甥女给你生小外孙时，是我伺候的月子，如今宝贝已经13岁；你走的第二年，二外甥女丧夫的难关是我帮她度过的；三外甥女家发生矛盾是我帮助调解的。你最不放心的是我的外甥，我给他拿钱学成了厨师，张罗给他娶妻买房，如今，他已为人父，也已步入正轨。你的孩子们都已长大成人，并都能够自立自强，大姐，妹妹我没有辜负你的嘱托吧？

曾经，不止一个人阻拦我替你照顾你的孩子们，他们说："眼珠都没了，何况眼眶？"我却不允许自己与这些人同流。"受人滴水之恩，当以涌泉相报"，这是爸爸为我们树立的家训。你为我付出了那么多，却没有给我回报你的机会。如今你不在了，我一定要回报在你的孩子们身上。我知道，即使我做得再多，也报答不完你对妹妹深沉的爱！

唯祈苍天：来生，让我做你的姐姐，呵护你，陪伴你，相伴百年！大姐，你说，好吗？

且敬往事一杯酒，愿无岁月可回头 | 喻贵南 |

每每走在大街上，看着川流不息的人群，像是 T 型台上的时装秀，我便不由得想起儿时的煤油灯下，劳累了一天的母亲，还在用针线缝补生活的漏洞，一针针，一线线，力求破了的地方完美而保暖，可怎么缝，也改变不了"衣不如新"的经典传说。

犹忆小学五年级时，母亲给我做了平生第一条裙子，当时兴奋过度，穿在身上脱口而出的是："哇！这衣服好像棺材啊！"因为棺材是红色的，而那裙子也是红得醒目，还是圆筒裙，非平时穿的灰呀、黑呀之类的裤子。结果被娘一顿狠骂："说的什么话？棺材是装活人的吗？"

呵呵，第一次穿新裙子，兴奋得口不择言，忘了大人忌讳，棺材是装死人的。

那时，父母穿过的衣服给子女穿，哥哥姐姐穿过给弟弟妹妹穿，东家穿过给西家穿，一代传一代，一家传一家，一件普通的衣服被折腾得面目全非了，依然在亲友间敝帚自珍。孩子们盼着父母给添置新衣服，真应了那句："蜀道难，难于上青天。"

而眼下，打开衣柜，全都是满满的衣服。那一针一线缝补的曾经，早已退出了生活的舞台。最寒酸的村落，也找不到当年用针线缝上去的"跌打损伤膏"了。

看着满大街的光鲜亮丽，衣冠楚楚，追忆少年时的我们，特想：且敬往事一杯酒，愿无岁月可回头。

说到吃，童年时的我，同比山沟沟里别人家的孩子，要过得优越。父亲在供销社上班，每月有固定的薪水。记忆里，几个舅舅的孩子几乎常年用红薯打发着一日三餐，来我家吃白米饭时，总会发一堆的"少年维特之烦恼"，不是，是"少年红薯之烦恼"，话里话外，对我家的白米饭是羡慕嫉妒，而没有恨。因为，不时地可以来蹭一顿饭吃，哄一下饱受红薯折磨的胃。

而平时，我们将饭粒掉在桌上时，母亲总会给我们讲"三年困难时期"的那些血泪曾经，什么吃树皮、野草度日，甚至找树皮、找野草都像老太太穿针一样艰难。

多年后的今天，不说家家锦衣玉食，至少温饱有余。而逢年过节，合家欢乐，满目山珍海味时，追忆少年时的曾经及父辈们所说的衣食不饱的上一代及上上代，不能不让人想：且敬往事一杯酒，愿无岁月可回头。

说到住，尤记得儿时的老屋，古老的土砖房，四角的墙壁裂着或大或小的口子，而且，总让人想起那句老人们常说的黑色幽默：雷声一响，脸盆、澡盆、脚盆；太阳一出，鸡蛋、鸭蛋、鹅蛋。即天一下雨，屋顶大大小小的漏洞，便成了雨水与室内大盆小盆合奏交响乐而开的绿灯，天一放晴，阳光则通过那些漏洞在室内的地上画着一个个鸡蛋、鸭蛋或鹅蛋。

美吧？美啊！因为那些漏洞，室内凭空多了音乐家和画家，却是让人哭笑不得的音乐家和画家。而土砖房往往不止成全雨水为音乐家、成全阳光为画家，雨势大时，而是倾巢之下，难有完卵的呼天抢地。

《沁园春·雪》（行书）
优秀奖　齐莉莉
延长石油集团油田公司
吴起采油厂

纵观当下，红砖与钢筋混凝土的强强联姻，让暴雨之时，倾巢的忧虑系数降至了历史的最低点，而卷我屋上三重茅的草庐，可谓绝迹江湖，放眼天下，高楼林立，红楼处处，回忆儿时房屋的不堪，让人特想：且敬往事一杯酒，愿无岁月可回头。

说到行，有自行车的人家，在儿时的我们眼里，已是富贵人家了，偶尔有难得一见的自行车经过，也能让孩子们眼红地追出去老远，平时不论男女老少，全靠十一路车（即步行）走家串户。

而眼下，公路、铁轨像蜘蛛网一样纵横交错，车辆多如过江之鲫，家家户户几乎都有了专用的交通工具，咱们当年那宝贝般的单车，已廉价成一块钱的共享产物，于街头巷尾东游西荡，游手好闲。

当手指在微信上轻轻一点，便可通过滴滴打车打到随叫随到的的士时；当人们在大街上，随便就能找到自己所需方向的公交车的时候，回忆起那些出行不便急得跳脚的旧时光，不能不让人想：且敬往事一杯酒，愿无岁月可回头。

说到玩，捉迷藏是最不费成本的，儿时的我们，除了捉迷藏，男孩子们都喜欢用几张废纸折成四方形的硬纸牌，在地上斗输赢。

而那时，大家最喜欢的东西，莫过于连环画了。可一册连环画，像顽疾般寻医问药的难求，哪像眼下？纸的、铁的、塑料的、电动的，天上飞的，地上跑的，水里游的，什么玩具都有。看到孩子们多姿多彩的幸福童年，让人特想：且敬往事一杯酒，愿无岁月可回头。

写到这时，突然想起了我那已经过世四五年的老外婆，常常跟一群老人聚在一块说古道今，彼此间，最爱念叨的是：只有过过落哈苦逆滋滴银，来晓得如早各哈社会有几好几多幸福！各哈社会来得帐都夹滴不容易，如早的银呀，帐肚夹滴幸福呢！从来帽果幸福过。这是我的家乡话，意思是：只有熬过苦日子的人，才会真正体会到现在的社会有多好多幸福！有多来之不易，现在的人真是幸福啊！有史以来没有过的幸福。

老外婆她们总会以虔诚万分的心，教导我们感恩当下，感恩生活。她还会不时地来几句，提醒作为晚辈的我们应当时刻谨记的家风："如早果好滴逆滋，恩离要好夹虾珍惜呢！要晓得感挨呢！莫作习大呢！做母业要对得起列祖列宗呢！对得起银呢！"用普通话说，就是：现在如此幸福，你们要好好珍惜呢！要懂得感恩，莫浪费了糟蹋了呢！做什么都要对得起列祖列宗呢！对得起人呢！

　　常常，节假日亲友团聚，举杯相庆时，大家都会发自肺腑地来一句："来，为这好日子，干杯！"我则会想起老外婆传承给我的那份沉甸甸的家国情怀，不由得跟天差地别的曾经，跟大家在心里说一声：亲爱的，来，咱：且敬往事一杯酒，愿无岁月可回头！

《清照小像》（仕女图）　三等奖　刘俊红　河南省三门峡监狱

扮靓绿色家园 |李子燕|

绿色，赏心悦目，是生命的象征，是大自然的底色。而今，绿色更代表了人们对美好生活的追求。习近平同志指出："绿水青山就是金山银山。"绿水青山需要绿色发展，而对于每个家庭来说，更需要弘扬绿色生活理念，倡导简约适度、绿色低碳的生活方式。

那么，什么是"绿色生活"呢？其实它就在我们身边，不单是指良好的生态环境，也不仅仅指亲近大自然，还涉及日常生活的方方面面，比如穿衣吃饭、居家出行。如果能在生活的细微处，做到科学、低碳、环保、循环，那么，这才是真正地践行绿色生活，实实在在的返璞归真。

我国素有"衣冠王国"之称，服饰既是文明的标志，又是生活的要素。随着时代的发展，物质生活水平的不断提高，服装、鞋帽、领带箱包、化妆品、发饰等，无论从材质上还是样式上都多种多样，价格更是五花八门，因品质和品牌不同而价格悬殊。"云想衣裳花想容"，谁不喜欢手感好又有暖意的面料呢？谁不喜欢既能修身又可爱的裙摆呢？更不要说那些能令容颜靓丽的化妆品，或者提升女性气质的箱包和发饰了。然而，正常的审美观不知何时变了味道，当"价码"成为一种衡量标准后，难免会有人"一掷千金"，希望用"金缕玉衣"来展示个性。天长日久，衣柜里堆积如山，而选择穿什么，已然成为一种新的负担，有的服装成为"鸡肋"，弃之不舍，穿之不美。同样道理，可能在其他消费方面，也有类似的情况发生，久而久之，造成一定的经济压力。所以，家庭要倡导绿色消费，反对奢侈浪费和不合理消费，勤俭节约。

中国的饮食文化博大精深，色、香、味、形、器的一致，调剂着五味人生。"民以食为天，食以安为先。"经过5000多年的历史沉淀，人们对粮食的需求，早已从如何吃得饱，变为如何吃得好、如何吃得更健康。于是，"绿色蔬菜"被广泛接受之后，"绿色大米"、"绿色食品"等名词也相继出现，希望更多无污染的安全、优质无公害食品，为我们的生命注入旺盛活力。与此同时，人们也逐渐意识到，那些"咸过头、辣过头、酸过头"的食品以及垃圾食品，虽然会在某些状态下刺激饮食欲望，但从长远的角度看，是对身体健康是极其不利的。特别是肉类的摄取，还会无形中造成一些"杀戮"，破坏生态平衡。人民健康是民族昌盛和国家富强的重要标志，倡导健康文明生活方式，建设健康家庭，绿色饮食乃重中之重。

家是我们停泊的港湾，是身心休憩之所。造型新颖独特的家居，不仅显示个性化的追求，还能彰显时尚魅力，舒缓生活中的部分压力，增添很多生活情趣。一张床、一盏灯、一台电脑、一张书桌，再配上一些微缩的大自然景观，如几株绿植、几尾金鱼、几只小鸟，将会给温馨的家庭带来无限的生机。然而，光有树木、花卉、绿叶并不够，还应该追求环保节能，家中的装饰、家具、电器、装修等均应使用环保材料，让家居环境回归少污染、自然安全的状态。这种健康的绿色家居，就像购买环保电池、选用无磷洗衣粉一样，会让我们减少很多麻烦，生活更便利舒适。

现代交通工具的发达，让距离不再是问题。然而，陆地上的汽车、海洋里的轮船、天空中的飞机，让人们尽享方便快捷的同时，又必须忍受随之而来的烦恼——环境的污染，资源的枯竭，生态的破坏，交通事故的发生，还有浮华背后的乱象，等等，负面的影响令人担忧。于是，越来越多的人意识到：践行绿色生活，更应该提倡低碳出行，如果距离允许的情况下，步行、骑单车或者乘坐公共汽车，既环保又时尚。就像随手关闭水龙头、随手关闭电灯一样，修德于细微之处，环保从点滴做起，给习以为常的出行添点儿"绿色"。慢慢的，绿色出行就会成为一种家庭习惯和自觉，我们的孩子也会在潜移默化中，养成"绿色生活"的自觉。

党的十九大报告提出了"坚持绿色发展，着力改善生态环境"的要求，绿色行动，功在当代、利在千秋。如果说，构建"富强、民主、文明、和谐、美丽"的家园，是全国人民的共同心愿，那么创建节约型绿色家庭、健康家庭，以绿色扮靓美丽中国，则是每个家庭的奋斗目标。

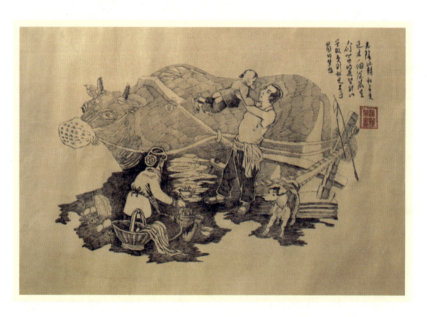

《和乐人家》（硬笔画）　三等奖　赵新星　山西潞安集团司马煤业公司

康乃馨

寸草春晖育新蕊

《练习》（工笔人物） 一等奖
康华 四川省达州市宣汉中学

生命之初的启蒙教育 | 宋庆莲 |

现在，孩子们的童年生活可以说是丰富多彩，各种各样的课外活动，业余爱好，文化娱乐，等等，真的是精彩纷呈。但是，于我而言，回望生命之初成长的记忆痕迹，如果生命可以重新来过，我想我依然会选择我的第一声啼哭在20世纪60年代的土家山寨回响，感恩故乡！故乡是种下胎衣的出生地，是生命永远的根！

我感谢父母，是他们给了我生命，给了我生命之初的爱和教育，让我健康成长，让我学会做人的道理，让我懂得了感恩。我感谢我的父老乡亲，是他们给了我朴实和善良，给了我阳光和爱；我感谢爷爷用竹筷敲打铜盆为我吟唱童谣，伴我度过那星星闪亮的一个个快乐夜晚；我感谢不识几个字却能为我们讲故事、神话、传说，唱山歌、民谣的娘亲；我感谢大山深处的山径小路承载着我童年的足迹和欢乐，任我爬滚、奔跑着长大……

我的小山寨名叫李子铺，那里生态古朴，有连绵奔涌的山峦，有千年古松簇拥，梯田叠累。春天有豌豆花、油菜花；秋天有板栗、猕猴桃、雪钉子等山珍果味。此外，这里还有歌舞等所展示的土家寨子浓郁的风土人情，还有那些童谣、神话、民间故事等传统的民族文化。

小时候，我和弟弟们都没有上过幼儿园，没有什么玩具和布娃娃，更没有看过什么童话类书籍。我们都不知道安徒生是何方神圣，没听过充满幻想、一切奇迹都皆有可能发生的童话故事。但是，我们有爷爷的童谣啊！有母亲的传说啊！

有三叔的鬼故事啊！

山寨的夜晚很神秘！很美！儿时的小木屋、吊脚楼就建在半山坡上。特别是月光下的夜晚，朦朦胧胧的山峦围拢的山寨，站在吊脚楼上抬头看天，天空很小，只能看到几颗星星，但是，星星却显得格外明亮。每当这个时候，爷爷就会拿出一个祖传的铜盆来到吊脚楼上，让牙牙学语的我坐在铜盆里。爷爷一边用竹筷敲打铜盆，发出"叮叮当当"的声音，一边为我吟唱童谣。至今，我记得一首爷爷原创的童谣："依吱呀，喔吱呀，对门山上好绣花。大姐绣的灵芝草，二姐绣的牡丹花，只有三姐不会绣，坐在家中纺棉花。纺一声，哭一声，婆婆骂她小冤家。依吱呀，喔吱呀……"爷爷的这首童谣我现在读来，依然给我一种春暖花开的景象；给我一种大姐、二姐描山织绣的生活场景；给我一种三姐和奶奶调皮捣蛋童年生活的画面；给我一种对美好生活梦幻般的憧憬和向往。

我在爷爷的童谣里一天天长大。7岁那年，爷爷去世了。月光下的吊脚楼上，那支用竹筷敲打铜盆的"叮当叮当"的歌唱便戛然而止。我虽然年小不懂事，但失去爷爷的忧伤却让我和弟弟们不时抱头痛哭，呼喊爷爷。不满周岁的二弟总是用手指指着寨子左边的山林，要去山林里找爷爷。特别是夜晚，一家人围着火塘忽明忽弱的火光，却是有些无聊和寂寞。

母亲在夜晚总是有一年四季都做不完的针线活，补衣服、做布鞋、缝布袋……她看着无聊又无趣的我们，便一边做针线活，一边打开话匣子，开始给我们讲民间流传的故事、神话和传说。印象特别深刻的有《油菜开花找妹妹》《田螺姑娘》《廖娘外婆》等。母亲是一个讲故事的高手，在讲述中，会根据情节需要添加一些情节，让故事一波三折，跌宕起伏，扣人心弦。我们听得津津有味，为善良的人得到好报而喜笑颜开，为坏人得到惩罚而拍手称快。母亲的声音特别美，有的夜晚，她也会一边做针线活一边给我们唱民谣和山歌。湘西的民谣有一些神秘的色彩，像《七盏灯》是一首歌，同时也是一个神话传说，为你讲述七仙女下凡，用她们手中的七盏灯点亮了她们心中与人间共同对美好生活的向往之灯和追求爱之灯。母亲随口唱出的山歌:《风吹麻叶片片白》《桐树花开一窝窝》等，形象直白地向我们描述了花草树木的特征，拟人写法描述了草木活泼调皮的性格以及鲜活的生命力。

记得，寨子里还有一个会讲鬼故事的三叔，三叔是一个孝子。三叔的母亲，也就是我们小时候叫的瘫婆婆。瘫婆婆卧床多年，吃喝拉撒睡都得由三叔照顾。为了照顾瘫婆婆，三叔一直单身未婚。直到很多年后，瘫婆婆去世，三叔才结婚生子，这是后话。三叔家是孩子们最喜欢去的地方，我们常常看三叔给瘫婆婆洗脸、喂饭，还给瘫婆婆翻身，洗脚，擦背……看着三叔做这些，孩子们就会说:"等我长大了，我也要像三叔一样孝敬父母。"三叔闲下来的时候就会给我们讲鬼故事，那些民间流传的鬼故事一个个都是青面獠牙，吸血害人。特别是晚上听一个鬼故事，往往直到睡觉前还惊魂未定，一闭上眼就噩梦连连。但我从来不排斥和拒绝。

那个年代，我们的童年远离城市，远离热闹和繁华，在物质上我们并不富有，甚至连饭都吃不饱。然而，我们依然很幸运，因为我们并没有远离教育，远离精神鼓舞。一些生活的碎片，虽然在岁月的长河中都慢慢淡去了它的五颜六色，但是我的童年时代，曾经流淌在血液里的童谣、山歌、传说和可怕的鬼故事……现在想来，恰恰是那些口口相传了几百年甚至几千年的经典传说，催芽了我人性中的善与爱，让我懂得好与坏。它替代了玩具和童话书，陪伴了我儿时的孤独，滋养了我的童心。它们是我生命里的珍珠，是闪亮在梦中的灯，是童话中的星光，是播种在我生命里的传统文化精神文明的种子，是家风家教给我最初的心智的启蒙，最初的人性中真善美的启蒙，也是我最初的文学启蒙。

我也可以的 |尹慧|

"我也可以的!"面对妈妈高华质疑的目光,7岁的妮妮斩钉截铁,笃定异常。

"真的?"

"真的!"

"真的?"

"真的! 没有什么不可以!"妮妮扬起了她倔强的头,脸上显露出极度的不屑。

"明天我就自己走着回家!"妮妮越发坚定。

"宝贝,学校距咱家有15里的路呢,你真的可以吗?"妈妈将信将疑。

"冬冬可以自己回家,我有什么不可以? 必须可以!"

"好好好,那就试试看吧。"妈妈有一搭无一搭地应和着。

9月的风已经失去了盛夏的温柔,仿佛在附和着妮妮的不服气,吹得路边的梧桐树叶哗哗作响,它们在为妮妮鼓掌叫好。

高华边把电动车停放在学校门口,边回忆着头一天晚上开车接妮妮回家时母女俩的对话。今天,为了检验妮妮的言行如一,她特意骑了一辆电动车,准备尾随女儿之后,为女儿"护航"。她找了一个隐蔽处躲了起来,以免女儿发现被"追踪"。她想用这种方法测试一下,女儿孤军作战时的胆略。

不一会儿,妮妮背着她的五六斤重的双肩书包,蹦蹦跳跳地从校门里出来了。她四处张望一下,在平时妈妈停车的位置没有看到妈妈的车,环视了一下校门口,确定没有发现妈妈的人，却发现了那辆熟悉的电动车。她围着电动车转了两圈，歪着头略做思索后，小屁股一翘，将身体向上一蹿，便完成了让背上的书包往上一点儿的动作，转回身，迈步朝着回家的方向走去，留给妈妈一个坚定不移的背影。

高华的内心充满了喜悦和骄傲。女儿第一次独自行走回家，15 里的路途，对于一个大孩子来说，也会望而生畏！高华在女儿的身上没有看到丝毫的胆怯和动摇。眼见着女儿在人行道上的花坛前扑蜂捉蝶地走走停停，似乎在她面前展开的不是一场苦旅，而是一条情趣盎然的童话世界。

马路上车水马龙，人行道上人来人往。

高华骑着电动车在距离妮妮 5 米以外的后面观察着女儿的举动，红灯停，绿灯行，妮妮走得有条不紊，甚至，有时候她还充当临时交通协管员，在急匆匆的行人想闯红灯的时候，她把两只小胳膊一伸，阻止了那人的脚步。

远远地跟在后面的妈妈高华会心地笑了，她知道，这与她一直以来对女儿的谆谆教诲有关。这一关，女儿满分通过。

高华的下一个担心又来了：妮妮会不会在自己走路的时候被陌生人领走呢？想到这里她的心猛地一沉。

恰巧后边走过来两个中学生，一看校徽，是妮妮一个学校的，高华便派两个女孩儿去与妮妮搭讪。

起初，妮妮还是一副戒备森严的样子，一声不吭。可是，没过多久，高华就看见妮妮与两个女孩聊得火热，她的心一下子就提了起来，悠悠荡荡地，撞得心房直颤。

两个女孩右转弯的时候，妮妮直行。

又走出了大约一公里，高华发现女儿妮妮的两只小手不停地在脸上左一下右一下地抹，迎着妮妮过来一个伯伯低下头跟她说话，她也不理。

高华的心又被提到了嗓子眼，莫非女儿累哭了？为了证实这一点，高华询问了对面走过来的那位伯伯："大哥，前面那个小女孩是不是哭了？用手左一下右一下地抹眼泪？"

"哈哈，没有，她是热得，满脸通红，满脸淌汗！"伯伯的语气里充满了怜爱。

高华悬着的一颗心终于放下了。天，的确很热，秋老虎发威，喘出来的热气喷到人脸上身上，灼灼的，难以忍受。更何况，妮妮身上还背着五六斤的重负不停地奔走，不出汗才怪呢？想到此，高华不禁哑然失笑，为自己多余的担心。

1小时40分钟以后，妮妮背着她的五六斤重的书包，安全抵家。当她推开家门的那一刻，爷爷一把抱起年仅7岁的妮妮，心疼得老泪纵横："宝贝，你真厉害！今晚爷爷奖励你吃大餐，告诉爷爷，想吃什么？"

"吃什么大餐？妮妮今天犯大错误了，该罚她才是！"高华边脱掉鞋子，边佯装不快地说。

"妈妈，我没犯错误啊，自己走回家，这是我们约定的啊。"妮妮用小手擦着涨红的脸蛋上的汗水，从爷爷的怀里挣脱出来，平整一下衣裙，脆生生更正道。

"我说的不是这个。"妈妈正色道，"你跟那两个陌生的小姐姐聊得火热，这么做对吗？"

"妈妈，我一开始没理她们，后来看见她们俩的校徽，知道是一个学校的，我才跟她们说话的。不然，不礼貌嘛！"妮妮边说边站到妈妈面前，仰起头，闪着亮晶晶的眸子，不无得意地说。

"你都跟她们说什么了？"

"我跟她们说我爸爸是什么厂的厂长，我妈妈是哪个大学的老师，我是班长……"妮妮乖巧地偎进了妈妈的怀里，得意地说。

"啊？你连家底都掀出来了？！"妈妈有些吃惊，"我不是告诉你不能把家里的情况跟外人说吗？"

"哎呀……妈妈，你真笨，我要让她们知道我爸爸妈妈有多厉害，她们才不敢对我怎么样嘛。"说着，妮妮用右手食指点了妈妈的额头两下，惹得高华"扑

"味"一下笑出了声："想不到你还人小鬼大！哈……"

高华按捺不住心中的喜悦和满足，在妮妮的脸蛋上重重地亲了两下。抚摸着妮妮的头，说："妮妮，妈妈让你自己从学校走回来，确实有点儿残忍，妈妈向你道歉。但是，我们昨天说好了的，所以，今天必须付诸行动，因为每个人都要为自己说的话负责，即使有千难万险，也要说到做到，这是做人的准则。"

"嗯嗯，我懂的，妈妈。"妮妮看着妈妈噙着泪花的双眼，使劲地点着头，并用小手为妈妈拭泪："妈妈不哭，妮妮不累，妮妮长大了。"

爷爷从沙发上站起身来："好了，为了庆祝妮妮自己走回家，也为了妮妮长大了，我们去吃好吃的喽。"说着，向妮妮招手。

妮妮跑过来扯着爷爷的手说："爷爷，在我眼里，奶奶做的菜就是最好吃的，我喜欢吃，我们就在家里吃好吃的。"

"好！宝贝乖！奶奶辛辛苦苦做的饭菜最好吃！我们吃饭吧！"高华扎上围裙，去厨房帮忙。妮妮跑来跑去拿碗筷。

满室生香。那是幸福的味道。

《孔融让梨》（国画）　三等奖　姜霞光　中石化河南油田分公司采油一厂

珍重童心 |郑能新|

本人喜欢诗，也能信笔涂鸦写上几首，因为在省市报刊上发表过很多作品，在地坪河地区也混了个"作家"的称呼。地坪河是我的故乡，那里有很多爱诗作诗之人，最著名的非熊医生莫属。熊医生爱诗，几近痴狂。记得我很小的时候，就见他总是身背一个药箱和一卷白布，在地坪河行走。白布上面用毛笔写满了他的诗作，每见一个自己感觉有点儿文化的人，他就展开白布让人家欣赏。那时候，我觉得熊医生的诗比我写得好，但他从来没有发表过。因为我的诗发表过，熊医生看我的眼神里就多了几分羡慕。他说："你将来一定是地坪河最有出息的读书人，我希望你成为一名真正的作家！"

为了不负熊医生的厚望，我开始拼命发奋写诗，但更多的是读别人的诗，李白、杜甫、白居易……虽不是滚瓜烂熟，但也能知个十之八九。人说："熟读唐诗三百首，不会作诗也会吟。""多读胸中有本，多写笔下生花。"我又读又写，还怕出不了精品？可是，几年过去了，我读了一本又一本的诗词，可觉得自己还是不怎么会写诗。

把自己划归不会吟之列，并不是我很谦虚或故作高深，而是我的心灵受了一次撞击的缘故。

我有一儿一女两个孩子，都还算聪颖。许是受我喜爱读书习惯的影响，两个小家伙也成天抱着书本不放，当然，他们更多时候是看小人书。尤其女儿更甚，她不仅爱看书，对诗的喜好也完全不逊于我。4岁时，她便要我每天教她一诗，天天如此，从不间断。但女儿有一特点，喜欢学新诗，教过的哪怕不能熟背，只要记的学过，断然不再读它。我将自己熟记的唐诗如数"遗传"后，自己也到了江郎才尽的地步。

那一日，女儿又缠着要我教诗，愣了好长时间，脑子里像电影蒙太奇一样把那些诗统统过了一遍，仍然想不出还有什么没教过，只好羞愧地打出了"白旗"，说："爸爸知道的唐诗都教完了哦！"哪知道女儿不依不饶，坚决要我自己创作一首教她。她说："爸爸，您自己不是能写诗么？"

我为难起来，因为对平仄缺乏研究，我很少写古体诗，新诗倒是不少，可女儿会感兴趣吗？

女儿催逼着，我被吵得无可奈何之际，远处突然传来几声狗吠。我忽然想起了一首打油诗，灵机一动，便对她说："好，我就教你一首吧！"

江山一笼统，井口黑窟窿，黄狗身上白，白狗身上肿。

刚一吟完，女儿就拍着小手直叫好。说这诗真好懂、真好笑。我想告诉她，这不是好诗，只不过是顺口溜而已。但见女儿那欢喜劲，不忍扫她的兴，只得不再作声。

过了些日子，女儿同邻居家的孩子一起在屋外打雪仗，院里的几条狗也跟着凑热闹，可着劲在雪地里乱窜。邻家孩子忽地脱口吟起那首打油诗来，女儿立即停止了一切动作，带着十分专注的神情侧耳聆听。邻家孩子刚读完，女儿便急不可耐地说："这是我爸爸写的诗，你怎么也会背诵啊？"

"才不是呢！我爸说啦，这是张打油写的！"邻家孩子反驳道。

两人正争得不可开交，我从屋子里走出来。女儿像看见救星一样跑过来，一把拉住我，有点儿幸灾乐祸一样地对邻家孩子说："我爸来了，看你还有什么好争的？"听他们两个七嘴八舌地把情况说清楚，我顿时哑口无言了！在女儿的一再催逼下，妻子只好过来打圆场，她说："乖乖，那真不是你爸写的，你爸的诗比那首写得好多了呢！"

妻子说完这话时，女儿那双明亮的眼睛一下子黯淡了。原先那一脸的喜气顷刻挂满了冰霜，充满信任的目光也变得狐疑起来，她极不好意思地低下头，像是要在雪地里找条缝隙钻进去。

我非常愧疚地走上前，拍了拍她的肩膀："乖乖，都怨我，是我没有跟你说清楚！"

女儿终于抬起头来，像看一个陌生人样地望着我。那种眼神足足让我心惊肉跳了好几天。

后来我想，在女儿的心目中，我这个爸爸也许是神圣的、万能的，是值得她充分信赖的。可是，我却忽视了一颗幼小的、纯真的童心，无意中给它蒙上了一层阴影，让一颗对爸爸充满骄傲和自豪的洁净的心灵受到了伤害。我还想，如果那天我真的教她我自己创作的诗，哪怕不是好诗，她或许也是高兴的啊。要么，即使教了别人的诗，把真实情况告诉她，也就不会出现后面尴尬局面了！

因为此，我得到一个深刻的教训：与孩子交流千万不能马马虎虎，要用十分认真十分诚恳的态度待之，一定要珍重他们那颗稚嫩的童心。切记！切记！

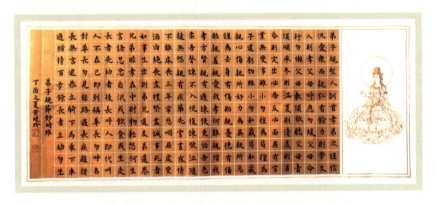

《弟子规》（楷书）　优秀奖　黄晓玲　湖北省孝感市安陆市水利局

一枚游戏币 ｜喻贵南｜

有天闲着没事，我将桌子的抽屉拉出来，拿到门外整理着。该留的留下来，不该留的全扔了。这时，我5岁多的女儿高艺（我叫她艺妹子）和邻居9岁的女孩超超凑了过来。超超一边翻看着里面的东西，一边好奇地问这问那，艺妹子在旁当着解说员，我呢？偶尔补充一两句。

"咦！这还有一块钱。"超超误把抽屉里的一枚游戏币当硬币了。拿出来一看，才知道错了。

"妈妈，这是干什么用的呀？"艺妹子之前没见过，扭头问我。

"玩游戏的，没什么用。"我随口回答，依然埋头整理着东西。

"谁说没用？可以拿来坐公交车呀！我姐姐就拿游戏币坐过公交车，司机不会发现的。"唯恐不相信，超超还特意将掌心里的游戏币伸到我眼前。"阿姨！你看，这跟一块钱的硬币一样大，只是图案不同，你看，你看哦！"她瞪着大眼睛，眨巴着长长的睫毛，向我说着。

"拿游戏币当人民币使用，你姐姐也真是人才哈！"我微笑着回她。

"司机发现不了的，真的呢！没骗你！"超超还在怂恿着。艺妹子却冷不丁将手伸过来，一把抓起超超掌中的游戏币，小胳膊一轮，眨眼间没影了。

"你傻啊？干吗扔了？可以当钱用呢！真的啊！神经病呀你！"超超一愣之后，扭头回望着艺妹子，拧着眉，大声责备着。

"你才神经病呢！干吗要害人呀！没见过钱啊？"艺妹子愤愤然地回答，小脸都变得铁青了。

哈哈哈，我忍不住笑了起来。心里想，真不愧是我的孩子。我赞许地看着艺妹子，说："扔得好！值得表扬！"

超超还在说神经病，艺妹子则翻着白眼，一脸的不服气。我说："我来讲个故事吧。"两个孩子一听要讲故事，立马都不出声了，且将视线转向我，认真地听了起来。

"有个叫张兵的孩子，见邻家的南瓜长得像西瓜那么大了，而自己家里没南瓜。放学回去时，他想顺便将那南瓜给摘了，谁知南瓜旁边有条蛇，因为是做贼，慌慌张张的，也没留意，刚一伸手，他就被蛇狠狠咬了一口。结果，南瓜没摘到，没几分钟就晕倒在地了。被人救起迅速送往医院，还好，抢救及时，不然命就没了。

"不过，花了一大笔医药费，在医院住了半个月，而且谁都知道了这件事。知道他为了偷一个南瓜差点儿把小命给丢了。走到哪，熟人都在张兵背后指指点点的：'瞧！就是那孩子，差点儿就死了，被蛇咬死了，听说是为了偷一个南瓜……'

"你们俩说说，这话好听吗？一个南瓜，值多少钱？一条命，又值多少钱？一个人的名声呢？又值多少钱？还有所花的医药费呀，身体所承受的痛苦以及为此耽误的学习时间呀，加起来算一算，又值多少钱？一个南瓜和这些相比，你们说哪个更值钱？你们会去干这种坏事吗？只有傻瓜才去做，对不？"

超超说："要是那没蛇呢？"

我说："这次没蛇，难道下次还没蛇？那南瓜就没主人看着吗？周围就没人经过，不会发现张兵在偷瓜吗？习惯成自然，终究有一天会被发现的。所以呀，那些损人利己的事，最终都是害人害己！

"比如这个游戏币，你当硬币使用的时候，若是当时被人看出来了，那得多难堪啊！因为一元钱，你失去了颜面；因为一元钱，你失去了诚信……一元钱虽然不多，但是，如果大家都用游戏币代替硬币，那公交公司得损失多少钱啊？听说杭州一家公交公司，三个月竟然收了500斤游戏币。你们猜猜，这500斤一元的硬币大约多少钱？"

两个孩子看着我，一个说好几百，另一个说好几千。我笑了笑，说："一枚一元的硬币大约6克多，一斤是500克，一斤硬币约80元，500斤硬币约4万元。"

"4万元，那么多啊！"两个孩子惊呆了。

"500斤游戏币是少的。听说徐州一家公交公司，四年来收了好几吨游戏币。"

听到这，两个孩子瞪大了眼睛好奇地问我："那是多少钱啊？"我一时被问住了，这得用计算器，我还真答不出来大约多少钱。于是模糊地回答："好多好多的钱。"

沉默少顷，我又问两个孩子："你们说，这么多的游戏币坑人吗？公交公司拿着那些游戏币怎么办？又拿去骗别的公交公司？还是发给每个员工当过年物资？如果发给你们，你们要吗？"两个孩子都笑着摇头。

"所以那些投币人当初可能根本就没想到，自己小小的一个举动，会聚沙成塔、集腋成裘，给公交公司带来那么大的麻烦及损失。古人常说'勿以善小而不为，勿以恶小而为之'，也就是说凡事以善为本，包括讲诚信，从小事做起，从我做起，这样才能真正让自己的善行给社会助力，也才能维护社会的公德，让生活处处充满阳光，你们说对不对？"

"对！"两个孩子微笑着异口同声地回答。

《诚子书》（行书）　优秀奖
赵宝梅　山西阳煤集团新景公司

和女儿电话连线说包容   ｜宋庆莲｜

　　包容是一种美德，包容是一种家风，包容是一门生活的艺术，包容更是一种人生的境界。教孩子学会包容，从包容身边的亲人开始，学会包容更多的人，更多的事物。将来，她的心胸才会拥有那份博爱的广阔，那份大爱的豁达。

　　作为一个母亲，我对女儿是有很多亏欠的。女儿小的时候，我曾两次把她送到湘西外婆家，直到女儿读小学三年级第二学期时才接回到我的身边。女儿接回家后，从小学读到初中。这期间，有的时候我在外面打工，老公在家照顾女儿；有的时候，老公在外面打工，我在家照顾女儿。唯有女儿读初二的那一年，我们把她托付给父母，我和老公都去了外面打工。女儿再一次成为中国千百万留守儿童中的一员。

　　我离家的那些日子，除了在工厂的流水线上忙碌，闲下来的时间，就是想女儿，想家。每周星期六，都会去公用电话亭往家里打长途电话。因为星期六女儿不上学，随时都能联系上。父母也会守在座机电话旁边，等候电话铃声响起。

　　一天上午，我往家里打电话，是父亲接的电话。父亲说："你们自己回家带孩子吧！我们没法带了……"女儿不听爷爷奶奶的话，更嫌奶奶啰嗦、废话多。因此，女儿就用两团卫生纸塞在耳朵里。父亲原以为宝贝孙女戴着耳机，听学习机呢！可是，又没有看见她手里捧着学习机，当他弄明白是女儿嫌奶奶啰嗦，而用纸团塞住耳朵时，他好气又好笑，对女儿更是束手无策。后来母亲接过电话，说："我打了她一巴掌，还在和我赌气呢……"原因是奶奶要女儿帮她一起到菜园里拔黄豆，菜园就在房子旁边，女儿和她一边拔黄豆，一边吵架，责怪奶奶天天打麻将。母亲很生气，就说："你爸你妈都不说我打麻将，还轮不到你来教训我！"母亲一巴掌打过去，女儿一推，将奶奶和一担黄豆都推进了一个浅水沟里。

母亲越说越来气。我说："您叫女儿下楼接电话吧！"女儿在电话线那头，我在电话线这头。女儿喊了一声"妈妈"，就稀里哗啦地哭了，我的眼泪也止不住地往下掉。我问女儿："你和爷爷、奶奶怎么啦？"女儿说："妈妈，您回家吧！我和奶奶的关系处不好！"我说："他们是你的爷爷、奶奶呀，你怎么和爷爷、奶奶关系不好呢？"原来，是因为母亲喜欢约一些人天天来家里打麻将，女儿不喜欢！有的时候打到晚上 12 点才散场，有时还打通宵。还有，女儿嫌奶奶不会说话，说的话都没道理。

我总算听明白了。我在电话那头温柔地对女儿说："宝贝，他们可是你的爷爷、奶奶呀！爷爷、奶奶虽然有些话不是那么有道理，但是，你得包容他们呀！宝贝，你好好想一想，爷爷、奶奶他们是老人呀！是我们家的老人！人老了，都会犯糊涂的。而你不一样，你是受过教育的学生！所以，你得包容爷爷、奶奶的缺点。你要是连爱你疼你的爷爷、奶奶都不能包容，那么，将来，你还能包容谁呢？想一想，爸爸、妈妈不在家，奶奶每天给你做饭、洗衣，不管刮风还是下雨，一日三餐，每顿饭都给你送到学校门口，还变着花样做你喜欢吃的菜，你怎么忍心把奶奶推到水沟里呢？奶奶喜欢打麻将，你自己和奶奶沟通，要奶奶不要打得太晚，更不要打通宵，这样对身体不好。奶奶打打牌，那是他们老年人的一种娱乐，一种生活。宝贝，爸爸、妈妈不在家，把你交给爷爷、奶奶照顾的同时，也把爷爷、奶奶交给了你照顾。放学回家，帮助奶奶做儿点家务，也要学会关心他们的身体健康，他们感冒了，生病了，记得让他们看医生……总之，每一个人都会有缺点，学会包容爷爷、奶奶，等你将来步入社会，才会包容更多的人。包容是一种善良，也是一种爱……"

那一个星期六的上午，我和女儿聊了很多很多。我是女儿的母亲，同时，我也是女儿的闺密。女儿在电话线的那一头握着话筒，她很乖，也很安静，时而有她的呼吸声和轻轻地哭泣声传过来，我们聊着聊着，从电话线那头传过来的，便是女儿快乐的笑声了。我听见母亲叫女儿吃午饭声音，听见女儿快乐地应答声。女儿开心地说："妈妈，我吃饭去了，您和我们一起吃饭吧！"我说："好啊！你去吃饭吧！"说完，便轻轻放下了话筒。

女儿，仿佛就是在那个上午的一瞬间长大的，她向奶奶诚恳地承认了自己的错误，请求爷爷、奶奶的原谅。并当着爷爷、奶奶的面，从耳朵里掏出了那两个隔音的纸团。时至今日，女儿再也没有和爷爷、奶奶发生过不愉快。后来她上了高中、大学，每次回家，也会记得给爷爷、奶奶带些好吃的。现在，女儿大学毕业了，有了自己喜欢的工作，爷爷、奶奶的生日，她都不会忘记要给他们打个电话，问声好！每次回家都会给爷爷、奶奶买礼物，给他们零花钱。

每当一家人团聚，其乐融融的时候，父亲总是会提起那些往事，说他的宝贝孙女现在真是长大了，懂事了。母亲接过话茬，说她也改正错误了，再也不熬通宵打麻将了。

古诗有云："草木有情皆长养，乾坤无地不包容。"大自然的包容无处不在，它与万物同生长，这是多么宽阔的胸襟。一家人学会包容，懂得包容，家庭就会和睦幸福。包容是相互的，在包容中成长、进步也是相互的。无论我们年幼还是年老，都需要在包容中长大、成熟，走向完美。

《雀上枝头》（国画） 优秀奖
张艳华 河南油田工程院

我要做崽不做妈 |喻贵南|

老公出差在外，家里就我和女儿两个人。醉心于文字的天马行空里时，偶尔我会忘了做饭。

一日，读五年级的女儿放学回家，见屋里炊烟未起，便大声冲我喊："妈妈做饭！妈妈做饭！妈妈做饭！"连珠炮一样的几声喊，见我回一声"哦"还没起身，便又连喊了几声。

"烦不烦啊？"我说，"我听见了！"

女儿一点也不烦，反而调皮地说："重要的事情说三遍：妈妈做饭！妈妈做饭！妈妈做饭！"

晕！这一叫，好好的思路被打断了，心里有些恼火，我面无表情地说："你不会自己动手呀？"

女儿说："做饭是你的事，你是我妈。"

我说："那这样吧，我叫你'妈'，从今以后，你给我做饭。"

"哈哈！"女儿本来饿了，却忍不住笑了起来。

"笑什么？我都天天、月月、年年，十年如一日，全年无休地给你做饭了，就因十月怀胎生了你，就因你叫了我一声'妈'，这一声'妈'叫得人太辛苦了！不行！我不当你的妈妈了，我要做你的崽崽。从今天开始，我当崽崽你当妈，我们将角色调换一下！"我关了电脑，转头看着女儿高艺，说得十分认真。

女儿哈哈大笑："你是妈妈我是崽崽！换不了！"

"谁说换不了？这没别人，就咱俩说了算。这样吧，从今以后，你来养家糊口忙工作，你来帮我洗衣做饭拖地板，帮我沏茶倒水交学费，冷了叫我加衣裳，热了叫我减衣裳，病了帮我请医生，要好好服侍我，跟我一样，是真心实意、贴心贴肺的那种哦！我说药烫了，你得给我吹一吹；我说药凉了，你得给我温一温。你可以一边忙乎一边埋怨我两句，因为是不听话生病了，但却不能嫌弃我。我不要求你时不时亲一下、拥抱一下，当然，你要是亲了、抱了，哈哈，我会更高兴，因为做妈妈的都是这么疼爱崽崽的。"

女儿笑弯了腰。我则突然想起了我的母亲，她不正是这么疼我的吗？可是我有没有也如此回报自己的母亲啊！

女儿见我不说话了，笑完不由催促道："说哦，继续哦！还想说什么？"

由不得我细想，思路被重新换回。我说："好，我呢？就跟你一样，只管吃饭、睡觉、做作业，你不用天天监督我，甚至被逼着一起去背那些古文和英语单词。我很自觉，我保证：不用你操心，门门功课都争个'优'回来，让你高兴高兴。还有，每天10点以前，我会准时睡觉，把身体养得棒棒的，不必像你一样，让我一次两次地催：高艺呀，几点了，还不睡觉！高艺呀，你是'不要脸'还'不要命'吗（书上说，11点不睡觉是'不要脸'，折颜；12点不睡觉是'不要命'，折寿）？"

顺便说一句，我小时候也没这么规矩，如果真这么懂事，估计清华、北大任我行了，不过不希望女儿重蹈覆辙，跟我此时一样，他日跟自己的孩子说这些时，心里也留下遗憾和愧疚。

女儿笑着，听着，我边说边起身做晚饭。"当然，你的优点我也会保持，比如外出也好，回家也好，你都会打声招呼，不会像徐志摩经典诗句描写的那样：'悄悄的我走了，正如我悄悄的来'；而每天上学，你却总是自觉起来，悄悄地做好所有的事情，上学去了；冬天临睡前，你会每晚打盆热水给我洗脚，一遍一遍地叫：'妈妈，水凉了，妈妈，洗脚'；平时，你吃什么东西，都会给我留一份，而且是最好的；你诚实、正直、善良……当然，你还有很多很多的优点，反正我都会帮你保持。"

我突然又想到了自己的母亲，心里不觉再次叫声惭愧，相比我的女儿，有的地方，我还没她做得好，比如上学，我每天得母亲叫无数遍才起床，如果看着快迟到了，还会跟母亲赌气，说到打水给母亲洗脸洗脚，我也没女儿做得好，她是天天，而我只是偶尔而为之，惭愧！

"咋又停了？继续呀……"女儿再次笑着打断我的思路。我则突然之间不想说了，因为内心愧疚，我说："你很棒！"

女儿愣了一下，又笑面如花了。我缓了一下情绪，一本正经地说："有句老话说得好：'养儿方知娘受苦。'只有亲身经历，才知道当妈不容易，我想起了你外婆养大我们的艰辛，真是纵使子女虐她千百遍，她对子女依然如初恋，而这'恋'，是世上最伟大最纯洁的母爱，总有一天，你也会明白的。"

女儿若有所思，我则转换话题："以后放学回来没饭吃，你先抓点水果或饼干充饥。别那么大呼小叫的。人家正全身心地投入写作之中，你知道吗？你那一叫呀，还真是吓着我了，哪天吓得中风了，你还想吃饭？妈都没了。"

女儿呵呵笑着说："知道了。"只是下次再看到冷锅冷灶，家里又刚好没零食吃时，她便有些不悦地问："妈妈，咋还没做饭呀？"

你若不理，不尽快起身，她便直接朝外走。

"干什么去？"

"吃饭去！"

一整天才回来吃一顿饭，我又怎舍得让你到外面乱吃东西呀！孤王巨服！于是，我不得不冲她的背影叫："回来！没看我这就去做饭吗？"

女儿这才转过身，绽颜一笑。我则起身做饭，一边将随口改了歌词的《信天游》唱了起来：

《朱子家训》（篆书） 三等奖
刘晓静 山东省济宁市人民警察
训练基地

妈：

我的儿，我跟你说

我要做崽不做妈

做你的崽崽不做妈

你说换不换

儿：

妈妈你，有自己的妈

想做崽崽找你的妈

崽是崽来妈是妈

哪个跟你换

妈：

谢谢今生有了你

让我做了你的妈

才知当初的自己

让妈受苦了

合：

回首曾经的自己

折腾了妈妈太多事

让妈受了太多苦

妈妈辛苦了

过 招 |尹慧|

我发现了一条"小溪"，它在"山野"里蜿蜒着，跳荡着，若隐若现，渐愈淡出我的视线。如果不是某个孩子家长的提醒，我的世界还将是一片歌舞升平。当我掀开那个小小的封闭的世界的头盖，顿觉茫然失措。

犯 忌

趁儿子不在，小偷一样，我向着目标伸出了手，怀揣着一颗惴惴不安而又复杂的心，它缠绕着渴求获得真相的期望，也捆绑着真相大白的恐惧。书包，日记，这两件普通的物件，那一刻，却恰似烫手的山芋。

"妈妈，你不能偷看我的日记，窥视人家的隐私，是不道德的。"耳畔响起了儿子的凿凿诤言。

"什么不道德？我是你妈！你都是我的，何况你的日记？"狡辩，彻头彻尾的狡辩！站在儿子的书桌旁，自己都被自己站不住脚的观念逗乐了。

可是，我还不是为了儿子的大好前程着想才这么做的吗？嗯，这理由还是怒放着堂皇的光芒嘛！

于是，我这只解开儿子书包带的，自以为有些不仗义的手，突然就义无反顾了。

细细地读，从第一页第一行开始，平时粗枝大叶，此时为自己少有的耐心震住了。

终于，看到了我斗争了很久才采取行动后想要的结果，但事实上，确确实实是不想看到的结果："……我，牵着她的手在江畔漫步，心中快乐满满……"够了！只这一句就够了！

怒从心头起，恶向胆边生！——早恋！这还了得吗？！初二就恋爱，学习还能好吗？学习不好还能考上名牌高中名牌大学吗？考不上名牌大学将来能有好工作吗？没有好工作能有好未来吗？！

可怜我京剧武生一样的灵魂，脸憋得通红在心房里哇呀呀怪叫，舞动长鞭纵马狂奔！

小崽子，看我怎么收拾你！痒痒的手脚情急之时不免动粗，这是暴脾气的我一贯作风。但在这关键又关键的问题面前，顿悟：几十岁了一把年纪，怎么还要扮演莽撞少年？

怎么办？斗啊！斗智，斗勇。魔高一尺，道高必须一丈！

水流奔涌时是疏导还是围堵？疏导则平安无事，围堵则泛滥成灾。

静静思忖之后，从儿子日记中"后天是她的生日"的字样里，析出一条妙计……

博　弈

三口人围坐在一起吃晚饭，我将饭菜与阵阵上涌的怒气一起咽进了肚子里。和颜悦色："儿子，问你个问题呗？"

"妈，说呗。"儿子断不能想到这句话后面潜伏的危机。

"儿子，你说，早恋的孩子都会有哪些表现？"我用眼睛的余光瞄着他，让筷子在盘中不停地舞蹈。

"我哪知道啊？我又没早恋。"儿子头不抬眼不睁吃着饭，相当镇定！

第一轮博弈，平局。

——都说知儿莫如母，可我却不晓得我的儿子还有做大将军的潜质，真是失职啊！

在心里感叹着，又发起了第二轮进攻。"儿子，那你说，要是男孩儿女孩儿公然牵手散步，是不就应该是在恋爱了呢？"

"都敢当众牵手了，还能不是恋爱啊？"儿子抬起头，显示他给出的答案毋庸置疑的。但是他绝对想不到这是一个陷阱。

第二轮博弈，我在循循善诱中取得了决定性胜利！

"哦，这样啊，原来男孩女孩儿牵手就是真的恋爱了呀。"我重复着，为了让他对自己给出的"证言"加深记忆。心中的窃喜在张牙舞爪。

乘胜追击！开始第三轮博弈！

我往儿子碗里夹了两块肉，那是他的最爱。"对了，儿子，最近没听说你的同学过生日呢？"

"有啊，周日就有一个同学过生日。"儿子夹了块肉放进嘴里，边嚼边说。

"是吗？男生女生啊？"我貌似心不在焉。

"女生。哎呀，男生女生都是同学，有啥分别吗？"极力掩饰中，儿子有一点点不易察觉的慌乱。"我吃完了。"起身离开。

第三轮博弈，儿子有些败北的意味。

我则乘胜追击："儿子，妈妈的意思是，你不得给人家买礼物么？"

"哎呀，妈你不用管了，到时候一起吃个饭就行了。"说话间，儿子恢复了气定神闲。

哈哈！一起吃饭最好，可以抓现行喽！

老公洞察到我的喜形于色，凑到我的耳边悄悄说："又要出什么幺蛾子？"

"你甭管！到时候听我的就是了。"我得意扬扬道。

父母"克格勃"

星期天临近中午时分，儿子精心收拾了一番，背着书包准备出门。

"儿子，你去哪？"

"同学过生日啊！出去吃饭。"儿子边穿鞋边回答。

"去哪吃？要不爸爸妈妈请？"

"哎呀，不用，我走了，回见！"儿子匆匆关上房门。

"你得告诉我你去哪吃饭呀，不然，我不惦记么？"我打开房门，朝着楼道里儿子的背影喊。

"大成街必胜客。"儿子头也没回，丢给我六个字。

"哈哈，小崽子，跟我斗，还嫩了点儿！"我抑制不住心中的喜悦，在老公面前手舞足蹈。

"快！下楼，跟上，今天非抓他个现行不可，不然，他不会承认他早恋了。"我边穿鞋，边对老公下达命令，俨然一个指挥官。

下楼，尾随，左躲右闪，儿子到了学校附近的公交车站略做停留，便过道奔学校门口走去，我示意老公紧随其后。没想到，半路上，儿子猛地来个掉头，差点儿跟我的"笨"老公撞个满怀！

"爸，你干吗来了？"

"我……我上这里的仓买……买瓶水。"老公的脸腾地红了，渗出了汗珠。

眼见计划败露，我们只能开车去儿子说的大成街必胜客蹲守。

守了一个小时也没见儿子影踪。我恍然大悟：道高一尺，魔高一丈啊！我们被调虎离山了！

仔细分析，我断定，他们一定去了中央大街必胜客店，因为在中央大街周遭，美食和游玩可以实现一体化，是一个绝佳的去处。

驱车前往。果然！在必胜客的窗外瞅见了儿子与另一个女孩的身影，须臾，他们牵着手走了出来。这一次，老公倒是利落，咔嚓咔嚓，用专业相机拍下了儿子与女孩牵手的瞬间。

为了避免与儿子正面发生矛盾，我跟老公商量用老公别的邮箱把照片传到他常用的邮箱，再打开常用邮箱把证据展示给儿子。

傍晚回到家以后，老公把儿子叫到书房，打开邮箱，"出示"了我们获取的他恋爱的证据。

"我知道该怎么做了。"儿子沉默了片刻，说。

果然，他们没再牵手。

频频过招后，我一直以成功地扮演"克格勃"而沾沾自喜。

不料，经年之后，儿子揭开了谜团："不到一个月我就明白了你们的骗局，我爸用自己不常用的邮箱给他常用的邮箱传了照片，然后谎称朋友给我爸打电话，实际上那个手机号是我爸去深圳出差时购买的，我已查证。"

我终于知道，为什么儿子从那件事以后，开始疯狂地逆反了。

《山村》（国画）　优秀奖
詹梦琳　成都双流国际机场股份有限公司

和女儿一同播种春风 | 睢雪 |

在我和女儿的生活世界里,写作就如同播种春风,为内心注入一股股暖流,为人生注入一种神奇的力量。我喜欢写散文和报告文学,女儿喜欢小说创作。共同的渴求,在我们的家庭里自然形成一个文学天地,成为我们母女俩一种特殊的精神生活。

我的写作意念源于广阔的乡村生活,源于妇女工作的收获。我在半耕半读中考上大学。从小学到高中毕业,用时间计算,我只读了一半的课程,那一半我是在广漠的乡野中度过的,是在和农民一同劳动中度过的。我骨髓里渗透着对乡村黑土地的情怀,高山河流,乡野人情,都化为写作的源泉在我的血液里澎湃。

大学毕业后我成为一名妇联干部,从此女性世界丰富多彩的生活,就像长河的水缓缓流入我狭窄的心田,又通过我手中的笔从狭窄流向宽阔。黑土地磨砺了我百折不挠的意志,也赋予我不尽的力量,留给我无边的畅想。我在八小时以内为妇女发展事业勤奋工作,八小时以外撰写女性题材的文章,无论春夏秋冬,我笔耕不辍,记录我自己的人生,也描写了一代女性。在流逝的岁月里,我发表散文、报告文学、人物纪实、调研报告等不同体裁的文章1000余篇,600余万字的笔墨如同涓涓溪水在我的笔记本上流淌。茶余饭后我当业余作家,为自己塑造了一个自强自立的人生。

写作,陶冶了我的情操,也为女儿播种一缕春风。女儿3岁的时候就跟随我四处奔波。我为了解乡村女性题材,常常利用星期天到农村采访创业女性的事迹。

当时，丈夫在部队工作，没人照顾女儿，我只好带着她去乡村采访。那个时候，女儿刚刚走进幼儿园，还不知道什么是写作，可是经过几次下乡，她在朦胧中知道了我在做什么。每当夜深人静，我在写作的时候，女儿就坐在我的身边，满脸的好奇。有一次，我骑自行车带她去郊外了解一位农民妇女发展家庭经济的事迹，那一天没等回到家，大雨滂沱，我们母女俩成了落汤鸡。回到家里，换好衣服，安顿好女儿，我立马写稿，很怕灵感消失。写好的稿子放在写字台上，第二天好送往报社。让我意想不到的是，第二天清晨，当我要上班的时候，发现稿纸上每一个空格被女儿画上了小圈圈。女儿告诉我："妈妈的文章没写好，我帮着写完了。"这件事让我心急如焚，在没有电脑的时代，连夜写好的稿子没法送往报社，只能重新抄写。然而，这件事也使我兴奋了好久，女儿居然知道我是在写文章了。从那一天开始，我连续为女儿购买图文并茂的作文知识，每晚为她讲几个故事，讲几个段落。意在培养女儿学会写作文，长大后爱上文学创作。

潜移默化地引导，使女儿对写作产生了极大兴趣。女儿读初中时开始向报社投稿，读高中时出版了文集《青青马莲草》。女儿很自然地投入写作，我寻找一切机会带女儿深入乡村生活，不止一次回到我的老家，观察我小时候生活的地方，了解那里的风土人情，女儿在高中时就写出中篇小说《河水清清》。在东北师大读书期间，每当寒暑假都会跟随我去乡村采风，到富裕的农户家，到贫困户家，与我的亲属聊天，与我的中小学同学聊天，于是对乡村生活有了充分地了解和认识。有一次，我去辽源市一新农村建设试点村搞调研，正赶上女儿休闲，带上笔记本一同前往。没过多久女儿撰写了长篇小说《山野悠悠》。小说通过散文化的语言，描写了具体可感的环境，通过丰满鲜明独特的人物个性和事件，揭示了当前乡村生活的画面，蕴含着道德、思想、情感，表达了人们对美好生活和爱情的追求。

2011年，女儿在鲁迅文学院学习期间，在那个写作人才聚集的地方，她的每一天都被文人影响着，她说她很想写一部反映弱势群体的小说。恰巧，这期间我们单位组织"优秀保姆报告会",我把几位由下岗失业到在保姆岗位上做出成就的创业者事迹寄给女儿。女儿在鲁迅文学院学习4个月,又写出长篇小说《遥遥草原梦》,描写的是从北方大草原走出来的三位保姆,带着绿色大草原的梦想,远征深圳寻求生活出路的故事。

和女儿一同写作,为我们的生活点缀了绚丽多彩的希望,笔墨的芳香如同玉米高粱。

写作常常是在夜里,我在这边,女儿在那边。我写散文,一篇篇散文,把我们带到一个形散神不散的意境;女儿写小说,女儿的小说把我们带到一种浪漫主义和现实主义相融合的境界。通过这些积累,平衡了我们所有的失落。在我们的心目中,写作这座山没有顶,只要不停地向上攀登,无论多么艰险都会感受到春风的流动,一年四季带给我们暖流般的温度。曾经久久地回味,原来,我们是在播种春风,播种幸福。

《五子登科》(国画) 二等奖 牛 莉 陕煤集团神南张家峁矿业公司

母亲赠我一抹书香　|孙昱莹|

　　作家宗璞曾写道："闭户遍读家藏书谓是人生一乐。"自我记事以来，就知道母亲没有别的爱好，唯独喜欢收藏书。

　　母亲出嫁的时候，一切从简，父亲家里也没有什么像样的家具。但是父亲知道母亲喜欢看书，他便向亲戚要了几块旧木头，亲手打了一组书柜，刷上洁白的漆，当作给母亲的聘礼。这组书柜成了母亲的宝贝，她的嗜好就是倒腾来各种各样的书把它一点点填满。那时候，家里不富裕，有的书是她从旧书市场低价淘来的，有的是别人不要送给她的，还有她从单位的废置物品中"抢救"回来的。这些书籍像颜料丰沛的画板填彩了她的生活，也丰盈了我的童年。每次搬家，那一册册花花绿绿的图书都会被重新摆放一翻，我们喜欢给它们分类，文学、历史、哲学、百科……有时候还会细化到年代和国别。

　　母亲给我讲过诺贝尔文学奖得主阿纳托尔·法朗士的童年故事。而她对收藏图书的念头，也正是源于故事里的父母。法朗士的父母是巴黎塞纳河畔的一对小书商，他们拥有一间狭小的书店，里面堆满了各式各样的图书。小法朗士从小就喜欢阅读家里的书，总是坐在书架的一脚静静翻看那一行行的文字，沉迷其中。后来他写出了自己的书，一本又一本，终于成长为法国著名的大作家。我的母亲十分羡慕那满室藏书的家庭，她相信，书籍会给孩子带来美的熏染和陶冶，便也着手为我构建书香弥漫的芳庭。走近她的白色书架，那散发着油墨气息的古朴味道，总是令人垂涎。后来书越来越多，母亲于是节衣缩食，再买新的书柜。如是反复循环，家里几乎被书柜摆满，连客厅也硬挤进了一排，满室书香环绕，升腾着知识的雾霭旋流。如今，母亲最喜欢做的事就是面对她的书房，久久矗立，宛如一棵深深扎进土壤的古老树木，欣赏她那一席静谧的天地。

德国教育家弗卢培尔曾说："人类的命运，与其说是掌握在当权者手中，不如说是掌握在母亲手中。"最有力量的教诲是日常的，内化的，它不是书本里某些散落的片段或者絮语，而是家庭生活中，父母榜样的示范作用。母亲爱阅读，这一点深深影响了我，记得小学的时候，我最喜欢在母亲琳琅满目的书架上抽取吸引我的书。还不懂太多道理的我，当时更看中书脊和封面的色彩，不过幸运的是，母亲的"收藏"并非功利，她只藏好书，而不纯粹为了初版或者签名。所以我从小就阅读了《童年》《钢铁是怎样炼成的》《白话史记》《撒哈拉的故事》《平凡的世界》《老舍散文》等经典的图书，文字恣意倾泻的洪流中，在我指掌中奔腾，引导我去追逐那如宝石一般光影璀璨的缤纷世界。也正是借着这书香的浸泽，我在写作的路上越走越顺畅，我儿时的愿望便是有一天，也写出一本一本书来，摆在母亲的书架上。

家庭的熏染和教诲，是一代又一代内在的熏陶和绵延。它像清晨的花露，浸润心扉，让我们获得清透澄明的心灵，更涵养社会风气。母亲的母亲，那位普通的农妇，曾用她最朴素的教育思想，亲自示范，告诫子女要做好人、做善人、守本分、不能做坏事。母亲遵守着姥姥简单的教诲，希望把做人的道理灌输给我。而她选择的方式是引导我去阅读好的故事，好的书籍，她相信一本好书是一位导师，一个缪斯女神，一扇引诱人走出去的窗子。她把《巴黎圣母院》放在我面前，对我说，心灵美才是一个人真正的美，善良的人永远是美的；她为我读《老人与海》，告诉我，人不能被打败，无论遇到什么困难，都要坚强勇敢；在我为暑期读书作业发愁的时候，她推荐《居里夫人的故事》给我，让我去体会，一个人要实现理想需要有百折不挠的精神并付出最艰辛的努力……《岛上书店》中有一句话说得好：每一本书都是一个世界。母亲和她的藏书，让我在童年时代，畅游不同的世界，收获了丰厚的人生哲理，也在不知不觉中形成了最朴素的价值认知。

爱与图书，不可辜负。我的母亲读书、爱书，我也被她带进阅读的斑斓世界。家庭风气与环境对子女有着最深远的影响。每位父母都希望子女成才，成才的道路有千千万，实现个人价值的路途也各式各样，殊途同归，却都要从好家教、家风中迈出第一步。我们的家风传承，从阅读开始，在书籍中，我和母亲一起成长，一起变得聪颖、博学，一起释放感情，一起走向心灵的冲淡与平和。

《膝前娇女》（工笔画）　二等奖
张贤丽　安徽省安庆市怀宁县体育活动中心

给孩子一双翅膀 ｜季纯｜

"如果给我一双翅膀，我会飞得更高，飞得更远。"几乎每个人从小都有一个飞翔的梦想。

儿子还在幼儿园时，我喜欢带着他去山上放风筝。儿子每天都会说："妈妈，今天是风筝节，我们再到山上放风筝吧！"

阳光明媚的三月，草长莺飞，春风拂面。儿子的小手拉着风筝的线，像一团小小的风，跑着，笑着。我们的鱼风筝在天空中飞得最高。下山的时候，儿子问我："妈妈，你说风筝能在天空中飞翔，小鸟也可以，为什么人不可以？"儿子拉着我的衣角又说："妈妈，我也好想有一双小鸟的翅膀，我也想在天上飞！"

对于愿望如此强烈的儿子，我说："可以啊，你看飞机能在天上飞，你可以坐在里面！还有啊，人类已经飞向太空了！"儿子显然对这个答案不满意，他更关注的是如何让自己长出一双翅膀，可以在蓝天中自由翱翔。

每个孩子都一样，从出生的那一刻，脐带从母体剪断的那一刻，就注定了他（她）人格的独立。他（她）渴望外面更广阔的世界，渴望飞翔。

做母亲的大多是舍不得孩子离开自己的，紧紧拉着孩子的手，生怕孩子远离自己的视线。就像手中拽着风筝的线，生怕风筝飞得太高，有一天手中的线会断。母亲们似乎总想把孩子拽在可控的范围内。

有这样一个真实的故事，有位母亲发现 6 岁的女儿有些愚笨，于是她给女儿规划了她的未来。她让女儿学绘画，听话的女儿学得很认真。后来女儿考上了大学。母亲坚决要把女儿留在自己的身边上大学，女儿很无奈，但她还是听从了母亲的安排。大学毕业后女儿想去北京工作，母亲依然要求女儿留在自己的身边。母亲认为女儿一旦离开自己的视野范围，是很危险的。这一次，女儿挣脱了母亲的束缚，跑到北京上班。无奈的母亲要求女儿每天早中晚至少打三个电话。女儿有时候很忙，电话来得晚了，母亲连三赶四打来电话追问。母亲要对女儿的一切了如指掌并随时可以远程遥控。终于有一天，因为一点儿小事，母亲大骂女儿。之后，女儿换了手机号，换了工作，竟然跟母亲断了联系。母亲再也无法找到女儿，几年后绝望而无助的母亲只好求助媒体。当媒体帮助母亲找到女儿，母亲一直在流泪，她不停地在自我反思中忏悔。当然，在这个问题上，女儿决绝的做法也是有问题的。

由此可见，爱，绝非是密得透不过气来的绑架，给孩子自由呼吸的空间是多么重要。要知道，拉着风筝的线拽得越紧，反作用力就会越大。

我曾看过一部有关蜘蛛的生物影片。蜘蛛妈妈产了一团卵，每天小心翼翼地守护着。小蜘蛛终于孵化了，在母亲的四周跌跌撞撞地攀爬。就像刚学走路的孩童。蜘蛛妈妈每天把猎物咀嚼后喂给孩子们，忙得不亦乐乎，忙得心甘情愿。孩子们渐渐长大，一阵大风吹过，小蜘蛛都被吹了起来，居然每一只牵着一根丝线，飘离了母亲的网。只有蜘蛛妈妈依然停在网的中央，无声地望着飘向远方的孩子。

蜘蛛妈妈很坚强，它的爱是一种放手。

我也像蜘蛛妈妈那样，把儿子一点一点地养大。高考结束后，儿子问我："妈妈，你想让我到哪里去上大学？"

我说："哪里都可以，只要你喜欢，好男儿志在四方。"

谁知儿子并不相信。他说："你们肯定要让我在西安上大学，你们就是这样想的，对不对？你们舍不得我走远！"

"'海阔凭鱼跃，天高任鸟飞。'再者说，你有那么重要吗？"我故意逗他。

"所有的父母都差不多吧？！都想让孩子在自己的身边。"儿子搂着我的肩，调皮地给我直眨眼。

在填报志愿时，我们尊重他的选择，最终他填报了上海的大学。

我和爱人送他到上海，安顿好了之后，我们沿着校园的湖走了一圈，感觉孩子从此会与我们会越来越远，以后的风风雨雨都得一个人去面对了。爱人突然间很沉默，养了儿子18年，第一次，有了别离的感伤。

我们在站台，儿子朝我们招手，看着他消瘦的身影消失在人群之中。那一刻，我想起了伟大的蜘蛛妈妈，静静地，看着自己的孩子乘风而去。

天下的父母都是一样的，每一次的分别，定有许多的留恋与不舍。而伟大的爱，是精神上的剥离，给孩子一双爱的翅膀，让他（她）飞吧！

《陪你一起成长》（水彩画）　三等奖　陈晴　中国铁建十六局城发公司

吾家有子初长成 　|郑能新|

　　儿子出生的时候，我因参加一个笔会在百余里外地改稿，等我得到消息赶回家时已是三天之后。看着粉嘟嘟、虎头虎脑的儿子，听着妻子没完没了的唠叨，心里荡漾着一股暖心暖肺的幸福。

　　儿子是倒产。有人说倒产的孩子都有个性——倔犟。但儿子小时候显得特别温顺，从不哭闹，就连生病打针连眉头也不皱一下，一双灵醒的小眼睛东张西望，仿佛医生在做一件与他无关的事情。医生们都觉得奇怪，拔出针头后，总要在他肉嘟嘟的屁股上拍一下，以示爱抚。

　　儿子做事特别专注，搭积木、玩电动汽车，往往会一个人玩上半天。慢慢大了时，他便拆卸这些玩具，弄得整个房间都是七零八落的零件。每逢这时妻子就数落说："有其父必有其子。"在家里，我确实也是个爱摆弄的人，电视机、电脑等出了小故障，我总是自己动手修理，我做这些活计时，儿子总是不声不响地趴在旁边全神贯注地看着。有几次趁我不在家时，他竟拿着螺丝刀等工具在电视机上捣鼓，幸亏妻子发现得及时，否则，还不知电视机要遭什么样的"厄运"。

　　儿子3岁时，还不开口讲话。文朋诗友到家来，总是逗他开心，但他却"任人做尽千般好，始终不给半句言"。于是，友人们纷纷劝我们带孩子去医院看看，都担心他是个哑巴或绊舌什么的。朋友这么一说，我和妻子也有点儿慌了。带着儿子去医院查来查去，没有半点异常。于是，我们只好在漫长的焦急中，等待儿子开"金口"。

儿子上幼儿园了，小家伙们跑来跑去，你追我赶，可他却一人静静地玩耍。老师在我们面前夸他乖巧、聪明，但同时也告诉我们：这孩子不爱说话。为此，我们心里总是沉甸甸的。直到上幼儿园大班时，妻子去接他，走到校门口，儿子一改过去只跟老师摇摇手的习惯，突然冒出一句："老鸡，再见！"

不鸣则已，一鸣惊人！老师们笑得前仰后合，旁边的家长也一个个捂着肚子。尽管妻子的脸上有些发烧，但回到家后，我们还是大大地庆祝了一番，且美其名曰"金口宴"。吃饭时，妻子又绘声绘色地给我演示了一遍，我差点儿把口中饭喷出。

儿子学习很用功，放学回家后，他总是做完作业才吃饭。每逢这时，全家都得等他，哪怕家里有客人，也改变不了这个铁律。尽管在家有点儿任性，但在学校里他却深得老师喜爱。从小学二年级起，他就当上了班长、路队长，人模人样地管着事。老师见了我们，也总是往好里夸，说他聪明、听话又负责，是老师的好帮手。说得妻子脸上迅速绽开了灿烂的花朵。老师还把这些评价写进学生手册中，我的心里也像灌了蜜似的。

儿子从小就成了我的影子。我在家里，他可以不动声色地学习或玩耍。或者，缠着要我给他讲故事，共读书，下军棋。他对小人书、连环画册尤其上心，一本书，可以看无数遍，一个故事可以听得耳朵起茧子。我经常给他讲一些英雄小故事，听到高兴处，他跟着眉飞色舞；讲到悲壮时，他攥紧小拳头。看着他那虎头虎脑、认认真真的憨样，我们差一点儿笑出声来！

也许是英雄故事讲多了，儿子对刀枪玩具产生了浓厚的兴趣，带他逛商场的时候，他就在玩具柜台那驻足不前。直到胸前挂一支，手里拿一把，才一脸欢笑离开。有时候空闲了，我们就翻看儿子的照片，大都有"武器"在身，哪怕他在看书、写作业，旁边桌上总有"刀枪"赫然在目。对着镜头的时候，他总会摆出各种姿势，不同的枪械，不同的憨模样。看着这些照片，总能勾起我们的回想，这些回想让我们把生活中的许多艰辛也过得有滋有味了！

当然，儿子的倔犟和对我的依赖也有让我们烦心的时候。他就像一条尾巴紧紧地随着我，亦步亦趋一点也不落下。每逢这时，妻的威逼利诱也难奏效。于是，一脸无奈的妻子只得恨恨地说："真是个犟种！"

那年，我从县里调到市里工作，搬家之前，我们跟儿子商量此事，哪晓得这次他坚决不同意。这大大地出乎我们的意料。问他原因，他理直气壮地说："换到新学校里，一没有好伙伴；二又不能当班长。"真是又好气又好笑。耐心做了几次工作，还是没有做通。最后，我有些无可奈何地吓唬他说："你不去，我们都走了，那你一个人在这里吃什么啊！"儿子有些吃惊地望着我，显然受了很大的委屈，嘴张了张，低下头没有说话。我心一软，拍了一下他的肩膀说："儿子，只要学习成绩好就行了，班长不当也罢！至于伙伴，到新的学校还不是可以结交？说不定比这里还多哩！"

儿子好久才抬起头，冷不丁地说："你不思进取，没有出息！到了新地方，我还要竞选班长，你也要竞争馆长。我们比赛，看谁强。"呵呵，他竟教训起我来了。我知道儿子的犟劲又上来了，再与他讲道理完全不是时候，只要他同意搬家就是胜利。于是，与他击掌为约："好，一言为定！"儿子这才露出了笑脸。

没承想，迁入新校后不到一个月，儿子真的选上了班长，还光荣地担当了全校的升旗手。举家庆贺的时候，他自豪地说："爸，我是班长了，可你还是副馆长，你认输不认输？"

妻掩嘴偷笑，我好半天无言以对。有这样一个犟儿子，简直叫我哭笑不得。

但想一想我还是拍了拍儿子的肩膀，对他说："儿子啊，你的上进心爸爸很欣赏，也确实值得肯定。但是，当干部的目的就是要全心全意为同学服务，而不是用来攀比和炫耀的。你，记住了吗？"

儿子似乎有点儿不好意思，但片刻过后，他还是认认真真地点了一下头："嗯，记住了！"

属于我的康乃馨　　|尹慧|

　　母亲节踏着初夏的舞步来了，这是一个空气里迷漫着真情和挚爱的双休日。

　　一大早，我就把老公和儿子从睡梦中叫醒，因为我们这一天的第一要务就是去看望母亲，还有公公。虽然婆婆不在了，但，在这特别的日子里给公公一个意外的惊喜，相信在老人枯燥乏味的生命历程里那将是个很美丽的插曲。

　　果然，当我们一家三口带着大包小裹及鲜花分别敲开母亲和公公的门时，他们给了我们无尽的满足和喜悦的回馈。我想，那一刻，如果我们送上礼物和鲜花后当即返身离开，在他们关上房门的刹那，他们也许会像孩子一样兴奋得跳起来。

　　"常回家看看"，那是他们笑容里写满的渴盼。我突然意识到：子欲养而亲犹在，这是为人子女最幸福的事情。而让孝悌传承，便是为人父母者光荣的使命。

　　返家途中，看到路上一捧捧鲜艳的康乃馨在车窗外一闪而过，我的内心充满了渴望：曾经，多少个这样属于我的节日里，我好想拥有一束象征着热爱、美丽与孝敬的康乃馨！

　　然而，侧过脸去看一看我的儿子，稚气尚存的眸子里充盈着淘气的神情，整个心思都浸到了游戏里，到哪里去寻我梦寐以求的康乃馨！想着想着，我竟自笑了，自嘲地摇摇头，为自己的蓄意已久的奢望，抑或是小小的贪婪。

　　停稳了车子，儿子一脚车里一脚车外便开了口："妈妈，给我几元钱。"

　　"干吗？又要钱？"我半呵斥半制止地斜睨了儿子一眼。

　　"哎呀，你就给我吧，我有用嘛。"儿子又在撒娇。

"你能有什么用？该给你的钱都给你了，有了钱你就花，大手大脚地，不知道爸爸妈妈挣钱不容易呀？"老公有点儿火了，他对儿子向来都这么严格，儿子说这叫苛刻。

看见老公的眼珠子又瞪了起来，儿子的头低了下来，我看见有泪在儿子的眼圈里打转。我瞪了老公一眼，爱怜地拍了拍儿子的头，搂着儿子上了楼。

可是，儿子在自己屋里转了一圈，还没等我站稳脚跟，又不声不响地出去了，我赶紧推开房门问："儿子，你干嘛去？"

"打篮球去。"

"哼……你看你把他惯的，一天天除了花钱就是玩，哪有一点儿正事！"老公用鼻孔哼着我，嘟囔着，对我发泄着日益堆积起来的不满。

"双休日，孩子玩一会儿就玩一会儿，有什么了不起？"对于儿子，我的心肠总是软得跟棉花糖一样。

"你就惯着他吧，看你能把他惯成啥样。"老公把这句硬邦邦的话掷在我的面前，脚下的地板都砸出了坑。

面对老公的指责，我有一肚子的委屈。"不惯着怎么地？你自己说，和别人家的孩子相比，儿子吃喝玩用，哪一样能比得上别

《仁者乐山　智者乐水》（国画）
优秀奖　李悦
中国冶金科工集团中国三冶市政公司

人家的孩子？儿子长到这么大，只有一个像样的玩具——就是那个遥控飞机，那还是你的朋友来家里做客时给他买的礼物，儿子得到玩具的最初几天，哪天夜里不是搂着那个飞机睡觉？……要不是因为儿子刚出生的时候没钱，孩子什么营养品都没有，我的奶水又不够他吃，孩子至于这么瘦弱吗？……"我越说越气，越说越难过，泪水不争气地泛滥了。

看到我伤心的样子，老公的气也没了，赶紧过来搂住我："好了好了，不说了不说了，以后你爱咋惯着他就咋惯着他，你把他惯上天，一天骑你脖梗上拉八遍屎！行了吧？"

"去你的！狗嘴里吐不出象牙！"我一边没好气地吼着，一边狠狠地踹了老公两脚。

"踹吧踹吧，就作为母亲节送你的礼物吧。"老公滑稽的表现，让我哭笑不得。

"叮咚……"还没来得及擦去脸上的泪，清脆门铃响了，我凑到门镜前一看，是儿子。

房门打开，一束娇艳欲滴的康乃馨从门后"唰"地闯了进来，后面，是儿子可爱的笑脸："妈妈，母亲节快乐！"

儿子的话音未落，我的泪水打湿了眼眶，我一把将儿子和那束康乃馨一起搂进怀里，我忘情地亲吻着儿子的面颊，这一刻，所有的艰辛所有的委屈都被这突如其来的幸福挤走了。

忽然，我想起了什么，扳起儿子的脸，看着儿子骄傲的眼睛问："儿子，这买花的钱是哪来的？"

"你猜！"儿子得意地扬着脖子。

"跟姥姥或爷爷要的？"

"不是。"

"跟同学借的？"

"不是。"儿子的头摇得跟拨浪鼓似的。

"不会是从爸爸妈妈钱包里拿的吧？"老公急忙凑过来，毋庸置疑地问。

"什么呀？就这么不相信我？我都发誓再不拿你们的钱了，哼⋯⋯"儿子有些义愤填膺。

"向你们要钱你们不给，我只好把我存钱罐里的钱拿出来了。"

那钱，是准备儿子过生日时，给儿子买礼物的。我的心为之一震。

再一次把儿子拥进怀里，我嗅到了这束属于我的康乃馨的奇香，它让我在春末夏初的时节，感受到了来自儿子心底的热爱，它是儿子成长的标志，它更是儿子懂得感恩的开始——不管是继承的，还是自发的，都让我感到欣慰。

手捧属于我的康乃馨，我醉在了仁德远播的荫翳里⋯⋯

《昙香》（国画）优秀奖　马健　内蒙古奈曼旗财政局

相依为命又一天　　|喻贵南|

读初一的女儿蜷缩在床，下巴搁在双膝上，弓腰曲背地坐着在玩手机。"吃饭了！"我将饭菜端到桌上，招呼她这老僧入定般的低头族。她"哦"一声，依然没动。

"吃晚饭了，练驼背功的手机控呀！"我再次提醒，女儿这才极不情愿地退出手机里的游戏，伸了伸腰和腿，动作迟缓，一看就知坐久了，腿脚都麻木了。

母女俩默默地吃饭，吃至半途，我问："今天你在学校里学了什么？"

"没学什么。"女儿似乎还没从游戏的状态里缓过神来，有些不情愿地回答。

"没被老师表扬，也没被批评？"

"嗯！"

"白活了。"女儿一听，"噗"地笑出声来。

"我今天也一样，去一个朋友家，结果碰着铁将军把门，白跑了。"我说："为了证明今天我没白活，待会儿我去种一盆韭菜。"看着女儿，我提议："你也去种一盆吧，你都分不清葱和韭菜，你说你是种韭菜还是种葱？今天我特意买了一些回来。"

女儿眉毛略略皱了皱，想拒绝。我动员道："种下去几天就活了，你就种韭菜吧，韭菜最好活了。"女儿听我这么说，这才点了点头。

饭后，我找出两个塑料盆，跟女儿一块，将土盛满，然后教她去掉韭菜和葱的叶子，仅留下根，我说："这叫去掉顶端优势，让韭菜和葱一心一意地先扎好根，活了命以后再长叶子，好多树也一样，种时如果不去掉顶端优势，可能种不活，就死了。而这剪除顶端优势，说白了，就是不让顶端分享掉营养和水分，以至于影响了扎根，影响了存活率。"

我将一兜韭菜根种在盆里，接着说："这跟上课时做小动作、开小差一样，成了45分钟之内，影响听课质量，妨碍知识吸收的顶端优势。而课后玩游戏之类的，又何尝不是？一天也就24小时，除了吃饭、睡觉，我们所剩的时间，也就10多个小时。大多数人玩游戏时，一坐就是几个小时，既占用了学习的时间，又影响了学习的质量，还影响了身体的健康。"

女儿听着，不说话，我问她："你之前玩手机，是不是腿脚都坐麻了？"

女儿嘴硬，说："没有。"

我说："那是没有，还只坐了一个多小时，若天天这么练驼背功，你将会背上一个驼，屁股一个驼，跟骆驼的两个驼峰一个样，而且长久的低头族，脖子也变得长长的，走路时多像个骆驼啊！到时真应了那句'天使的脸蛋，魔鬼的身材'。因为你张这小脸，长得还不错。"

女儿哈哈大笑。我说："你这骆驼，只是腿脚不行，长期坐着，颈椎病、腰腿痛、肌肉萎缩，还有眼疾，都被你开启成了自动下载模式，还想在沙漠里长途跋涉？可能走路都困难。"

女儿说："不会。"

"那是不会，"我说："这样的例子还少吗？2014年，记者在南京调查发现，因为经常低头，导致患眼疾、颈椎病的人群日益增多，两个月视力下降50度、22岁颈椎变形的案例不在少数，还有些人因为过度依赖手机导致心理疾患。2016年，有媒体报道，在苏州相城区第三人民医院，有一名15岁的中学生，因长期玩手机，导致颈椎严重变形，功能退化得像五六十岁的老人。同年，光明网报道：龙岩永定的18岁少年阿权，因无节制地玩手机，导致双目失明。另外，2002年新华网报道，武汉一少年因整日沉迷游戏，白了少年头。南昌市豫章中学高三（4）班17岁的学生余斌沉迷网络游戏时，因心理过度紧张，激动而猝死。专家研究结果，长时间玩游戏，很可能导致死亡。主要原因是血液凝成块在血管内流动，最终堵塞肺动脉引发'肺血栓栓塞症'。另外，据了解，在1995～2007年之间，有将近20%的美国青少年玩过这样或那样的'死亡游戏'，至少有82名青少年因此丧生，他们的年龄在6岁到19岁之间。而因为玩游戏，偷盗及杀害他人的事例也不少，上网随便一查都看得到。所以一旦沉迷游戏，便害了自己，害了家人，还害了社会，真可谓有百害而无一益。所以，从明天开始，非节假日，或者不是查找学习资料，我都将取消你的手机使用资格。"

女儿嘟着嘴，做无可奈何状。

我说："如果有闲时间的话，我倒希望你像她们一样做运动，我指了指院子里打羽毛球的两个孩子；或者像那个孩子一样，我指了指院子里正给奶奶捶背的孙女；或者去敬老院做公益活动；或者去书店染点儿书香；或者到处走走，看看祖国的大好河山。"

看着西边渐沉的落日，叹了口气，我接着说："你看，太阳又下山了，咱俩相依为命又一天了，曾经是明天的今天，马上就要变成永不回头的昨天了，人生天天都在倒计时，昨天一去不复返，明天无法预支，能抓住的，只有今天，可是，亲，今天，你的收获是什么呢？每天日落前，可曾问过自己？"

望着远天的太阳，女儿不说话。我想，她终将会明白"父母为之计深远"的道理。

悬铃花

逸气凌云香外香

《陪伴》（国画）　一等奖　黄德琴　山东省邹城市实验中学

阅读带我飞向梦里的春暖花开　　|宋庆莲|

打开书本，仿佛打开了自己的心灵窗口。在《约翰·克利斯朵夫》的扉页这样写道："真正的光明绝不是永远没有黑暗的时间，只是永不被黑暗的时间所湮没罢了；真正的英雄绝不是永远没有卑下的情操，只是永不被卑下的情操所屈服罢了。"当我读到这样的文字的时候，我的心灵被震撼着，被荡涤着，同时也被启发着，被鼓舞着……

从小，我就渴望读书，觉得只有读书的样子，才是最美好、最优雅的样子；才是最幸福、最快乐的事情。然而，那时却没有书可读，多舛的命运让我过早地从父辈的手中接过岁月磨亮的锄头和镰刀，接过父辈年复一年重复耕耘的田野，我要花更多的时间手握犁铧、种子和泥土。因此，书本在我的现实生活中，就像一部美丽神奇的传说。为了让我的心灵能够靠近它，感知它，拥抱它，我想，只有努力让阅读成为我生活中的一种习惯，让书本成为我朝夕相伴的朋友。

然而，对于生活在农村的我来说，站在窗边或者是坐在灯下，那种投入读书的景致，确实是一种奢侈的享受。在过去的岁月里，我很难拥有一本新书。我舍不得花钱买一件新衣服，但我却很舍得花钱买一本书捧在手中，当然，这只是偶然发生的事情，因为我那时确实没有多余的钱经常买书来读。曾记得，在农闲之余，我去文家店小学、中学图书室借书，向老师和朋友们借书，丈夫用单车搭着我，去离家15公里远的县图书馆借书。我从20元的借书证办到50元的借书证，再办到100元的借书证。我把借来的书籍，随手放在房间、枕边、厨房、饭桌……放在我伸手可及的地方，有半小时的空闲，我就读几页；有几分钟的空闲，我就读几行；若是连一分钟的空闲都没有，我就向书本投去温柔的一瞥。我去田间地头干活，带着书；我坐公交车带着书；我卖蘑菇的时候也带着书……总之，随时随地，我都会拿出书来读。

20多年来，我先后阅读了上百部古今中外的名著，《夏洛的网》《安徒生童话》《窗边的小豆豆》《笨狼的故事》《到你心里躲一躲》等儿童文学作品；自学了《大学语文》《哲学原理》《诗歌基本原理》《童年的栖居》《红楼儿童文学对话》等理论书刊；阅读了《万物简史》《生命海洋》《寂静的春天》《昆虫记》《再造一个地球》《生态意识与中国的当代儿童文学》等自然科学与生态环保的书籍。阅读充实着我简单的生活、寂寞的时光，同时也丰富了我对大千世界的认识，涵养了我对万千事物的审美情趣。

2002年的一个深夜，我拿起了搁置10年的笔，又开始信手涂鸦。为了追求犁铧之上的文学梦想，2009年我有幸到毛泽东文学院，参加了湖南省第八期中青年作家研讨班的学习。2012年，我有幸参加了鲁迅文学院第十八届中青年作家高级研讨班的学习。2015年，我再次奔向北京，参加了中宣部和中国作协举办的全国儿童文学作家与编辑研修班的学习。2017年8月，全国"书香三八"读书活动组委会聘我为特约作家，这让我喜出望外，倍感荣幸。

我生活在农村。栽田种地是我的职业，相夫教子是我的责任。阅读和写作只是业余生活中的一星火花。也许正是在这繁忙和浮躁的现实生活中始终保存着这星点不灭的火花，才有我人到中年的儿童文学写作。我先后创作了900多首诗歌、歌词、童谣和数十篇散文和多部童话作品，深受读者和孩子们的喜爱。长篇童话《米粒芭拉》是我奉献给孩子们的第一份礼物，我也希望自己能够在童话的庄园里，收获更多的干净、纯洁、阳光、善良、幻想、进步、正义和可爱，让美好的童话米粒，播进孩子们的心灵，滋养孩子们美好的心灵，陪伴孩子们的成长。

我感谢生活的磨砺，给了我生命和情感的体验！我感谢书籍，回首这么多年来，书本是我生命和梦想的载体。书籍给了我生存的智慧，给了我成长的力量。现在，无论我做什么，无论我面对怎样的困苦处境，我都不会丢失内心的善良和做人的本分，不会丢失心中的梦想之光。我从一名普通的农家妇女成长为一名作家。相信阅读之上，我那平庸的灵魂定能够破茧化蝶，迎着风雨之后的彩虹飞跃！

我相信生命一定会创造奇迹，用阳光的心态来写作，就会收获惊喜，懂得感恩，发现良知，获得爱。这让我更加懂得生命的珍贵和它存在的意义。我从一个青春女子步入中年妇女，一眨眼就是20年。20年仿佛一瞬间，20年又不是一瞬间。20年的坚持和努力，20年的风雨和拼搏，换来了今天的荣誉和赞许。然而，面对明天，它只是一个过去，不是未来。未来在我的脚下，未来在我迈出的新的步伐里。我知道，梦想没有终点，只有起点，是从一个起点到另一个新的起点。阅读，让我走出了田亩方圆的格局，打开了思想和灵魂的触角；阅读开启着我的心智，也拓宽着我的视野；阅读带我飞向梦里的春暖花开！

我一边手握犁铧，握住了自己的生存之本；一边手握笔头，握住了自己的梦想之根。也许，我的人生需要有苦难的洗礼；但是，我的内心一定要不被苦难所打倒。我可以有平庸的生活，我可以有卑微的情怀，但是，我的内心一定要不失美丽和优雅。我粗糙笨拙的手掌可以沾满泥土，沾满粪便的污点和肥料，但是我播下去的种子会长出叶子，会开出美丽的花朵，会结出芬芳的甜果……我记得我曾经写过这样的诗句：

我用沾满泥污的手掌
将希望的种子埋进泥土里
……

于是，快乐、惊喜、生命和奇迹
就在我污浊的掌心，出淤泥而不染
莲花般地开放了

百年燕翼惟修德 |李子燕|

　　去年寒假，孩子推荐我阅读了一本书，里面讲了一个神奇故事：僻静街道旁的一家杂货店，店前卷帘门处有一个投信口，只要把烦恼以书信的形式投进去，第二天就会在店后的牛奶箱里，收到一封温暖的回信。30 年后，牛奶箱变成了奇幻的时光机，当三个年轻的抢劫犯误闯进杂货店后，莫名其妙地帮助了别人，与此同时自己也得到了救赎。从某种意义上说，这更像一个心灵疏导站，不管是骚扰还是恶作剧，写信人的出发点是相同的，都是内心破了个洞，某种重要的东西，正从那个破洞逐渐遗失，他们强烈需要正确的指引，从而找到心灵方向。

　　说心里话，起初对这本名为《解忧杂货店》的日本小说，我并不以为意，放在床头多日没看。所谓"少年读书，如隙中窥月；中年读书，如庭中望月"，人到中年的我，已经不适合读这样奇幻温情的小说。可是孩子很执着，买来薯片，端来热茶，然后就那样巴巴地望着我，像极了从前我哄他读书的样子。于是两眼忍不住有些湿润，为了掩饰欲落的泪水，只能赶紧把视线移到书上。谁曾想这一低头，那文字神奇的组合，竟令我欲罢不能。

　　一口气读完，我意犹未尽，主动跟孩子讨论读后感。而孩子最喜欢书中的一个观点：那些回信之所以发挥了作用，是因为写信人自身很努力；如果自己不想积极认真地生活，不管得到什么样的回答，都没用。

　　郑重地凝视孩子英俊的脸庞，如此成熟的思考，令我刮目相看。曾几何时，他还是年幼的孩童；曾几何时，家里经济非常拮据，根本舍不得买书；曾几何时，

尚不知儿童绘本为何物的贫瘠之家，除了学校
发的课外读本，就是听我们讲童话故事。孩子
记忆力非常好，往往听一遍，就能绘声绘色地
复述下来。渐渐地，那充满期待的眼神，令我
倍感忧虑。那种忧虑的程度，远远超过18岁患
病后，再也不能跑跳行走的绝望；远远超过婚
后家徒四壁，白手起家的艰辛。那种忧虑，掺
杂着无比的愧疚。将孩子带到这个世界，轮椅
上的我，如何才能做个称职的母亲？李苦禅说：
"鸟欲高飞先振翅，人求上进先读书。"我跟先
生都是农村孩子，甚至我们的母亲，都没有读
过一天书。不是书香门第，没有渊博的学识，
那么，如何引导孩子知书、爱书、敬书，实在
是个大问题。

意识到阅读的重要性，先生就定期到县城
的书店，精心租来适合的书。因为来之不易，所
以倍感珍惜，遇到经典名句，总会爱不释手地摘
录下来。看到我们痴迷的样子，先生大有"望子
成龙"、"望妻成凤"之感，一面为现状而自责，
一面许诺：将来一定买所大房子，专门设计一
间书房，摆放好多好多书，爱怎么读就怎么读。

艰难的租书岁月，苦乐参半。很长一段时间，
家里没有书架，但内心的世界，被书籍填充得
愈发丰盈。孩子在书中，走过童年、少年，成
长为青年；我在书中，逐渐走出忧虑，实现了

《锦鸡芙蓉》（工笔花鸟画）
优秀奖　蒋嫔
甘肃省电力公司检修公司

文学梦想。家庭的阅读观也逐渐形成：读书应该以少为贵，不必贪多；不怕读得少，只怕记不牢。从不敢奢望"汗牛塞屋"，只求用心念书，避免成为不中用的人，这是对孩子的期望，亦是自我鞭策……

"妈，人的心声是绝对不能无视的。您喜欢写作，对人心和人与人之间的关系，有着深刻的理解。如果开一间书店式的杂货铺，用微笑抚慰人们的心灵，用温柔的笔触帮人们解忧，想不'火'都难。"孩子突发奇想。

"傻孩子，现实不是奇幻小说，没有时光机……"我笑着摇头，这个身高一米八的大学生，想法依然单纯得可爱。

"书中已经说了，一切全在自己，一切都有无限可能。我爸肯定支持，是吧？"孩子望向先生，目光炽烈。

一席话，令我怦然心动。其实早在 2014 年 4 月，被国家新闻出版广电总局评为"首届全国书香之家"时，我就梦想开一家书店。然而一旦创办，会占用很多时间，也会面临很多困难，甚至惹来未知的麻烦。是安守现在的写作，还是换一种生活方式？站在人生的岔路口，我究竟应该怎么做？

情不自禁地望向先生。先生目光深邃，仿佛变成时光机，传递《解忧杂货店》里的回答："虽然至今为止的道路绝非一片坦途，但正因为活着，正因为有梦想，才有机会感受到痛楚，才能成功克服种种困难。随着自己的心愿去做，我永远支持你。"回顾一路走来，他的目光，始终如此。

于是，释然。每个家庭都面临两个世界，一个是向外，认识世界和改造世界，提高生活质量；一个是对内，吸收精神养料。生活很普通，需要在书香的滋润下，于俗常的、琐碎的生活中，修炼遗失在忙碌中的优雅，沉淀埋没在琐碎中的深刻，重拾搁置在平凡中的梦想。如果我的"杂货店"，能让更多人爱上读书，生活才会更充实、更有意义、更有趣味。

于是，一家三口达成共识：我们的"解忧杂货店"，定名为"燕窝书馆"。春分时节，与志同道合的好友一起"垒窝"；5 月 23 日文艺志愿者日，在榆树市正式揭牌成立。

　　此时此刻，眼见着最初的毛坯房，在设计师的手中，由毛毛的灰，变成柔软的绿和天空的蓝，仿佛一只斑斓的蝴蝶正欲破茧而出，在墨墨书香中翩翩起舞。未来的日子里，我愿以最欣然的心情，迎接每一个走进书馆的人。我会告诉他们，一个关于《解忧杂货店》的故事。我还会告诉大家，是书籍推动着我，扶轮走出家乡的小村庄，遇到一个更立体的世界；是阅读引领我们一家三口，步入鲁迅文学院的大门，逐步成为完善的人。我想告诉每一个人：百年燕翼惟修德，最是书香能解忧。因此，热爱阅读吧！

《山居图》（国画）　优秀奖　陈红　四川省巴中市巴州区第一小学

读书改变我的命运 | 郑能新 |

小时候，母亲请算命先生为我推算命运，先生掐着指头来回扒拉几次，然后眉开眼笑地对母亲说："恭喜！这孩子将来要吃书饭，还是个耍笔杆子的。"母亲高兴得不得了，仿佛家里出了个"文曲星"一样。

说来也巧，后来我竟真的走上了文学创作这条路。

其实，这并不是什么命运安排，从小就养成爱读书的习惯和家庭的熏陶注定我要涉足这块神圣的领地。

我是喜静之人，喜静亦宜读书。那时，一本本连环画册就让我看得如醉如痴，上学路上，放牛山上，总有一个清瘦的孩子埋头读书的影子。记得有一本叫作《一块银元》的连环画册，曾吸引我反复阅读，而且，每读一遍都要为书中主人公的悲惨命运伤心落泪。小时候穷，不可能有太多的钱去买书，因而，总是与小朋友们交换阅读。在读过近千册小人书后，我那有点儿苦涩、有点儿艰辛的童年因之而变得愉快和美好起来。

家庭的熏陶也是我走上创作道路的一个重要因素。父亲戎马一生，经多见广，是个"故事篓子"。他一开口，滔滔不绝的故事就汇成河流，听得我如醉如痴。母亲为人忠厚，生性善良，但她一生命运多舛，似是一部博大精深的书，我在这部书里读到了许多人生启迪。其实对我帮助最大的还是我的姐姐，当她发现我在写作方面表现出的兴趣，就努力把我往创作这条路上推。她为我购买了一箱子画册和无数文学书籍，使我在那些五彩缤纷的世界里度过了美丽的童年和少年。

姐姐见我爱读书，就为我买了《欧阳海之歌》《红楼梦》《三侠五义》《西游记》等书籍。我就像一个饥饿的孩子见到了一堆美食一样，一头埋入其中。那时候，农村还没有电灯，家家靠煤油灯或柴油灯照明，有时候为了节约，还使用松明子，通宵达旦读书，鼻孔也被熏得漆黑如墨。农村不像城市，没有图书馆可以借书，自己的书不够，就喜欢借了别人书来读，如果发现人家有一本好书而一时借不到手，真是食不甘味，睡不安稳。因为喜欢读书，人也显得文静，所以乡邻们个个都喜欢，说我有书生气质。正是这些书的引导，加上姐姐对我的培养，使我慢慢地爱上了写作。姐姐似乎早就有意要让我成为作家，从写作文开始，她就对我提出了很高的要求，一是写够她规定的字数；二是要有一定的文采；三是文中要引用刚刚看过的书中精彩的句子。她还专程到我上学的学校找了她的同学——我的班主任老师，要他每天给我布置一道作文题。她自己还亲自买来一大摞纸，一张一张地裁好装订成册，并为我写上"家庭作文"字样。每天写好的作文先由她过目，再交班主任批改。姐姐的这种方式有苦读、苦作的意味，如果带着这样的目的读书、作文，其实很难找到乐趣的。好在我自己是把读书和作文当作一种快乐来消遣，因而倒也增加了许多趣味。在姐姐的苦心经营下，我不知不觉地对读书和写作上瘾了，一天写一道或两道作文题简直不费吹灰之力。有时，一天写两三个题目，还常常被老师打高分。升入高中的那年，我的语文在全县拿了第一名。70分的作文题目，主判卷老师坚持要给满分，成了当时轰动全县的一件大事。

高中毕业回乡后，在枯燥繁重的体力劳动之余，唯一的乐趣就是读书！一头沉浸在书本之中，就像徜徉在美丽的景色里。这个时候阅读的主要书目是中外古典名著和一些文学杂志。读书之余，尝试着进行文学创作，也写出并发表了不少文学作品，并得到了英山县文化馆的精心栽培。英山县文化馆素以出作家而闻名，一个不足40万人的县，竟出了熊召政、姜天民、刘醒龙等几位在全国颇有影响的青年作家。有这样的环境和氛围，我就像被人牵引着一样沿文学之路奔去。在文化馆精心培养的同时，我还得到了省内外许多良师益友的悉心指教，创作颇有长进，常有作品发表、获奖。后来，我被调入县文化馆从事文学创作辅导工作，由一个农民成为国家干部，引起了千万业余作者的羡慕。此后，我不仅成为中国作家协会会员，竟还得到了很多社会兼职，工作也数次变动，如今竟到了古城黄州东坡曾经结庐的赤壁山下居住、生活、工作，于我而言，此生已无憾矣！

读书，不仅改变了我的命运，也改变了我的人生境界。

每逢清闲午后，亦或落日黄昏，独处一隅，以一杯清茶相伴，翻开手中书卷，任思绪随之飞腾。在书本的海洋里，感觉亲情如灯，于悄无声息中照亮我们生命的每一个角落；品味人生似棋，在惊天动地里演绎着是非成败的每一个道理；看云卷云舒，任花开花落！读着那些美丽的方块文字，人就会产生一种舒缓的感觉；嗅着那丝淡淡的墨香纸香，你就会醉心其间心旷神怡！有书相伴，就像有人与你对话；有书相伴，你似乎就有了高山流水知音！这时候，什么功名利禄，什么千烦万恼统统都抛到九霄云外去了！

古人云："一日无书，则兴味索然；二日无书，则失魂落魄；三五日无书，则命悬一线矣！"这种读书精神确实达到了很高境界，这恐怕是我辈所不能及的。但我自认为还算是识得读书之雅趣，有书在手，其乐无穷；有书在手，可以忘掉一切。当然，也不能盲目地乱读，书还是有选择的，起码不是俗流，品味必须高尚。如今有个流行的说法："过去的书由文人来写，大众阅读；现在的书由大众来写，无人阅读。"此虽有"窥一斑见全豹"之嫌，但也确实反映了当下出版物泛滥成灾的弊端。所以，当下读书还是要选择，选对了书才于己有益也。

读书能够读出乐趣，读出雅气，那才算是真读书。当然，要得读书之雅趣，须有读书之心境。这是万不可少的。如果先存功名之心，心里想着"书中自有黄金屋，书中自有颜如玉"，"读书破万卷，下笔如有神"，哪怕是难得读出真正的雅趣！有人说过："也许有一天，读过的东西会全部忘掉，但正是这个忘掉的过程，塑造了一个人的知识结构和举止修养。"未曾先入为主，这也算是识得读书之雅趣的，如今，能够达到这种境界的怕是也不多见了。

今人也把读书划了几种境界，第一境界：孤舟蓑笠翁，独钓寒江雪；第二境界：采菊东篱下，悠然见南山；第三境界：会当凌绝顶，一览众山小。细心体会，妙不可言，众人参悟，各有所得。不过，于我而言，我还是喜欢随心所欲、自得其乐的读书方式，没有任何功利色彩，不带一点儿投机目的。这样读来就会放松心境，就能真正可以体会到读书的雅趣和乐趣！

读书有益，读书大有益处！

《腹有诗书气自华》（国画）　　二等奖
杨晓静　遂宁市高升实验小学校

透过渴望游书海 |睬雪|

金秋八月，长春第十届书展在南岭体育场举办。赶上星期日，我去购买图书，时间是敞开的。

有人说，书是宇宙，在书的海洋里徜徉，可以上至天文地理，下至万事万物，眺望九极，心游万仞。的确，读书赋予人的智慧是无穷的。为了获得这一赋予，我家的书房在升华，每隔一段时间就会增加新的内容。每当举办图书展览，我一定会去漫游无边的书海。

购买图书，并不是简单的消费，而是精雕细刻般的选择。

记得 10 年前，走进全国书市——长春国际展览中心的大厅购买图书，心里特别兴奋。那时候，家里住的是公房，只有几十平方米，自家制作的书柜只有两套，图书也只有千余册。常常是在晚饭后，不由自主数数图书的数量，看看都读过了哪些书。心里对阅读的渴望，对收藏图书的需求是那么的殷切。全国各大出版发行部门在长春联合举办图书展览，我自然要去逛逛。那一天，长春市区阴雨连绵，我身披细细的雨丝，心旷神怡。走进那摆满了书的宽阔殿堂，在那里买书，仿佛是对世界的巡礼。我在比肩继踵的人群里挨个书摊寻求着，在那琳琅满目的书籍中一本一本地选择着，聚精会神地翻阅着，每每翻到一本自己喜爱的书，不管它的定价如何，我会不假思索地握在手中。喜闻书中弥漫飘散的油墨清香，心里像是迸发出一种从未有过的兴奋感。付过书款，享受自己有一本好书的感觉，更是别有一番滋味。

　　读书是一种心境，是一种对文化知识的向往和追求；买书也是一种心境，读自己购买的书，读得自然，读得踏实。走在浩如烟海的书摊前，心中蕴藏着这样一种想法，送出去的是钱，获得的是知识和智慧。在这个时刻，头脑中没有了任何奢望，以往生活中不愉快的琐事、工作中忙忙碌碌的疲劳都像白云一样悠悠而去。当我走向北京大学出版社的书摊，一本《中国山水文化大观》进入我的眼底。这是一部十分精致的16开本，我小心地翻开这本书的目录，那些醒目的标题吸引了我："沉沉帝王梦，浩浩燕赵歌，眷眷中州情，厚厚三晋土……"一本千余页的文化大观从地处华北平原的北京到东北的长白山、古城拉萨、风光秀丽的江南，用诗一般的语言描绘了祖国山水名胜的历史和美景。好书，一本值得阅读的好书！我又翻开封底，十分慎重地看一眼定价：150元。在当时这可是我一个星期的工资啊！掂量这笔钱和这本书的重量，一种求知的欲望占据了我整个的思维，我心安理得买下这本书，作为我永远的精神财富。

　　渴望好书，没有读过的名著就想买，舍不得花钱买高档衣服，却舍得花钱买书。在我内心深处，一本好书能把自己带到一个新鲜的领域，同时也是饱览生命的风光。读好书，似乎就是在和书中优秀的思想家娓娓交谈，这会给人带来无穷的启迪。走在书海中，突然想起有一次去同学家做客，发现一本杂志刊登的题为《怀念赵树理》的文章，当时我一口气读完了。这篇文章重点介绍了赵树理的代表作《小二黑结婚》。这篇小说曾经被改编为话剧演遍全国，我小时候就听说过，但我从来没有看过。《小二黑结婚》也是一篇很有影响的小说，可我的书房里还真的没有赵树理的作品。应买赵树理的作品，我很快寻找到了赵树理文集，这是一套系列丛书，同时还有其他名人的文集，每册20多元钱，我把这一套丛书都买下了。

　　我在很认真地寻求着，一本《红旗谱》出现在我眼前。我读过这本书，但那是借别人的，而且已经是20年前的事了，我当即决定买下来。拾起这本书，再扫一眼那些排列着的图书，《野火春风斗古城》《四世同堂》《林海雪原》等一套系列丛书尽收眼底。都是名著，我好眼馋。读书就要读名作品，这是一种心境，也是一种渴望。于是，我把这一套丛书也买下了，又花去我半个月的工资。渴望好书，购买好的作品是一种美的享受。苦闷的时候，读几页书，所有的思绪都会浸透在书中那思想和艺术的波涛里。

书海无边，那一天我在挤满了潮水般人流的大厅里转来转去，身背装有图书的背包越来越重，全身都处在闷热中，但没有一点儿疲劳感，只觉得这是生命的温度在升高。走出书市的大厅，蒙蒙细雨仍然时断时续，我又觉得自己是处在雨露的滋润中，从心扉里洋溢出来的是一种浓郁的向往，拥抱书海的情怀。携带几十本书回家，心情很舒畅，一辆辆出租车从我身边奔驰而过，想想几乎两个月的工资没了，我只能花1元钱乘坐公共汽车回家。

回想那一次逛书市，已经是10年前的事情了。如今，再次游览书市，并不是大批购买，而是精心淘宝。因为，家里已经拥有5000册以上的图书，哲学的，历史的，中外名著琳琅满目。为了收藏图书，省吃俭用购买了160平方米的住房，而这套住房几乎排满了书柜。出发前，我又在书房里巡视了一圈又一圈，突然发现从前购买的《金光大道》只有第一部分，没有第二部分，这在书房里应该是个缺憾。于是，我在书市里寻找旧书摊位，整整寻找了两个多小时，终于买到了《金光大道》的第二部分。

要回家的那一刻，我带满了沉甸甸的收获。我家书房里，又将增添《金光大道》《艳阳天》《西沙儿女》等20世纪出版的图书，也增添了许多莫言的作品。其实，莫言的《红高粱家族》我已经有了一套，那是2013年购买的，但我没舍得阅读，原封不动放在书柜里，收藏起来了。想读莫言的书，我只想寻找单行本的来读，就像喝散装的酒，舍得。

今年8月下旬，我又购买了100多册图书，丈夫和女儿去书市接我，累并快乐着。因为，藏书是我们共同的爱好，读书是我们共同的乐趣。

枕着书香入梦　|季纯|

古人云：一日无书，百事荒芜。古人的此番言论，定是体会到读书的种种妙处顿悟出来的。

从前的孩子大都是爱读书的吧，从前的生活也不像现如今这么令人眼花缭乱吧！从前的生活慢，人心安静，以书为伴，开阔了视野，滋养着心灵。像我这样的文学青年不说是嗜书如命吧，也陆陆续续读了不少好书。厚厚的上下两册《飘》，就能读个四五遍，可见喜爱的程度。阅览室是每周必去的地方，杂志、哲学类书籍、文学名著应有尽有。忽然发现了一本好书，惊喜万分，如获至宝，一只手刚刚翻开书的扉页，却发现别人的手也同时握住了这本书，只好互说一句抱歉的话，才发现自己眼里只有书而忽略了人。

一本书刚读完，想读书的朋友们早就在后面排队候着呢，比如一本《简·爱》，一时间就排了七八个人的长队在等。大学时，几乎我借阅的每本书，我的同桌都会牢牢地把握"书非借而不能读也"的铁律，趁我不读的空隙拿去一气读完。之后我们还要互谈读书感受，分享其中快乐，那种美妙的感觉只可意会不可言传。那时我的枕边始终放着一个笔记本和几本书，笔记本是用来记日记的。晚上临睡前，必做两样事情，一是写日记，二是读书。写日记，是与自己的灵魂对话；读书，是与知心朋友对话。习惯晚睡的我，几乎每天在寝室灯熄了之后，在自己的蚊帐内，点上一支红烛，在室友的鼾声中写写读读，心静如水而又充盈。倦了困了，枕着书香睡一个美美的觉、充实的觉。偶或说梦话，也是用一首散文诗把室友们吵醒，至今成为她们的笑谈。若哪天晚上耽误了读书，心里便有一种空落落的感觉。那时相信读书不能改变人生的长度，但可以改变人生的厚度。

曾几何时，长期养成的读书的好习惯不经意间改变了。我竟变成了低头一族，没事就翻看手机。临睡了，明明已是晚上 11 点了，还要把手机打开看一看，朋友圈里逛一逛。唬人的标题党们往往用"出大事了"等等的词语，吸引眼球。东瞅瞅、西看看，一个小时就过去了。正欲睡时，忽然看见哪里又有什么大事发生了，说是瞄一眼，几分钟又过去了。网络充斥着的暴力血腥事件一不小心就装到了脑子里，在这种情况下睡着了，梦却变得玄幻而惊恐了。那么好吧，以后就在公众号上看看文章吧，可是碎片式的阅读永远也不能替代书籍的阅读，一天天，一月月，一年年，才发现手机的蓝光带来了多少意想不到的辐射。视力下降了，动不动眼睛开始流泪，看着看着，脑子里竟是一片空白。也许是心灵鸡汤类的文字太多了，说是不爱看，一不小心还是看了一些，这时才发现网络是把双刃剑，鱼龙混杂，巨大的信息量，并不全是好的。

看手机太浪费时间了。好在有所醒悟，于是，重新审视自己的生活，痛下决心：以后少看手机！在科技高速发展的今天，完全不看手机是

《黄鹤楼》（国画）　优秀奖
刘学玉　中建钢构华中大区

不可能的。但若看，也得有所选择地看。要多看书，多写作。

现在，我的床头柜上又是一摞书和一本日记本了。受我的影响，爱人也是没事手握一本书品读着。读到好的文章，我们会彼此分享与交流。对于我写的文字，他也会提出一些中肯的建议。畅游在浩瀚的书海里，我们的生活悄然改变着，书使我们变得智慧、自信、快乐。于读读写写中，我陆续发表了一些文章，获得了一些文学类奖项，出版了自己的散文集，加入了省作协。我的半径开始变大，我的人生渐次丰盈。

重拾以月为友，以灯为伴，一卷诗书手中握的日子；重回到夜晚读书写作的慢时光，遂看到木心先生的那一首感动无数人的诗歌《从前慢》：

记得早先少年时

大家诚诚恳恳

说一句　是一句

清早上火车站

长街黑暗无行人

卖豆浆的小店冒着热气

从前的日色变得慢

车，马，邮件都慢

一生只够爱一个人

从前的锁也好看

钥匙精美有样子

你锁了　人家就懂了

慢下来，慢下来想一个人，写一封信；慢下来，慢下来读一本书，依着淡淡的墨香，慢慢枕着书香入梦。

却因阅读染书香　　|喻贵南|

　　小时候，有一次我和姐姐去外婆家，在外地工作的小舅回来了。久未谋面的小舅只跟姐姐说话却冷落了我，当时我心里有些不开心，便找来一本书，在无人的地方悄悄读了起来。读着读着，居然入迷了，晚上临睡前还在为书中人物的悲欢离合而扼腕叹息，因小舅带来的负面情绪，早被抛到爪哇国了。

　　从此以后，不开心或无聊时，阅读便成了我童年时的忘忧草。可是我们那山沟沟里，方圆二十里内，至今没有一家像样的图书馆，对于喜爱阅读的孩子而言，课外读物在当时真可谓一书难求。每每得到一本不曾看过的书，我都会欣喜若狂，捧读再三，甚至将其中喜欢的情节摘抄下来，闲时慢慢品读。因为阅读，我了解了很多知识，学会了很多东西，尤其是写作水平在潜移默化中有了很大的提升。

　　毛泽东曾说："三日不读书，赶不上刘少奇。"慢慢的，我却：三日不读书，心里闹得慌。是的，如果说，我是青梅，那么阅读，不知不觉，就成了我不离不弃的竹马。也正是因为历年来的坚持阅读，才改变了我的命运。

　　2006年，我开始接触网络，开博客写日记，至今10年，期间写了《姐妹初长成》《我要跟你在一起，永远》等网络小说，儿童作品《喻贵南的寓言童话集》，到出版长篇言情小说《闭着眼睛裸爱》和童话小说《萧汉与狗怪的传奇》（上），同时写诗约200首，作词作曲并演唱几十首歌，陆陆续续写散文若干。

　　10年里，只在操持家务或上班之余，我才码字。有人说，我这"半路出家"

从事创作却文笔好，是因为悟性好；也有人说我是厚积薄发。我宁愿相信是后者。

是的，与其说是因接触网络才码字，是网络改变了我的命运，不如说是阅读改变了我的命运，是长期的阅读激发了我的创作热情。网络，只是一个载体而已。

也正是因为酷爱阅读，我从小便有一个梦想，那就是：畅游书海，随时能跟诸子百家的大师们喜怒哀乐。这个梦想，于长期漂泊在外的我而言，就像风中的蒲公英，却只能在睡梦里悄悄落脚。

结束漂泊生涯，回到老家。一日，亲友闲聊，说到新华书店耗巨资进驻校园，我突然有种心动，似乎看到了我那由来已久的书香梦，正款款而来……

谢谢老天爷，谢谢宁乡县新华书店的工作人员，手把手地教我书店的收款流程及相关，在宁乡中心门市领导和员工们的辛劳下，城北三家书店，在今年9月的开学之初开业了。而我，被安排在城北春城校区那个100多平方米的书店内，有幸和师生们一起浸染书香。

都说教育需要的是量体裁衣，而不是削足适履。正如郑渊洁说的那样，好老师用50种方法教一个学生，差老师用一种方法教50个学生。而书店内藏书丰富，何止50种方法，可以说汇集了各种名家经典。是的，书籍是人类进步的阶梯，也是人类的老师。所以新华书店为了祖国的未来，为了孩子们的明天，以公益性质进驻校园，倾情打造校园书店，就是为了方便孩子们阅读。

学校的老师们同样在努力，为了使孩子们闲暇时不沉迷于手机、游戏，而是阅读一本好书，吸取书中的精神营养，从中找到乐趣，让学校成为书香校园，让孩子们成就书香人生。

开业之初，546班的班主任便带着全班同学来书店自由阅读，感受阅读之乐。接着，其他很多班级，先后在其班主任的带领下，来书店开展自由阅读活动，感受着不一样的书香。

看着孩子们如饥似渴的阅读模样，我常常会想起那些经典诗句："书中自有黄金屋"、"书中自有颜如玉"、"书中车马多如簇"。我想，这些孩子们即便不能找到梦中的黄金屋、颜如玉和车如簇，也当身染书香，拥有一份难得的气质人生。

若干年以后，当他们跟我一样，因阅读而改变了生活、改变了命运、改变了人生的轨迹的时候，回首往事，忆及今日的校园书香，想必跟我此时一样，不由得感慨一翻，在纸上倾斜一翻笔墨了。

愿校园的书香更浓！愿每个孩子在老师们的精心培养下，都能找到自己的黄金屋、颜如玉和车如簇！愿每个人都有着不一样的精彩人生，却因阅读染书香，而因书香更精彩！

《书香传家》（重彩画）　三等奖　伍健　四川省昭觉县幼儿园

猜猜我有多爱你　｜李子燕｜

　　北方的初秋，午后暖阳，天高云淡。在我的燕窝书馆活动室，启动了"家庭读书会"项目，参与者是20个家有4～14岁少儿的家庭。

　　之所以倡导这个读书活动，是因为我觉得：书籍是亲子间重要的交流媒介，它赋予了父母洞察一切的能力。亲子阅读，不是单纯的同读一本书，其间遍布很多细枝末节，这些点点滴滴的细节像一个纽带，会让家长和孩子的感情基础更坚实。因此家庭读书会，是亲子交流的最好途径，家长只有先读懂了孩子的内心，才能更好地引导和互动。

　　我很向往这样的画面：温暖安静的午后，一家人围坐在沙发上看书，透明的玻璃杯中茶叶在跳舞，悠扬的古琴曲在空气中回荡。正所谓"一卷在手，满室生香"，世上没有什么能胜过书香的滋养，如此温馨祥和的家庭氛围，应当是孩子最好的成长环境——更确切地说，是家长和孩子共同成长的环境。

　　对于我的这种向往，很多家长们表示支持。毋庸置疑，每位家长都爱孩子，都希望给孩子最好的教育。然而同时，她们又无比困惑：什么是好书？到底怎样做，才算是合格的亲子阅读？家长强烈渴望找到一本"秘籍"之类的东西，使用起来立竿见影，不仅让孩子爱读书，而且能写书、讲书，成为知识渊博、思想深邃的成功人士。

　　关于好书的定义，不同的人有不同的解读，我一直认为：好书，应该对孩子身心健康有益；应该能引起好奇心，让孩子发散思维；应该能让孩子产生越多问题，激发深层次的探究欲望。几年来，我曾经多次在不同的场合，分享儿童绘本《猜猜我有多爱你》，因此对于本次家庭读书会，这本书更是不可或缺。这是一本世界性的睡前故事读物，充溢着爱的气氛和快乐的童趣：一只小兔子和一只大兔子，比赛谁的爱更多一些，大兔子聪明智慧，小兔子活泼可爱，最后两只兔子都获胜了。其实重要的不是比赛的结果，而是此间互动的细节和感动，尤其是最后的场景，小兔子望着灌木丛那边的夜空，想不出比黑沉沉的天空更远的距离了，于是信心满满地说："我爱你，一直到月亮那里。"而大兔子的回答，令我的眼眶瞬间湿润："我的爱一直到月亮那里，再回到你身边。"

缘于这种纯真的感动，我对"好书"有了全新的定论：一本好书，应该在孩子心中播撒下爱的种子！在成长的路上，很少有人会仔细想想："我对你的爱"究竟有多少？尤其沉浸在幸福中的孩子，从小被呵护在"蜜罐"中，不仅没吃过苦，对"甜"的滋味也司空见惯，慢慢的，慢慢的，身在福中不知福了。所以我认为，亲子阅读是唤醒孩子幸福感的最好方式，一起品味墨墨书香，一起回忆亲子趣事，一起"比比爱"、感受爱、分享爱，一起快乐成长，还有比这更美妙的事情吗？

于是，在参赛家庭传递的信息中，我看到一幅幅温馨的镜头：父母放下手机和电脑，秋阳般温暖的笑容罩在孩子身上；孩子前所未有的安静，捧读书籍的样子那么认真；此刻构筑的大小片段，都会被孩子牢牢铭刻一生。

于是，我又开始想象未来的场景：多年后，孩子从幼童走向耄耋之年，坐着摇椅晒太阳的时候，当年父母陪伴读书的感觉，定是所有回忆中最动人的，如吉姆·崔利斯的名言般永恒："你或许拥有无限的财富，一箱箱的珠宝与一柜柜的黄金，但你永远不会比我富有——我有一位读书给我听的妈妈！"

有阅读专家曾经打过一个比方：一张报纸对折30次，厚度可以高过喜马拉雅山；对折42次，厚度可达40万公里，相当于从地球到月球的距离。所以，珍惜与孩子一起的阅读时光吧，家长若是能陪孩子阅读42本书，那么亲子间的爱，

真的可以"比山高比海深"，可以"到达月亮再回到你身边"。

相信吧，亲子阅读最受益的，是孩子；因为爱，本身就是一种力量。

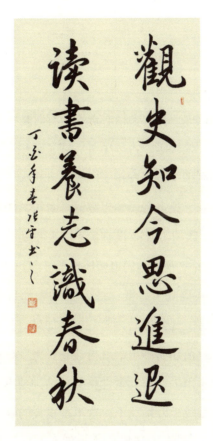

《观史知今思进退　读书养志识春秋》
（大楷）　三等奖　张平
广东电网有限责任公司珠海供电局

没有卖不出去的豆子　　|李子燕|

　　每周给学生们上阅读课，我都会精心选题，有时是一则故事，或者一篇美文；有时是一首乐曲，或者一幅图画。古今中外，或长或短，或深刻或浅显，原则只有一个：在轻松愉悦的氛围中，引发孩子的思考和想象，从而悟出一个道理。孩子们积极互动，妙语连珠，很多奇思妙想都闪烁着智慧的光芒。

　　有一次，我选了犹太人的名言："没有卖不出去的豆子。"孩子们的眼神充满好奇，由于之前不知道这句话，所以他们迫切地想了解：豆子究竟是怎样被卖掉的呢？

　　在大家的期待中，我揭晓了答案："卖豆子的人如果卖不掉豆子，就把豆子拿回来，加入水让它发芽。几天以后再卖豆芽。如果豆芽也卖不出去，就干脆让它长大，卖豆苗。如果豆苗还卖不出，就再让它长大，移植到花盆里，当作盆景来卖。如果盆景还是卖不出去，那就索性将其移植到地里。几个月后它就会结出许多新豆子。一颗豆子变成千万颗豆子，这不是更大的收获吗？"

　　孩子们恍然大悟，几乎异口同声："哇，犹太人真聪明！原来，卖豆子可以这么有趣！"

　　我笑了，让他们再慢慢地读，细细地品，不要停留在表面上。从豆子到豆芽，再到豆苗、盆景，最后到更多的豆子，说明犹太人面对绝境时，从未轻言放弃，而是利用聪明才智，敢于另辟蹊径，最终走出"败中求胜"的新路。

　　孩子们频频点头，显然已经悟出了这个道理，不过更吸引他们的，却是"犹太人"三个字！大家七嘴八舌，兴奋地各抒己见：犹太人是什么人？是哪个国家

的？说什么语言？长什么样子？为什么如此聪明？他们那里豆子很多吗？

面对五花八门的提问，我灵机一动，另辟蹊径，从"败中求胜"的主题，将孩子们引领到"阅读"的话题。

犹太人，世界上最爱读书的民族，他们把读书作为传承教育、传统、知识的手段，鼓励人们学习和思考，认为"读书方知敬畏知识"，"学而知不足"。在他们的眼中，读书跟水和粮食一样不可或缺，生命可以结束，读书却无止境。他们爱书、敬书的程度，值得全世界的人学习：孩子出生后不久，母亲就会读《圣经》给他听；而每读一段后，就让孩子去舔一下蜂蜜；孩子稍微大一点儿时，就会在《圣经》上滴一点儿蜂蜜让孩子舔，感觉书籍是甜甜的。当书破旧得不能再修补的时候，他们会郑重地埋葬它，而不是焚烧或丢弃。这样一个独特的民族，在各领域都人才辈出，比如爱因斯坦、马克思、弗洛伊德，等等，正是读书赋予他们伟大的思想、强大的力量……

孩子们认真地聆听着，神态也前所未有的庄重，原本好奇的眼神中，渐渐多了一些仰视和敬畏。我不知道，这堂课算不算"跑题"了？但我知道，让孩子们了解这个"读书的民族"，相信"书甜如蜜"的感觉，真的很重要。

唯愿这些孩子，能把阅读变成一种生活方式。唯愿多年后，他们一个个长大了，面对如何"卖豆子"的问题时，能想起这堂阅读课。世上"没有卖不出去的豆子"，只要把智慧变成力量，就能化危机为转机，不断收获惊喜和成功。

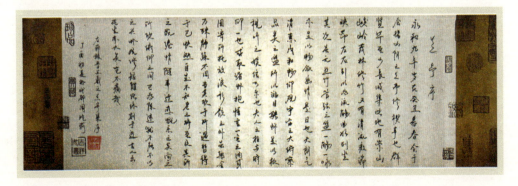

《兰亭序》（硬笔·楷书）　优秀奖　周晓莉　成都双流国际机场股份有限公司

站在阅读的高度鸟瞰人生　　|许放|

阅读改变人生，阅读改变命运，阅读使人生繁花似锦，阅读让我们感知大千世界的宽广与博大。

在阅读中，我品尝了百花的清香；在阅读中，我实现了甜蜜的梦想；在阅读中，我完善了人生的规划；在阅读中，我汲取了丰厚的营养。

是阅读让我的梦想得以腾飞，是阅读让我在厄运中重获新生，是阅读让我的生存有了勇气和力量。如今站在阅读的高度上鸟瞰人生，让我们这个三口之家，有了幸福的阳光。

曾几何时，那个摇摇欲坠的愿望，点亮未来的梦想……

那是夏天的夜晚，四周安静，花睡了，鸟也睡了，周围一片静谧。只有一户人家的窗口还依然亮着灯，一家三口焦急地盼望着，等待那一时刻的到来。忽然，电话铃响了起来，妈妈急忙抓起电话，爸爸和孩子也迅速地围拢过来，只听电话的那边说："孩子完全有希望考上本科的……"妈妈："嗯……嗯……嗯……"此时的妈妈泪水滂沱顺着皱纹流下来，一家三口抱作一团，喜极而泣。那是幸福的泪，是激动的泪，是欣慰的泪……这是那年高考分数公布时，发生在我家里的场面。

还记得，孩子上小学三年级的时候，我发现孩子的朗读能力特别差，总是磕磕巴巴的。于是我就和老师沟通，让老师上课多提问提问他，给他尽可能多地展示自己的机会。可是老师的一番话让我目瞪口呆，老师说："你的孩子磕巴，提

问的时候，说半天都说不明白，弄的课堂哄堂大笑。我们班 40 多名学生，好半天都调整不过来课堂氛围。我们讲课是有课时的，误了时间到年末是讲不完的。"听了老师的一番话，我的心既痛苦又无奈。自己的孩子怎么能这样差呢？扪心自问，不眠的夜晚，我在拷问星星，星星也不语。我开始翻阅有关教育孩子的书籍和资料，开始大量阅读著名教育家卢勤和孙云晓的书，桌上的书越摆越高，可我还没有从中找到解决问题的办法。

我更加焦虑不安，整夜失眠，经过两个多月的思考，我终于想出了一个办法，我陪他阅读。每天中午放学，孩子一进家门，我就陪他朗读课文，有时是课本，有时是我看过的文章，都是励志的。孩子朗读完要给我讲一遍，说出文章的内容和梗概。这样既锻炼了孩子的朗读能力，也锻炼了孩子的记忆能力，还锻炼孩子的思考能力。孩子朗读的好坏，我都不责备他，总是鼓励他，并且允许他看一小会儿电视作为奖赏。看电视的时间是以我做午饭的时间来决定，做饭时间长他就多看一会儿；做饭时间短，就少看一会儿。吃饭的时候，电视节目无论多有吸引力都要关了。这样，无形中也培养了孩子的取舍能力，拿得起放得下。经过我们母子的不断努力，到了初中，孩子竟然不磕巴了，而且朗读和演讲还经常受到老师的表扬。通过朗读，孩子拓宽了知识面，增加了自信心，也提高了写作水平，孩子的作文经常被作为范文在班级朗读。

阅读改变了孩子的窘境，阅读耀亮了孩子的天空。通过阅读，孩子逐渐喜欢上了地理和历史。墙上挂的中国地图，世界地图他都能背下来，只要说出任意一个城市的名字，他就会说出这个城市的地容地貌，特产景观等；通过阅读《中华上下五千年》，他懂得了丰厚的历史知识，同学们有不懂的问题都纷纷向他请教，他的地理和历史每次考试都在 98 分以上。阅读真真切切地提升了孩子在班级的地位，学习也直线上升。

在引领孩子阅读中，家里的电视总是闲置一边，丈夫无事可干时，也会捧起一本书津津有味地读，渐渐地他也开始喜欢看书，而且还爱写读书笔记，他的养生偏方就写了几大本。邻居们有需求时，他会主动献出药方。

在引领孩子阅读中，我的文学创作水平也得到了提升。诗歌散文不断地在报刊发表，被各个微信平台转载。我先后被中国诗歌学会，中华诗词学会，黑龙江省作家协会，黑龙江省诗词协会吸收为会员。

在培养孩子的阅读中，我得到了快乐；在追求完美生活中，我愉悦了心情。每天闲暇的时候我会阅读、写诗、作画，我的诗歌、版画都曾获过奖。我这些成绩的取得，都是源于我陪孩子阅读，在阅读中我与孩子共同进步。孩子顺利考上了大学，如今大学毕业找到了理想的工作，有了自己精彩的人生。作为母亲，我没有能力给予他物质上的富裕生活和享受，但是我能给予他的是精神上的力量，是坚强，是自信，是面对困难的拼搏和勇气。

阅读改变命运。我们一家人都热爱阅读，阅读让人生有意义，让生活更精彩！

《眺望》（装饰画） 优秀奖
任瑞红 濮阳市第八中学

书香奶奶的书香梦　|尹慧|

啥？书香奶奶不识字？不识字叫啥书香奶奶呀？

"奶奶，我们都是您老的粉丝！"7个专门到书香奶奶家看望她的高中生、硕士生、博士生"铁粉"说。

"啥？啥叫粉丝？你们一个个都不能吃叫啥粉丝？"书香奶奶张大的嘴巴半天合不拢。

书香奶奶一开始真的是一个大字不识，但她却用5年时间书写了一个个传奇：63岁开始学识字；76岁开始写作，"出道"就没有遭遇过退稿；79岁加入中国作协，是加入作协时最年长的作家；每年完成一部10万字的小说，每一部都很畅销。

书香奶奶在北京举办过作品发布会，在中央电视台做过一期访谈节目，在《中国诗坛》线下开过读者见面会。短暂的创作，惊爆的成绩，不能不说是一个神话。

2017年6月22日，在黑龙江省作协举办的中国作协会员深入贯彻学习习近平总书记讲话精神的培训班上，我有幸见到了书香奶奶许淑敏。

她，个子高挑，一袭藏蓝色丝绒镶水钻旗袍，把书香奶奶匀称的身材勾勒得恰到好处。书香奶奶鹤发童颜，精神饱满，圆圆的脸庞，白里透红，那双清澈的大眼睛，童真中闪烁着智慧的光芒，浑身上下都散发着浓郁的书香。你只需看上一眼，便会被书香奶奶的优雅气质所俘虏。

晕！书香奶奶不识字，怎么能写书？这故事太离谱了吧？

书香奶奶不识字，她的宝贝女儿识字啊，不用眼睛看，可以用耳朵听的。

书香奶奶早些年喜欢听评书，听小说，然后她崇拜可以把故事里的人物写得活灵活献的作者；书香奶奶近些年喜欢听女儿给大学生讲写作课，于是她崇拜可以把写作课讲得出神入化的女儿。天长日久，书香奶奶的心中有一颗种子开始蠢蠢欲动，但，她尚不明确这是一颗什么种子。

传奇奶奶60虚岁的时候，老伴去世。女儿为了不让母亲过度悲伤，分散她的注意力，建议书香奶奶学写字学认字，书香奶奶正在悲恸时段，哪里有心思写字认字？三年之后，孤寂的书香奶奶有了学写字学认字的欲望，但是，太困难了！初学写字时，手不听使唤，一个字能写成三个，而且书香奶奶发现：写一个字的时间如果用来认字，能认好几个字呢，于是书香奶奶改变了套路：先学认字，再学写字。认字，为书香奶奶打开了一扇认识世界的窗口，而写字则为书香奶奶打开了一扇走出封闭世界的门。

2012年6月，76岁的书香奶奶深埋心底的那颗种子发芽了！那是一颗文学之树的胚芽。

书香奶奶开始写作时，只是为了找个营生做，她谋划着从写自己的故事开始，写过几天之后，书香奶奶写字和写作的速度一天比一天快。半个月过去了，书香奶奶感觉自己像打麻将一样上瘾了，明显的表现就是睡不着觉。从前，不睡觉脑袋就疼，写作上瘾以后，醒了就写，一天只睡4个小时觉，脑袋也不疼。

书香奶奶写到1万多字的时候，女儿把妈妈的文字发表到新浪博客上，引来一片叫好声。河南籍的一位知名作家说写得真好！选材好，情节好，应该投稿。于是女儿就把文章投递到北京某刊物，没想到，一投即中，还得了3000元稿酬！书香奶奶高兴得一夜没睡，百思而不得其解：我写的东西怎么会这么容易就发表了呢？

随后，出版社也找来了，目的：给书香奶奶出书。63岁才开始识字的书香

奶奶的第一本书就这样诞生了。

新书发布会上，书香奶奶说："我对我的作品要求质量，不要求数量，一年出一本10多万字的书就行。"书香奶奶话音未落，下面又鼓掌又哄笑，书香奶奶懵了，不知大家为啥笑得这么厉害。陪同的女儿悄悄跟她说："娘啊，您吹大了！专业作家也不敢这么承诺。人家笑的是：您一个文盲能一年写一本吗？"

"怎么不能？"书香奶奶脖子扬得老高，就像8岁的孩子。

书香奶奶真的做到了，令同是作家的女儿深感吃惊。

就连书香奶奶自己也没想到，写作给自己带来了太大的改变。自从开始写作，书香奶奶眼神充满了自信，精神异常愉悦，她觉得自己活得有尊严了。

身为作家的女儿，提起书香奶奶的收获，满心满眼的钦佩，她自豪地说："娘身上有一种特质，那就是坚持。"

十年磨一剑，对于年轻人来说，是历练。但，对于书香奶奶来说，是考验。那些磕磕绊绊、亦步亦趋的识字习字的日日夜夜，远没有心情放松地躺在床上睡大觉来得舒服。

80多岁的书香奶奶不敢倦怠，因为她的心中有梦，她的梦想是一朵开在岩石间的小花，坚忍而又执着，努力地散发着幽香。

拘泥于自己的故事，这是很多作者的通病。而书香奶奶从第二本书开始拓宽写作面，像年轻人一样，经常去民间采风，她自己戏称为"上货"，智慧幽默风趣，决定了她的"货"源充足，"货"色纯正，也决定了她的货品炙手可热，香气四溢。

书香奶奶的书香梦，瑰丽，神奇，接地气。

天堂的样子就是图书馆的样子 　|宋庆莲|

伟大的阿根廷作家博尔赫斯说："天堂的样子就是图书馆的样子。"

20多年前，一座矮矮的黑瓦背的土墙屋，掩映在一片椿树、枣树、枇杷树和桂花树之中。可就在这间土墙屋里，我仰着头，望着挂满蜘蛛网的屋顶，曾无数次幻想着天堂的样子：一面墙镶满书籍的小书房。

我在矮矮的土墙屋内，清理了一面墙，脱落的土墙灰在眼前漂浮游移。我跑到文家店的老街，好不容易在个体商铺里收集了几张发黄的旧报纸。回到家，我将旧报纸一张一张贴在墙上。再把一个老式的木桌放在墙边，把一个杉木书架搁在木桌上，再把箱底的几十册藏书《唐诗三百首》《悲剧心理学》《玛利亚·奈拉》《简·爱》《漂亮朋友》等搁置上书架，我的心里忽然了有一种神圣尊贵的感觉。

几十册书，书架显得有些空荡，但这间土墙屋总算是有些书香气了。在书桌上一个缺口的小瓷杯里，放一撮泥土，种植一棵小草，心情一下就芬芳到春天里了。

新婚不久，白手起家。虽然日子过得苦了些，但怀有5个月身孕的我，那种孕育生命的幸福，让生活也充满了甜蜜和希望。在闲暇之余，我常常读一些散文和儿歌，读给腹中的胎儿，算是一种胎教吧！女儿出生后，我给她唱摇篮曲，读我写给她的儿歌……一切都是源于最真实的生活，一切都是源于从爱到热爱。偶尔，我的文章在报纸杂志上发表，我暗暗庆幸！我获得了另一种生活，我的心灵还拥有了另一个新世界！

　　读书写作，给我的生活带来了微笑。在故乡的热土地上，生活的百种滋味和千般感想在我的心中已然融化成一种感恩。我想，一个人不能只为自己而活着，应该去做点儿什么！我开始幻想——田野上的图书馆。

　　凡是有乡村的地方就有留守儿童，留守儿童是乡村土地上的留守的花朵。我做梦都想办一间公益农家书屋，在田野上建设一个弥漫着书香的天堂。为孩子们提供一个阅读和学习的乐园，也为村民提供一方精神的文化土壤，让喜欢读书的大小读者，随时随地都能借到好书，读到好书。

　　说到孩子，特别是说到农村的留守儿童，这"留守"二字让我的心隐隐发痛。特别是留守孩子的家庭教育，更是让我揪心。他们的父母远隔千里，家教家风从何说起？一年四季里，他们也只有春节时能和父母团聚一下。有的孩子甚至几年都见不到父母，连父母长什么样都记不得了，父母的言传身教又从何说起？而作为一个为孩子写作的儿童文学作家，我的目光离不开孩子的身影，我的耳边也时时飘来孩子们对爱的呼唤。

　　2010 年的春天，我主动去找临澧县文化局的领导，谈了我想办一个农家书屋并义务管理农家书屋，我的想法得到了局领导的鼓励和支持。在县、乡、村各级领导的支持下，2010 年 5 月我在自己家里顺利开办了"文家店村宋庆莲农家书屋"，我把自己的家变成了乡村图书馆。

　　书屋依托国家农家书屋工程项目，几年来不断发展壮大，现有藏书一万余册。我写作的同时，倾情农家书屋，传播知识，散发书香。为了不断满足读者的阅读需求，我将自己多年的藏书全部充实到书屋，而且每年还自费购书，并积极奔走呼吁，面向社会争取书源。2012 年，我到鲁迅文学院学习，争取学院和同学赠书千余册；2015 年，我到北京参加全国儿童文学作家与编辑研修班的学习，宣传农家书屋，收到老师和同学赠书 500 多册；2017 年，著名儿童文学作家汤素兰老师来临澧授课，在了解到书屋征集图书的愿望后，通过其微信公众号发布消息，全国多家少儿出版社、少儿刊物编辑部以及多名儿童文学作家老师积极响应，捐赠书籍500多册。此外，我还收到了全国"书香三八"读书活动组委会赠送的经典图书。感谢社会各界和社会爱心人士的爱心书籍，为我的农家书屋源源不断地输送了新鲜的血液。

田野上的农家书屋成了科技兴农的知识库，为了满足父老乡亲的需要，近几年，我有针对性地购买和征集烟叶、莲子、蔬菜种植和土鸡、牛羊养殖等科技书籍，让农户通过书本学习种养知识，有力地支持了当地现代农业的产业发展。田野上的书屋成了乡村文化的中转站。书屋藏书增加之后，不少周边的学校、企业等开始到书屋大量借阅、交流图书。借阅人群有学生、医生、工人、农民、教师、作协会员、公务员、社会流动人员等等。我的爱人经常带书给在县城工业园打工的工友，村里的邮递员也常常顺便帮邻村的群众借书、还书。我曾多次带着自己写的童话书去看望突遭家庭变故的贫困孩子，给他们送书上门，送去温暖。田野上的农家书屋成了孩子们的精神家园。一到周末和假期，书屋就成了孩子们的乐园，不少留守儿童喜欢来这里读书、写作业。我在指导孩子们读书、写作业的同时，通过游戏、童话故事和孩子们交流读书体会。有时候，我还会问他们将来长大了想干什么？想成为怎样的人？有什么样的梦想？这不但激发了孩子们的读书兴趣，也为孩子们鼓起人生的风帆。

星星之火可以燎原！乡村需要文化，更需要文化的传播者。一个书屋就是一方阵地，一个读者就是一支队伍，可以发展，可以壮大。我会用我的一生坚持做一件公益的事情——为建设书香社会贡献自己的绵薄之力，让书香飘进了千家万户。用书籍丰富知识，开阔视野，启迪思想，照亮灵魂，传递正能量。我坚信：书籍的光芒一定会照亮我的故土，照亮读者的心灵。

9月的田野丰硕而饱满，我的"农家书屋"在田野的中央，一条宽敞的大路从家门口穿过，大路两旁的树像一朵朵绿色的云，覆盖在枝头上树叶遮住了阳光，形成大面积的树荫。在这样美不胜收的日子里，正午后的阳光暖暖地照着，风吹过田野，吹拂着阳光下的书屋，有些风就从门窗吹进去，哗哗哗地翻弄着书桌上的书页……

大路上有一群奔跑的孩子。有男孩，有女孩。有长得高大一些的孩子，也有身材瘦小的孩子，他们的屁股后面还跟着一个小屁孩。他们跑着，大声说着话，热闹地笑着，径直向着田野上的图书馆奔跑而来……而在蓝天下谷穗饱满金黄的背景里，书屋敞开的门窗依稀可见依次摆放的万册图书，书香飘逸。

我想：这应该就是天堂的样子！

《千字文》（楷书）　优秀奖
李美　山东省威海市统一路小学

《江南春色》（写意山水画）　优秀奖

孙金兰　国家新闻出版广电总局无线电台管理局